SV

POLNISCHE BIBLIOTHEK
Begründet und herausgegeben von Karl Dedecius
Deutsches Polen-Institut Darmstadt
Gefördert von der Robert Bosch Stiftung
Redaktion: Andreas Lawaty und Wolfram Schäfer

BEDENKE, BEVOR DU DENKST

2222 Aphorismen,
Sentenzen und Gedankensplitter
der letzten hundert Jahre
mit zeitgenössischen Illustrationen
Herausgegeben und
aus dem Polnischen übertragen
von Karl Dedecius

SUHRKAMP VERLAG

Zweite Auflage 1985

Quellennachweise am Schluß des Bandes
Satz: LibroSatz, Kriftel
Druck: Nomos Verlagsgesellschaft, Baden-Baden
Printed in Germany

Inhalt

Vorwort

Von den meisten Büchern
bleiben bloß Zitate übrig.
Warum nicht gleich
nur Zitate schreiben?

St. J. Lec

Das »Börsenblatt für den deutschen Buchhandel« ermittelte vor nicht allzu langer Zeit (Nr. 38, vom 28. April 1982) bei Experten, welche Schriftsteller der Gegenwart die Chance hätten, unser zwanzigstes Jahrhundert zu überleben. Die befragten Kritiker, Autoren und Verleger nannten zwölf Deutsche und fünfzehn Ausländer – Alberti, Beckett, Celine, Faulkner, Gide, Proust, Sartre ... unter ihnen einen Außenseiter, einen Kurzformliteraten, einen polnischen Aphoristiker, den Verfasser des oben zitierten »Unfrisierten Gedankens«, Stanisław Jerzy Lec. Die wenigen schmalen Bändchen mit lapidaren Sätzen dieses Autors machen sich in der bedeutenden Kollegenschaft bescheiden aus, trotzdem haben sie offenbar Überzeugungskraft und Wirkung; sonst wäre ihr ungewöhnlicher Erfolg allein in der deutschen Sprache nicht zu erklären.

Der Erfolg von St. J. Lec legt die Frage nahe, woher er kommt, ob er in seinem Land eine Einzelerscheinung ist oder einer von mehreren in der Kette nationaler aphoristischer Tradition.

Die Antwort fällt leicht. Seit den Anfängen der polnischen Literatur, seit Biernat von Lublin, seit Bielski, Rej und Kochanowski sind Aphorismen und Epigramme in Polen eine der beliebtesten Formen literarischer Aussage. (Böse Zungen könnten behaupten, es liege an dem geringen Arbeitsaufwand, den diese Gattung beansprucht, was im Äußeren stimmen mag, im Geistigen sicherlich nicht.) Freilich sind Aphorismen keine Sache des Sitzfleisches und des Flei-

ßes, sie sind eine der Gedankenkonzentration, des Esprits und – auch – der Poesie. Die Polen verfügen auf diesem Gebiet über uns unbekannt gebliebene Reserven. Läßt man die letzten hundert Jahre Revue passieren, entdeckt man mindestens zehn gewichtige Schriftsteller, die dieser Gattung alle Ehre machen. Jeder auf eigene, andere Weise.
Unsere Anthologie stellt diese Zehnerschaft als Repräsentanz (es gäbe weitere, die anders würdig wären, wie Sienkiewicz, Prus, Berent, Tetmajer, Tuwim) in chronologischer Folge vor. Gezeigt werden sollen der Radius ihrer Themen und das Temperament ihres Engagements. Dabei sollte ein Stückchen polnischer Geistesgeschichte (philosophisch-kritisch-satirisch) zum Vorschein kommen. Was hatte in den hundert Jahren die Köpfe und Gemüter der Polen bewegt, nachdenklich gestimmt, ereifert, geärgert, zum Lachen gereizt? Was haben ihre Dichter, Denker und Spötter dazu zu sagen gehabt und wie haben sie es zu sagen gewußt (oder gewagt)? Die Ökonomie der Zeit hat die Gattung gefördert: »Fassen wir uns kurz. Die Welt ist übervölkert von Wörtern.« Oder anders: »Ein Wort genügt. Der Rest ist Geschwätz.« (Beides von Lec.) Man sollte allerdings nicht meinen, daß die Selbstbeschränkung auf einen Gedanken nur Ökonomie bedeutet: »Es bedarf vieler Gedanken, um einen festzuhalten.« (Ebenfalls von Lec.)
Trotz ständiger definitorischer Bemühung gibt es eigentlich keine eindeutige Bestimmung dessen, was ein Aphorismus soll, was er endgültig ist. Ansatzpunkt? Bemerkung? Credo? – Mutterwitz? Parodie? Zirzensischer Zungenschlag . . .? Das wären nur einige der vielen Möglichkeiten, die dem Aphorismus, trotz seiner formalen Enge, ein reizvolles Spielfeld lassen. Das sieht man, wenn man die Wandlungen der Auffassungen und der Form vom »alten« Świętochowski bis zu dem »jungen« Mrożek vergleicht.

So kurz wie bei Lec waren die Aphorismen früher natürlich

nicht immer, sie sind es auch heute selten. Länge, Charakter und Zweckbestimmung unterliegen ständiger Metamorphose. Bei einem der ersten, bei Hippokrates, war der Aphorismus bevorzugt Lehrsatz oder medizinische Diagnose; seit dem 16. Jahrhundert wurde er immer häufiger zum philologischen Kommentar, zum Beispiel zu lateinischen Klassikern wie Tacitus; diese Kommentare kamen in Spanien, Frankreich und Italien auf, nannten sich ebenfalls *Aforismos, Aphorisme, Aforismi*, öffneten aber die Schranken des Urbegriffs für allerlei Erklärungen, Glossen, Sentenzen, Deutungen und Definitionen – *sentencias breves, regole, conclusioni generali, avvisti ed avvertenze* – um im zwanzigsten Jahrhundert, bei Adorno etwa, wieder an die alte Form der *minima moralia* anzuknüpfen. Inzwischen hatte die Gattung mit den deutschen Romantikern und Klassikern neue Impulse und mehr ... Poesie bekommen. Novalis: *fermenta cognitionis*, Schlegel: *Explosion von gebundenem Geist*, Humboldt: *Poesie des Gedankens*. So wurde das Terrain des Aphorismus immer neu, weiter und breiter abgesteckt, von der Naturwissenschaft und Philosophie bis zur Philologie, Theologie und Kulturmorphologie. Unser Jahrhundert rückte schließlich neue thematische Schwerpunkte in den Vordergrund: die Psychoanalyse, die Soziologie und die Politik. Hier, vor allem hier, haben es die Polen, »dank« ihres Schicksals und ihrer Lage, zur beachtlichen Originalität und Meisterschaft gebracht, inhaltlich Wesentliches entdeckt und formal neue Glanzlichter angezündet.
Ebensowenig wie eine uneingeschränkt gültige Definition gelingt eine eindeutige Motivierung der Beispiele, eine Aufschlüsselung der Auswahl. Was bewegt wen, wann, was überzeugt wo und warum? Was sagt man wie und womit weiter? Jeder der Sätze löst eine Folge von Überlegungen aus, die uns auf die Spur einer hier kosmopolitischen, dort nationalen Erfahrung setzen, ihre Phantasie, ihre Skepsis und ihre Widerstandsfreude mitempfinden lassen. Pointen

– ob melancholisch, paradox, witzig, bissig, selbstironisch, schlicht oder vertrackt – sind ansteckend. Und darin liegt wahrscheinlich nicht zuletzt der didaktische Wert der Lektüre von Aphorismen. Sie lassen den passiven Konsum nicht zu. Sie zwingen, die Spur aufzunehmen und weiterzuverfolgen, weiterzudenken (oder zurückzudenken). Der eigentlich Kreative ist bei dieser Lektüre der durch das Bruchstück herausgeforderte Leser. Er hat zwischen Aktualität und Allgemeingültigkeit, derart intrigiert, den eigenen Fixpunkt auszumachen, die eigene »Dichtung und Wahrheit« zu vollziehen.
Aphorismen sind eingezuckerte Früchte aus geistigen Gärten, auf diese Weise haltbar gemacht wie Eingemachtes. Aber mißtrauen wir dem Zucker, warnt Lec: »Ich reiche Ihnen bittere Pillen im süßen Zuckerguß. Die Pillen sind unschädlich. Das Gift steckt in der Süße.«

Das polnische Schicksal bestimmt das Schicksal des polnischen Aphorismus. Seine Nationalität ist unverkennbar. Dieses Merkmal teilt er mit den anderen Literaturgattungen in Polen, wie Roman, Erzählung und Gedicht. Sie sind in erster Linie Geschichtsbild.

Der erste und älteste Autor unserer Auswahl, *Świętochowski*, hatte in seiner 1881 gegründeten Zeitschrift »Prawda« (Wahrheit) Ideen westlicher positivistischer Tendenzen durchzusetzen versucht, als Führer der radikalen Intelligenz, Verfasser liberal-demokratischer Manifeste, Essays, Feuilletons, Dramen und Erzählungen. Er war Anhänger der Ratio, und sein Grundsatz lautete »Arbeit an der Basis« (so der Titel seines programmatischen Manifests): gegen die fideistische Ethik und Moral, gegen die Relikte der Romantik in Polens Politik und Kultur. Sein um die Jahrhundertwende starker Einfluß auf die öffentliche Meinung war in der Republik Piłsudskis (Świętochowski war

Mitglied der oppositionellen Progressiv-Demokratischen Partei) gebrochen, aber er hörte nie auf, sarkastisch gegen sie zu polemisieren, wie er es seinerzeit gegen den Zarismus getan hatte. Das Gesamtwerk des »Ketzers« aus Leidenschaft ist nur wenigen bekannt, doch die aphoristischen »Häresien und Paradoxa« nannte der Historiker Feldman »Perlen« der polnischen polemischen Literatur. Auch die Anthologisten und Monographen von heute zählen den Umfang und das Niveau seiner Sprüche zu den »Spitzenleistungen dieser Gattung in der polnischen Literatur«.

Irzykowski, einer der tüchtigsten kritischen Köpfe im ersten Drittel dieses Jahrhunderts, polnischer Realist und Pluralist, fühlte sich vor allem in der Philosophie der Kunst und Kultur zuhause; nicht ohne Einfluß von Machs Empiriokritizismus und im Banne der Bekenntnisse von Friedrich Hebbel, dessen Tagebücher er übersetzte und über den er seine Doktorarbeit schrieb. Unverkennbar sind bei ihm auch die Querverbindungen zu Bergson, Croce, Nietzsche und Schopenhauer. Die Literatur verstand er selbst nicht als Beruf, sondern als »allgemein menschliche Funktion wie der Traum, das Lächeln, das Zigarettenrauchen oder das Faulenzen«. Leser waren nach seinem Verständnis rudimentäre Künstler. Ihnen wollte er als Autor »Erstarrungen signalisieren«, »Verkalkungen« sichtbar machen. Als Herausforderung an den Gedankenstillstand schien ihm der Aphorismus besonders geeignet, eine Form, die keinen Zustand, sondern »tätige Transformation« bezeichnet und beinhaltet. Besonderen Raum nehmen bei ihm Meditationen über die Poesie ein: »Der Dichter organisiert das Chaos, desorganisiert die Schablone.« Auch wenn er seine Aphorismen »leichteres Kaliber«, Kleinkaliberschießen nannte, ist ihm in dieser Gattung Kapitales gelungen; der kundige Literaturprofessor und Kritiker Wyka lobte es als das »Beste in unserer Literatur«.

Nowaczyński war aus einem anderen (und keinem Edel-)

Holz geschnitzt. Der mit scharfem Witz begabte und bis zum Exzeß aggressive Autor des »Affenspiegels« war einer der gefürchtetsten Kritiker der Zeit des Jungen Polen (Modernismus, Jugendstil), die »Leitjournalie« des satirischen »Liberum veto«, der Vater des modernen politischen und gesellschaftskritischen Pasquills. Sein Glossar sammelte alle Kraftausdrücke der europäischen Sprachen und verwendete sie als Giftpfeile gegen alles und jeden, der ihm im Wege stand. Und dem geborenen Anarchisten und Rufmörder stand so ziemlich alles im Wege; vor allem die kakanischen Philister im galizischen Krakau, die dortigen »Pharisäer« der Politik und Wissenschaft, der Kunst und der Kulte. Er wurde mit dem Zeitgenossen Karl Kraus verglichen (von dem er manches abgeschrieben hat) und für den glänzendsten Stilisten seines Metiers gehalten. Die Literaturgeschichte bestätigt ihm – trotz ideologischer Vorbehalte – auch heute noch ungewöhnliche Verdienste um die polnische Sprache. Deren Einfallsreichtum und verbale Potenz sind freilich nicht immer gut übertragbar, da lokal- und personengebunden. (Eine seiner beliebtesten Zielscheiben waren die Kritiker: »O Kritiker, Kritikrittler, Kritikastraten, Kritikater, Kritikäuze, Kritikretins!«)

Brzozowski war Philosoph, Publizist, Erzähler, Essayist, Literatur- und Theaterkritiker, Dramatiker und Übersetzer – und kein Aphoristiker. Aber seine Romane und Essays wimmeln von Sentenzen, die ihn zu den meistzitierten und -diskutierten polnischen Autoren dieses Jahrhunderts machen. Seine »Gedanken« sind als Aphoristik-Bücher dreimal erschienen: 1916, 1929, 1976. Miłosz, der Nobelpreisträger von 1980, widmete ihm eine umfangreiche Studie (*Człowiek wsród skorpionów* – Mensch unter Skorpionen, Paris 1962). Brzozowski, der die Dekadenz der polnischen Modernisten geißelte, gilt in der polnischen Kulturgeschichte als »Philosoph der Arbeit«, der die »Einsamkeit der Menschen unter den Menschen« überwinden wollte. Die Grenzsituation der Entfremdung aller unter allen, die er analysierte, schien ihm durch die Formen des Zusammenlebens in der Familie, in den Gruppen und im Volk vorgegeben, durch falsche Geschichtlichkeit und falsche Gesellschaftsstrukturen. Einen Ausweg sah er in der Neufassung des Rechts auf Arbeit, die er für den Hauptfaktor der inneren und äußeren Erneuerung der Menschheit hielt. Aus diesem Konzept resultierten seine heftigen Polemiken; »die Kritik der Sprache und der Psychologie, der Literatur und Kunst, der Philosophie und der Soziologie, der Politik und der Geschichte« (Andrzej Mencwel).

Elzenberg, Hochschullehrer, neuplatonischer Erzieher aus Berufung, im Christentum verwurzelt, erforschte die Wege zur Gewissensfreiheit und zur Wahrheit. Er selbst nannte sich »Entwerfer von Werttabellen«, unter seinen Schülern galt er als einer, »der anders dachte«, vor allem nach 1945. Daher seine ständigen Schwierigkeiten als Verfechter einer Philosophie, die gegen die Philosophie des aktuellen Staates philosophierte. Elzenberg kümmerte sich wenig um die praktischen Chancen seines Denkens, um die Vernünftler und »Pragmatiker dieser Welt«; er bekämpfte leise, lyrisch, aber bestimmt, die »wissenschaftliche Barbarei«. Ideal seines Wertbegriffs war der »homo ethicus«, die Erlösung vom Bösen durch die Freiheit. Das Philosophieren hielt er für einen »Kriegszustand«, in dem jeder, der nicht angreift, unterworfen wird. »Schlimmer als der Fehler ist die Angst vor dem Fehler.« Diese Lehren machen die Dichtung von Zbigniew Herbert, einem seiner Schüler, anschaulich.

Steinhaus hatte nicht, wie Elzenberg, »Kummer mit dem Sein«, er nahm dieses Sein leichter, trank aus ihm wie aus einer Anekdotenquelle und hatte Spaß daran. Er war Pragmatiker von Beruf, Professor für angewandte Mathematik in Breslau, Freund aller Lebensfreude, Enthusiast humoriger Geselligkeit und des Wortspiels. Als Lehrer wollte er die

Mathematik »visualisieren«, durch Annäherung seiner Thesen an die Wirklichkeit mittels »unernster« Analogien und scherzhafter Bezeichnungen anschaulich machen. Ähnlich verfuhr er als Aphoristiker österreichisch-polnischer Provenienz: durch beiläufigen Scherz, durch Sprachironie und gezähmt tiefere Bedeutung seiner Redensarten. Die »Fackel« von Karl Kraus war lebenslänglich seine Lieblingslektüre. »Ich lernte Polnisch bei einem großen Deutschen, der Deutsch bei seinem Lateinlehrer gelernt hatte. Ich schulde deinem Schatten Dank, o Henricus Stephanus Sedlmayer, Lehrer am Gymnasium, das Karl Kraus besucht hat!«

Napierski, Lyriker und Übersetzer, vor allem aus dem Deutschen, hatte es schwerer als seine Vorgänger. Er dachte verzwickt, ungewohnt, und blieb lange unverstanden, als Aphoristiker hatte man ihn verhältnismäßig spät, erst in den dreißiger Jahren entdeckt. Seine »Windschatten« mußte er auf eigene Kosten (1928, 1931, 1937) publizieren; er erlebte ihren späten Erfolg, da er 1940 umgebracht wurde, nicht mehr. Nach eigenem Bekenntnis waren Novalis und Friedrich Schlegel seine Vorbilder (selbst die von ihm herausgegebene Zeitschrift hatte er »Athenäum« betitelt); doch sein Witz war skurriler, er dachte um ein paar Ecken herum und formulierte moderner, doppelbödiger, als es seine Zeitgenossen zu verstehen gelernt hatten. Nun erleben die »Windschatten« in Polen ihre Wiedergeburt.

Lec, Kronzeuge des volksdemokratischen Zeitalters (nach 1956), macht jeden Kommentar überflüssig. Seine »Unfrisierten Gedanken« treffen ins Schwarze der aktuellen Zielscheibe. Sie sind anspruchsvoll und leicht verständlich zugleich. Sie sind extrem kurz in der Form und abwechslungsreich im Inhalt, in Anspielung, Witz und Poesie. »Was Lec in sich verband, war der Mut eines königlichen Hofnarren und die Melancholie eines Rabbiners . . . Sein Entlarvertum, das in jedem Umgangswort, in jeder Phrase die inneren Ungereimtheiten, Lächerlichkeiten, Heucheleien und Verschwiegenheiten bloßlegte, war frei von Bosheit. Sein Rückhalt war der Glaube an die Möglichkeit, den Verstand und die menschliche Gemeinsamkeit trotz allem zu retten ... Lec war ein Philosoph« (Kołakowski). Und sein Ruhm in Deutschland? »Lec' ›Unfrisierte Gedanken‹ sind gegenüber den älteren politischen Sprüchen insofern fortgeschritten, methodisch und praktisch, als sie die Ideologie nicht als Ablenkung von den politischen Zuständen oder Schleier vor den Interessen, sondern als Substanz der Politik behandeln« (G. Bauer).

Brudziński, jünger als Lec, begann früher als dieser, Aphorismen zu publizieren, und ist heute, nach Lec' Tod (1966), der profilierteste und erfolgreichste Verfasser von Kurzgefaßtem. Von Brudziński stammen Definitionen des Aphorismus, die dessen Assoziations- und Rezeptionsradius erweitern: »Satire? Plakat an der Klagemauer.« »Je mehr Inhalt, desto leichter läßt er sich komprimieren.« »Der Aphorismus ist ein Einfall zu etwas Größerem, durch keine Ausführung verdorben.«

Mrożek, der Jüngste dieser Sammlung, erfand mit der Einmannzeitung »Postępowiec« (Der Fortschrittler), die er selbst schrieb, zeichnete und 1960 herausgab, eine neue Form aphoristischer Persiflage: die Zeitungsparodie als Pranger. Verspottet werden Wortschatz, Stil, Geist und Inhalt von Presseinformationen, die (oft leider) zur Zeit- und Kulturgeschichte gehören. Damit sprengt Mrożek natürlich die bisher übliche Grenze der Gattung, ermöglicht aber zugleich, sie – als Parodie – verwandlungsfähiger, als kritisches Instrument erfindungsreicher einzusetzen. Die »Lokalnachrichten« sind ein journalistisches Marionettentheater auf das Volkstheater von Zeitungsmarionetten. »Ich bin Pole, und das läßt sich nicht ändern« (Mrożek). (Deshalb lebt er in Paris. Mit polnischem Paß und polnischem Heimweh.)

Jeder Aphoristiker hat seine Form und vor allem seine idée fixe. Bei Świętochowski sind es die »Paradoxa« zwischen seinem Heroismus und Optimismus einerseits und dem ketzerischen Pessimismus, selbst im freien Polen, andererseits. Bei Irzykowski sind es die geistreichen »Randbemerkungen« eines kritischen homme de lettres. Nowaczyński sucht »Halt in der Haltlosigkeit, Konstruktion in der Destruktion« und schüttet seine wortgewaltige Wut des »Literaturhysterikers« hemmungslos auf seine Umwelt aus. Brzozowski argumentiert für die materialistische Weltanschauung und gegen die Modernisten. Elzenberg operiert mit philosophischen Ideen im Dialog mit Personen, Lektüren und mit dem Zeitgeschehen und versteht sich als ethischer Erzieher. Steinhaus betreibt seine Wortspiele beiläufig, humoristisch, leicht-sinnig. Napierski denkt rückwendig, dort, wo Menschen und Dinge ihre Schatten werfen. Lec ist unter den Aphoristikern der politische Dichter. Bei Brudziński sind es die Holpersteine des Alltags, über die sein satirischer Thespiskarren stolpert. Mrożeks »Lokalnachrichten« schließlich, meist »kleine Anzeigen«, zeigen die Presse an und die von ihr verursachten Absurditäten.

Gedankensplitter gehen unter die Haut, manchmal ins Auge, aber sie sind ein zeitgerechtes »Abfallprodukt« und als literarisches Kommunikationsmittel von hoher pädagogischer Wirkung. Sie verrichten ihr Geschäft kurz und bündig, ohne große Material-, Zeit- und Raumverschwendung. Und ihre Möglichkeiten sind, wie man sieht, immer noch offen. »Das Denken hat eine große Zukunft.« (Programmtitel eines studentischen Kabaretts in Warschau 1956.)

Karl Dedecius

ALEKSANDER ŚWIĘTOCHOWSKI
PARADOXA – KETZEREIEN

Ein trauriger Pole philosophiert immer.

... von allen Arten der Philosophie ist die am widersinnigsten, die der Wirklichkeit grollt. Mag sie sie umarbeiten, umformen, verbessern, aber nicht die Kräfte, die sie schuf, dafür schelten, daß sie ihre Pläne und Neigungen nicht erraten haben.

Alle Theorien entspringen dem Selbsterhaltungstrieb.

Paradox und Wahrheit unterscheiden sich darin, daß das erste den Gegenstand mit starkem Licht von einer Seite beleuchtet, die zweite – mit schwachem Licht von vielen.

Die Freude erzeugt weniger Poesie als die Trauer. Perlen werden in einer Muschel gebildet, die an der Reizung durch das eingedrungene Sandkorn leidet.

Ich gebe zu, daß es in der Natur Verstand gibt, Schönheit, Macht; doch niemand kann mir beweisen, daß es in der Natur auch Gerechtigkeit gibt.

Je kleiner ein Kritiker, desto größere Autoren greift er an, weil ihm scheint, er würde den hohen Berg überragen, wenn er ihn besteigt und seinen Gipfel bespuckt.

Hörten die Menschen plötzlich auf zu lügen, wäre es ihre größte und folgenreichste Revolution.

Die Polen haben keine große Begabung für Philosophie gezeigt; möglicherweise war sie ihnen von der Natur nicht gegeben, möglicherweise haben sie sie vertan bei den Meditationen über ihr Mißgeschick, das ihre ganze Aufmerksamkeit jenseits von Grenzen der allgemeinen Ziele und Bestrebungen absorbiert hat.

1871. Massen sind sich selten darüber im klaren, wofür sie sich mit so rasendem Eifer einsetzen.

Zu den Pflichten der Anführer gehört nicht nur, ihre Befehlsgewalt gewissenhaft auszuüben, sondern auch, rechtzeitig abzutreten.

1872. In den Entwicklungsgesetzen des Volkes gibt es keine strategischen Ausflüchte, das Zurückweichen vor dem Fortschritt ist immer eine Niederlage, führt niemals zum Sieg.

1875. Bestimmte Wahrheiten begreift der Mensch nur im Leid.

1876. Man kann über die Milde der Tiere nicht urteilen nach ihrem Verhalten im eisernen Käfig; man kann die Tugenden der Menschen nicht erkennen aus ihrem Verhalten unter Zwang.

Was die Zivilisation an Erhabenem besitzt, verdankt sie den Unzufriedenen ... Nur den von Unsicherheit gequälten Geistern, nur den von der Verzweiflung hin und her gerissenen Herzen haben wir das zu verdanken, wovon wir leben und worauf wir stolz sind.

Will jemand im Leben wirklich gesichert sein, muß er sich aus seinen Überzeugungen einen dauerhaften und auf starke Grundsätze gestützten Bunker bauen.

Es gibt schwerlich eine seligere Überzeugung als die, man sei als Schöpfung einzigartig.

Den größten Schaden hatte die Natur uns damit zugefügt, daß sie uns auf der Erde so dicht gesät hat. Stünden wir voneinander in gesunder Blickweite entfernt, empfänden wir füreinander nichts als Liebe.

Es gibt keine Wörter, die besser die Beschränktheit des menschlichen Gedankens bezeugen als die Wörter Anfang und Ende.

Mensch und Mensch trennt der ewige Wettbewerb der gleichen Begierden.

Wollt ihr einen Engel sehn – betrachtet den Menschen aus großer Entfernung, wenn er kaum sichtbar ist; wollt ihr einen Teufel sehn – schaut ihn euch an, wenn er vor euch steht.

Nur Dummköpfe können sich anmaßen, das ausschließliche Vorrecht auf einen Weg oder auf eine Frau zu besitzen.

Adler bauen ihr Nest niemals in Brennesseln.

Alle Einzelaufgaben, die wir uns stellen, erstreben nur das eine, daß wir leben, und zwar auf eine bestimmte Art leben können.

1881. Je weniger man uns durchschaut, desto schöner sind wir.

Die lächerlichste Wunderlichkeit ist ein ebenso notwendiges Lebensorgan dem einen, wie es dem anderen die seriöseste Vernunft ist.

Wäre ich Sandkorn am Fuße der Pyramide und hätte ich das Bewußtsein, ich sei ein besonderes Wesen, gäbe ich dieses nie auf, nur weil die Pyramide größer ist als ich.

Ein reifes Hirn ist kein Pulver, das bei jedem Funken, der darauf fällt, explodiert.

Wenn der Verstand zögert, gibt ihm die Neugier immer irgendeinen Vorwand, die Skrupel zu umgehen.

Der vernünftigste Liebhaber war Don Quichotte; er hat eine einfache Dirne, ohne sie zu kennen, zu einem erhabenen Wesen idealisiert.

1882. Der Schmerz einer gebärenden Mutter und die Zerstörungswut eines Schädlings und der Terrorismus eines Dummkopfs und die Klauen eines Tigers und der Starrsinn eines Esels – all das sind Elemente des Lebens, unangenehm, aber notwendig.

Auch wenn Jupiter das Gebet erhört, trägt der Olivenbaum keine Früchte, wenn die Würmer seine Blüten gefressen haben.

Jeder Mensch, jedes soziale Wesen ist ein Instrument, das nur die ihm eigenen Töne hervorzubringen vermag.

Früher blühten die Tugenden, wie Lilien in Sümpfen, im Schmutz der Städte und der Dörfer, heute wuchert die Sünde unter außerordentlich hygienischen Voraussetzungen.

Jedes Genie ist ein Moses, im Bastkörbchen auf dem Wasser ausgesetzt. Nur der Zufall kann es retten.

Die Menschen sind unvorsichtig: wenn sie das Maß der Riesen kürzen, bedenken sie nicht, daß sie damit auch sich selbst unberechenbar machen.

Ob ein großer Berg in seinem Innern Marmor oder elender Fels ist, er bleibt immer ein großer Berg, dessen Größe man anerkennen muß.

1883. . . . wer die Wahrheit sagt, zieht Disteln durch die Ohren seiner Zuhörer.

Kein Krupp vermag eine Kanone zu gießen, die Kopernikus töten könnte, und kein Moltke kann Mickiewicz oder Matejko besiegen.

Auch den Krieg entscheiden nicht nur die Karabiner, sondern auch die Schuhe und die Verpflegung des Soldaten.

Ein Mann liebt eine Frau mit den Sinnen.

Wer sich zum Richter macht, der beherrsche nicht nur das Strafgesetzbuch, sondern auch die Psychologie.

Eher erreicht das Ziel ein Gefesselter zu Fuß als ein Rasender im Flug.

So, wie sich die Erde nicht nur um ihre Achse dreht, sondern auch um die Sonne, ähnlich muß auch die Gesellschaft beide Bewegungen bestehen: um die eigene nationale Achse und um die allen gemeinsame Feuerstelle der Zivilisation.

Eine Volkswirtschaft, die, statt jedes Stückchen Land zu nutzen, große Felder brach läßt und nur ein Stückchen besten Bodens bestellt, entgeht ihrem Bankrott nicht.

Große Worte in den Wind reden und seinen Patriotismus beteuern, damit hat noch niemand einen Schiefer unter seinem Fingernagel entfernt, geschweige die Volksgemeinschaft aufwärts gebracht.

Es ist eine alte Wahrheit, daß die Ethik und die Politik zwei ewig miteinander zerstrittene Schwestern sind.

In der Politik ist, mehr als anderswo, der Egoismus die Regel.

Völker, die bei ihrem Existenzkampf in der Wahl der Mittel eingeschränkt sind, sind vor allem dazu verurteilt, sich durch Bildung und Entfaltung ihrer geistigen Begabungen zu retten.

Kleine Völker unterliegen dem gleichen Schicksal wie arme Leute. Ein Vermögender wird, um schneller noch reicher zu werden, tausend Betrügereien begehen, und die Menschen werden sich noch tiefer vor ihm verbeugen; ein Armer, der für sein Kind im fremden Garten eine Mohnkapsel pflückt – wird sofort von aller Welt geächtet.

Die Frau ist wie ein Eichkätzchen: sie zerbeißt die härteste Nuß der Schmeichelei und schält sich daraus den ihr genehmen Kern heraus.

Die Welt verlangt von der Frau nur Rechenschaft über ihren Körper, die Seele spart sie aus: den Körper macht sie zum Eigentum des Mannes, die Dienste der Seele überläßt sie ihren Freunden.

Unsere fürsorglichen Mütter wissen, was sie tun, wenn sie ihren Töchtern eine wohlerzogene Heuchelei empfehlen.

1884. Vernünftiger Altruismus hat größeren Wert als verrückte Selbstaufopferung.

Es gibt Leute, die meinen, man huldige dem Genie nicht genug, wenn man ihm nicht den eigenen Verstand und die eigene freie Meinung opfert.

Die Welt sollte die Menschen täglich verändern, den Neugeborenen brächte das Glück. Du wirst glücklich sein, nur wünsch dir nicht mehr als das, womit der Stein vorlieb nimmt, der nicht denkt und nicht fühlt, der heut' die Schläge der rollenden Räder erträgt und morgen im Pflaster eines Gehwegs oder an der Schwelle einer Kirche oder Synagoge seine Pflicht tut.

Auch Genies brauchen Gesellschaft.

Ach, diese Tradition, dieser Mantel aus Eisen, der unsere Schultern belastet und uns hindert, uns frei zu bewegen. Sie ist es, leider, die uns beigebracht hatte, das gemeine Volk selbst dann zu verachten, wenn wir es zu beglücken meinen.

Berge gibt es nicht nur in den Alpen und im Himalaja.

Jede Gesellschaft sollte die idealen Arten menschlicher Beziehungen hegen und schätzen, aber leben sollte sie nur in den realen.

Wenn wir die Charaktere beiseite lassen, die eine Ausnahme sind, dann stellen wir fest, daß die Mehrzahl der Menschen an dreihundertvierundsechzig Tagen des Jahres vom Eigenlob lebt.

1885. Die Stimme unserer Wünsche ist die leiseste von allen in der Natur vernehmbaren: sie dringt kaum an die Ohren eines uns nahestehenden Freundes.

Wüßte der Mensch die Folgen seiner Handlungen im voraus, wäre er niemals, wie er ist.

Der Kater, der eine Nachtigall verspeist, hebt nicht hochmütig seinen Schnurrbart, um den Specht zu verspotten, der Insekten aus der Baumrinde herauspickt; nur der Mensch, der sich eine Weintraube in den Mund steckt, sieht sogleich auf den anderen, der nur eine Erbse kaut, mit Verachtung.

Ein wahres Genie zieht sich nie zurück, es gibt niemals auf.

Der genialste Verstand im Schoß der Gesellschaft unterliegt noch immer ihren Gesetzen und Umständen wie das Kind im Schoß der Mutter den ihren.

Spricht ein Genie die Menschheit an, dann antwortet sie ihm zunächst mit einem Fluch, dann mit einem Segen.

Wir stehlen den Göttern des Himmels und der Erde das Feuer, sie schlagen uns dafür an die Felsen über Abgründen und lassen uns von Geiern zerfleischen; wir leiden, aber das Feuer wächst, beginnt zu leuchten und zu wärmen; es entfacht den menschlichen Gedanken mit Funken neuer Wahrheiten und Inspirationen.

Die Verleumdung folgt untrennbar dem Genie wie ein Haifisch dem Schiff, in ständiger Erwartung der Beute.

Ein Genie ist immer regierender Monarch über Gewöhnlichkeit und Sterblichkeit.

Der kostbarste Leckerbissen für den Feinschmecker-Moralisten ist der schöne und duftende Körper einer unklugen

Frau. Der Verstand wäre seiner Meinung nach ein bitterer Kern in dieser süßesten aller irdischen Früchte.

Die Dummheit vagabundiert über ausgetretene und überwachte Landstraßen, die Weisheit schlägt sich den Weg durch dichte und alte Wälder; dort lauern ihr wilde Tiere und giftige Reptilien auf.

Die Lächerlichkeit fürchten sogar die Götter.

So ist es immer: Frißt der Fuchs das Huhn – dann ist er gemein, tut es der Mensch – dann ist er hungrig.

Die ganze Klugheit unserer weiblichen Ideale steckt im Erraten, Reizen und Befriedigen der männlichen Wünsche.

Aus der Ästhetik »sollte« man getrost das Wort »sollte« streichen.

Bosheit schläft nur in Angst ein.

Das Volk knackt seine Großen wie Nüsse, um aus ihnen die Kerne herauszuholen, von denen es sich nährt. So mancher Lichtstrahl schoß aus der Dunkelkammer der Gefängnisse ins Freie, so manche große Idee hat Märtyrerblut aus der Taufe gehoben.

Familienkämpfe in der Sippe sind immer Schlachten der einen Hand gegen die andere. Wäre ich der allmächtige Gott, würde ich diese gegeneinander erhobenen brudermörderischen Hände in Steine verwandeln, den Nachkommen zur sichtbaren Warnung.

Klar – in den Staub vor jedem, der auf patriotischen Stelzen daherhüpft.

Es gab Menschen, die die Religion reformierten, es gab Menschen, die neue Maschinen erfanden, es gab Menschen, die neue Erdteile entdeckten, aber nicht weniger verdienstvoll waren die anderen, die geheiligte Phrasen knackten und aufdeckten, daß sie leer sind.

Jedes Paradox, in die schillernde Form der Worte gefaßt oder im grellen Einfall vorgeführt, besitzt den großen Wert, daß es ein bestimmtes Teilchen von der Lebenswahrheit im grellen Licht verdeutlicht, sie auf diese Weise wie einen Blitz vor den Augen der Allgemeinheit aufleuchten läßt.

Von allen Gaben der Natur, über die der Mann gebietet, hat er keine so sehr verdorben wie die Frau. Er behandelt sie schlimmer als die Erde, deren Fruchtbarkeit er vermehrt, als die Bäume, deren Früchte er veredelt, als die Tiere, die er in den Wäldern fängt und aufzieht, weil er nicht nur ihre Arbeit ausbeutet, sondern auch ihren Verstand abstumpft und ihre Gefühle demoralisiert.

Der Mann genoß die Wohltaten des Fortschritts allein, der Frau gab er davon kaum ein Almosen; er ging voran wie ein versteinerter Geizhals, sie ihm hinterher wie eine folgsame Magd. In der Erniedrigung verlor sie auch ihre besten Triebe; sie entfaltete die anderen, die ihre Sklaverei erträglicher machten.

1886. Eine hypertroph entwickelte Wesensart stört das Gleichgewicht des Lebens genauso wie ein Gebrechen; das Genie ist eine ebensolche Ungerechtigkeit der Natur wie die Idiotie, die Schönheit – wie die Häßlichkeit.

Wenn schon die Behinderten eine besondere Fürsorge der Gesellschaft erfahren, warum sollten nicht auch die Begabten sie beanspruchen dürfen?

Großer Verstand und großes Talent sind auch große Unruhestifter.

Es gibt besondere Anstalten für Behinderte, Idioten, Blinde, Taubstumme; eine Sonderschule für schöne Frauen wäre ebenso nützlich.

Mit Gefühlen läßt sich nicht streiten, also kann man sie nur, wenn sie aufrichtig sind, respektieren.

Wir sind kein »Weg«, wir sind ein »Salon« – immer und überall.

Töten darf man nicht einmal dann, wenn es niemand sieht.

1887. Wollte man unsere Gesellschaft mit einem Wort bezeichnen, würde man sagen, daß es Habenichtse sind – stolze, aber arme Teufel, die sich ständig daran erinnert sehen, sich an die tatsächlichen Bedingungen anpassen zu müssen, während sie in Gedanken zu den Träumen flüchten, manchmal derart hochmütig, daß sie Kleckersdorf verherrlichen und Paris verspotten, und manchmal derart demütig, daß sie vor einer französischen Krawatte hingerissen aufs Gesicht fallen ... – mit einem Wort: arme Teufel ohne Reife, in Widersprüche verstrickt, in Ohnmacht nach der Zukunft strebend, nach Höhenflügen mit amputierten Flügeln schlagend.

Man tut sehr vielen Menschen zuviel der Ehre an, wenn man sie mit den Vierbeinern vergleicht.

Wir sind am vernünftigsten, am ehrlichsten, am schönsten dann, wenn wir uns miteinander als Lebewesen verständigen, nicht als Politiker, als Bürger, als Eheleute, mit einem Wort: als Menschen, die an einen festen Platz und an feste Verhältnisse gebunden sind.

1888. Erstaunlich, wie wenig einer zur Erhaltung seines Daseins, zur Befriedigung seiner Lebenslust wirklich braucht.

Menschenhaut, mit der miesesten Hoffnung wie mit Öl beschmiert, ist unendlich schmiegsam; keine Folter macht sie platzen.

Verstand ist wie Spargel; zu groß gewachsen, taugt er nichts.

Eine ehrliche Tat verteidigt sich selbst, eine schädliche flüchtet in einen Tempel, der ihr Unantastbarkeit sichert.

Alles, was geboren wurde, hat das Recht, zu sein.

Auch wenn du nur davon leben wolltest, wovon kein anderer leben möchte, wirst du nie ungefährdet leben.

Wir sind keine Gesellschaft, die sich für große Ideen und deren Apostel begeistert, aber eine Gesellschaft von Kunstliebhabern. Uns fällt es leichter, ein paar Künstler zu vergolden, als eine Million von armen Schluckern von der Not zu befreien.

Es gibt kein Volk auf der Welt, dem man ebenso leicht wie uns mit irgendeinem frischgebackenen -ismus imponieren könnte.

1889. Dummkopf das Volk, das nicht davon träumt, an der Spitze der Menschheit zu schreiten.

Eine der für mich sympathischsten Charakterzüge unserer Gesellschaft ist ihre zivilisatorische Ambition; selbst dann, wenn sie lächerlich ist.

Kennt ihr einen in Reichtum gekleideten Gauner, dem die Bekenner von Weisheit und Tugend nicht huldigen würden?

1890. Die Geschichte der Zivilisation ist auch eine Geschichte der verlorenen Söhne.

1891. Von allen Bereichen des menschlichen Lebens ist am meisten konservativ und am langsamsten in ihrer Entwicklung die Kunst.

Jeder Große keimt aus dem Samen seiner Gegenwart, um eine ungezählte Nachkommenschaft für die Zukunft zu hinterlassen.

Leidenschaft erhitzt, aber sie strahlt nicht.

Die Wahrheit ist eine schlafende Prinzessin, bewacht von einem Drachen, der jeden frißt, der sich ihr nähert.

Den Massen scheint es, daß sie es sind, die etwas wollen, kaufen, lesen, die das denken, was ihnen gefällt oder was sie überzeugt, dabei sind sie nur passive Medien eines Humbugs. Er kleidet sie, ernährt sie, unterhält sie, führt ihnen Bilder vor, legt ihnen Bücher, Zeitschriften in die Hand, führt sie an die Theater- und Konzertkassen, stimmt ihre Hirne zurecht und reguliert ihren Herzschlag. Er umspannt mit seinen Flügeln den ganzen Raum der Zivilisation.

Die Masse richtet selbst nicht, sie urteilt nicht, sie lobt und sie tadelt nicht; sie liest die Plakate, die an den Zäunen kleben und in den Zeitungen gedruckt stehen, und erfährt aus ihnen, was sie zu mögen und zu begehren hat.

In der Kritik passiert das gleiche wie im Leben: Die Leute erregen sich an den eigenen Worten.

Der Kapitalismus hat heute keinen einzigen Hoffnungsschimmer auf die Rückkehr zu seiner früheren Freiheit, besser Willkür. Er ist eine Bestie, die die Menschen zwar noch peinigen kann, der aber die Zeit immer straffere Zügel anlegt.

Der Mensch erzeugt Werkzeuge und versieht sie mit einer Gebrauchsanweisung, also sind sie gut und richtig zu gebrauchen; die Natur wiederum erzeugt die Menschen, ohne zu erklären, wozu sie fähig sind; so scheinen uns nur einige, deren Gebrauchsfähigkeit wir erraten, in ihrer Bestimmung sicher, zuverlässig und vernünftig.

1892. Die Hälfte des Lebens der zivilisierten Völker besteht aus Magie, Taschenspielerei und Spiritismus.

Der Existenzkampf gab der Menschheit große Kraft – und große Unmoral.

Ist jeder Mensch eine Welt für sich, dann ist es ein großes Talent um so mehr.

1893. Wenn bei einem Kranken zwei Ärzte eine Diagnose stellen und der eine prophezeit den baldigen Tod, der zweite aber hat Hoffnung – wer von ihnen folgert genauer und vorsichtiger? Entschieden der zweite – der Optimist.

Es geht nicht um das Material, Ton oder Marmor, sondern um deren künstlerische Form.

Ein Talent vermag aus einem Sandkorn einen Berg zu machen, die Unfähigkeit aus einem Berg ein Sandkorn.

Trotz gegenteiliger Beweise meinen wir immer noch, daß ein großer Mensch in allen Teilchen seines Wesens groß sein müßte. Dabei verhält es sich gerade umgekehrt. Genies sind bis zu einem gewissen Grade Ungeheuer.

Der Alltagsmensch ist ein Stück Teig, in ungezählte Hände der Welt gelegt, die ihn kneten und bearbeiten zu stets anderen Formen; ein genialer Mensch ist ein Brillant, den diese Hände schleifen oder vernichten, aber niemals umformen können.

Wie viele Geheimnisse verbergen sich in einem einzigen Tausch von menschlichen Blicken.

Die Lebensepochen der Menschheit unterscheiden sich

nicht so sehr in den Zielen und Absichten wie in den Mitteln und Kräften.

Es gibt niemanden, der nicht Aristoteles oder Kopernikus sein möchte, es gibt keine Gesellschaft, die nicht mächtig und aufgeklärt zu sein wünscht. An gutem Willen fehlt es also allenthalben nicht, nur an der Fähigkeit, ihn durchzusetzen.

Die Gegenwart verbraucht unsere ganze Aufmerksamkeit, alle unsere Gefühle.

Die meisten empfinden und äußern ihre Unlust wie Kinder, denen ein Widerspruch, eine leichte Drohung mit dem Finger oder eine vorgezeigte Rute genügt, um zu vergessen und zu unterlassen.

1894. Für die Allgemeinheit, für die Welt ist es gleich, ob ihr ein Nichtsnutz oder ein Ideologe schadet.

Man muß als moralischer Krüppel geboren sein, um grundlos und ziellos zu betrügen, nur der Kunst wegen.

Es sieht aus wie ein Paradox, ist aber zweifelsohne eine Tatsache, daß die ausschlaggebende Mehrheit der Menschen das, was sie spricht oder hört, nicht versteht.

Jeder, der unzufrieden oder unglücklich ist, wartet auf einen Messias.

Es gibt Menschen – grausame Maschinen, und es gibt Menschen – Kinder.

Unter allen Gegenständen der Wissenschaft interessiert den Menschen am meisten er selbst.

Von Zeit zu Zeit überfällt uns der Wunsch, die Geheimnisse von Sonne und Mond, von Pflanzen und Vulkanen zu durchdringen, während es unser beständigstes und heißestes Anliegen bleibt, der eigenen Geheimnisse habhaft zu werden. Diese Aufgabe ist ebenso schwierig wie verlockend, weil die Krone der Schöpfung sowohl die vollkommensten wie die perfidesten Eigenschaften parat hat.

1895. In tausend Jahren, wenn alle Wahrheiten des Wissens zerfallen sein werden, hört diese eine nicht auf: daß du gelitten und geliebt hast.

Den Glücklichen mag man nur dann, wenn sein Glück ein Wirtshaus ist, wo jeder freien Zutritt und kostenlose Bewirtung findet.

In der Verzweiflung ist jede Waffe recht.

Das Gott angenehmste Gebet ist die Liebe.

Ein böser Mensch nimmt immer mehr Platz ein als ein guter.

Ein Mann vermag vor einem Löwen ein Löwe zu sein, aber vor einer Frau ist er immer ein Fuchs.

Eine Ehefrau bringt dir mehr Klugheit bei als tausend Geliebte.

Jede gebärende Frau ist eine Braut Gottes.

Was in den Augen Gottes würdig ist, ist in den Augen des Menschen elend.

Je gottgleicher der Mensch, desto glücklicher ist er. Und

Gott gleicht eher derjenige, der eine Ameise liebgewonnen hat, als einer, dem die ganze Welt verhaßt ist.

Jeder Mann besitzt eine eigene Frau und eine eigene Wahrheit, mit denen er vorübergehend oder ständig lebt, die er sich seinem Willen und seinen Bedürfnissen entsprechend zurechtbiegt, mit denen er Kinder hat, die auf Namen von Axiomen und Grundsätzen usw. getauft sind. Der Unterschied ist nur der, daß Ehemänner es nicht gern haben, wenn man ihnen ihre Frauen abspenstig macht, dagegen sehr wünschen, daß man ihre Wahrheiten annimmt.

1896. Das Genie geht nicht nur als Eroberer durch die Welt, es beherrscht sie nicht allein als Gesetzgeber, sondern es bedrückt sie auch mit seiner Macht als Tyrann. Manchmal vergehen Jahrhunderte, und niemand wagt es, ihm den Gehorsam zu verweigern und es von seinem Thron zu stürzen.

Wer Kraft hat, sollte stolz sein und keine Auseinandersetzung, um so weniger einen Kampf mit der erstbesten Schwäche aufnehmen; wer sich für einen Aristokraten des Geistes hält, sollte die Anfeindungen des geistigen Mobs verachten.

Früher sagte man, das schönste Werk der Natur sei die Frau, heut müßte man sagen, das häßlichste Erzeugnis der Natur ist die modische Frau. Nur der Mann kann ihre verlorene Schönheit wiederherstellen, aber er tut es nicht, weil sie auch seinen Geschmack zum Teil schon verdorben hat.

Die Männer haben schon viele Revolten gemacht und viele Kämpfe geführt, aber eine sehr notwendige Revolution unterlassen – die gegen die Frauen.

Wer bekennt, daß ihm Hahnenfuß und Butterblume, Flieder und Veilchen, der Gesang der Lerche und der Nachtigall, der Mairegen, die blaßgrünen Blätter, der Geruch des frisch gepflügten Ackers zuwider geworden sind, verdient nur das eine, daß man ihn lebendigen Leibes auf den Komposthaufen werfe.

Lebten die Menschen zweimal und hätten sie, wiederauferstanden, ihr erstes Dasein im Gedächtnis, wären sie im zweiten meist Skeptiker.

Manchmal, und heute mehr denn je, erscheinen die Streitigkeiten der Menschen um die Richtigkeit dieser oder jener Sozialtheorie, um die Unerschütterlichkeit dieser oder jener Lebensregel, um die Überlegenheit dieses oder jenes Verhaltenssystems lächerlich, lächerlich deshalb, weil abseits die Technik steht, die sich über diese Wortgefechte lustig macht, überzeugt, daß sie mit ihren Erfindungen auf der Waage des Weltschicksals schwerer wiegt als die eloquentesten Lehren. Heute hat tatsächlich sie, die Technik, unser Schicksal in die Hand genommen, und von ihr hängen die Veränderungen in der Lebensordnung und im Verlauf der Ereignisse stärker ab, als sie je von den Philosophen und Reformatoren abhängen können.

1897. Ein Mensch, dessen Seele nicht den geringsten Schein vom Genius eines Aristoteles, Sophokles, Caesar, Dante, Kopernikus, Kolumbus widerspiegelt, kann in der Menschenfamilie trotzdem ein guter Bruder sein; aber einer, der in seinem Innern nicht einmal das geringste Teilchen von einem Christus trägt, lebt außerhalb von ihr und nicht für sie. Und wäre er der allergrößte, so ist er doch einsamer in der Welt als ein im Weltraum verlorener Meteor.

Ein Genie, das eine neue Welt schafft, kann sich nicht von den Fesseln der alten Welt aufhalten lassen; ein Riese läßt sich nicht in die Zwänge eines Zwerges pressen; er braucht den größeren Radius der Freiheit, um seine Kraft entfalten zu können.

Manchmal macht eine Situation aus dem gewöhnlichsten Alltagswesen einen Helden.

Gesellschaften, die auf den Foren und in den Arenen leben und wirken, müssen weniger zu Improvisationen, zu Eintags- und Einmonatslegenden flüchten; aber diejenigen, die in Kellern, abgelegenen Katen und in Hinterhäusern hausen, spinnen sich aus fernem Widerhall, aus Träumen, Wahrsagungen, Einbildungen und Vermutungen ganze Ketten von Märchen zurecht, die sie dann weitergeben an andere.

Dummheiten und Scheußlichkeiten müssen wir alle oder fast alle begehen. Offenbar verhält es sich damit so wie mit der Ehe oder mit den Pocken.

Es gibt Untaten, die der höchste Gipfel menschlicher Amtswürden nicht freisprechen kann: Mörder, Dieb, Betrüger, Tyrann bleiben Verbrecher, selbst wenn sie die Spitze der menschlichen Pyramide erklommen haben.

Schnürt die Ethik in euer Reisebündel, kauft euch eine Eisenbahnfahrkarte und überprüft unterwegs die Moral der Menschen, ihr werdet euch überzeugen, daß sie auf jeder Station anders ist.

Politik ist keine exakte Wissenschaft, unabhängig von Raum und Zeit, sondern praktische Spekulation. Ihre Meister wechseln die Uniformen und Fräcke nicht öfter als die Grundsätze.

Die Menschen als Gattung sind ein riesiger Wald, in dem die welken Blätter beständig mit leisem und traurigem Rascheln – fallen.

1898. Der Mann betritt den Tempel der Wissenschaft als sein Priester, die Frau wie eine Nonne das Kloster. Er muß auf nichts verzichten, sie auf sehr vieles. Er bleibt stets ein Mann, sie verwandelt sich in eine Halbfrau. Ihm hilft ein jeder Lebensumstand, sie muß mit jedem kämpfen.

Der kleinste Mensch hat die gleichen Aufgaben vor sich, nur im engeren Kreis, wie der größte. Nicht Faust allein sucht die Wahrheit, auch ein ungebildeter Simpel tut es, es lieben nicht nur Brutus oder Abälard, auch der normale Landesbürger und der einfache Dorfknecht, und nach moralischer Reinheit strebt nicht nur Kant, auch eine unauffällige Krankenschwester.

Große Charakterreinheit, ebenso wie große Wahrheit, ist der Masse nicht nur unverständlich, sondern sogar gefährliches Greuel.

Jedes Heldentum, obwohl herrlich, ehrenwert und bewundernswert, ist immer unnatürlich.

1899. Der Betrug ist böse, schädlich, dumm, aber auch häßlich. Die Nächstenliebe ist edel, nützlich, vernünftig, aber auch schön. Man kann also die Welt kritisieren und verbessern: sowohl vom Standpunkt der gesellschaftlichen Ökonomie oder des Rechts wie auch vom Standpunkt der Ästhetik.

1900. Vielleicht ist die sicherste Vernunft eines Menschen immer noch sein Instinkt.

Der Thron im Herzen einer Frau ist wählbar und immer unbesetzt.

Mag das Genie große Ideen zeugen – ihre Amme ist immer noch die Menschheit.

Die Trauer ist nicht nur lästig, sie ist auch langweilig.

Wer im Herzen keine Liebe hat, ist unglücklicher als jemand, der dort alle Leiden besitzt.

Die Liebe ist die Schwelle zum Himmel, und wer diese Schwelle nicht überschreitet, erreicht das Land des ewigen Lebens nicht.

Oft brüllen wir, man habe uns unsere Rechte genommen, dabei hat man uns nur von unseren üblen Gewohnheiten befreit.

Glücklich sein kann jeder nur in der eigenen Welt.

Des Menschen wahres Zuhause ist seine Einsamkeit.

Prometheus' lautester Schrei ist gegen das Gebrüll der Stürme nichts als Geflüster.

Adler, die auf den Gipfeln des Olympos nisten, machen es wie der Kuckuck: sie legen ihre Eier tiefer in die Nester kleiner Vögel; diese brüten sie dann aus, füttern die ausgeschlüpften Küken und halten sie schließlich, nach einiger Gewöhnung, für ihre eigene Nachkommenschaft.

1901. Kein Volk ist eine künstliche Plantage gleichartiger Bäume und Sträucher, sondern ein natürlicher Mischwald. Doch wie im Wald, so überwiegen auch im Volk bestimmte Gattungen, die den Charakter der Allgemeinheit prägen.

Die Frau ist im bitteren Leben des Mannes der Süßstoff.

Die Augen der geliebten Frau waren für den Mann immer die Brille, durch die er die Welt sah. Selbst der selbständigste Mann sieht vieles durch diese Linsen.

Ein einziger Engel der Güte und der Hingabe, verborgen in einer Frau, ist fähig, die Verbrechen aller in ihr steckenden Teufel zu sühnen.

Eine Frau vermag im Hexensabbat die niederträchtigste Megäre zu sein, eine wahre Heilige ist sie trotzdem.

1902. Götter haben niemals Schüler und bilden keine Schulen.

Talente kleinen Formats, Beobachter der Oberfläche betreten das Leben wie Holzfäller den Wald, in dem sie die einzelnen Bäume sehen, ihren Umfang und ihre Höhe messen, ohne sich um ihr Verhältnis zueinander zu kümmern. Der Dichter und Philosoph sieht in diesem Leben, in diesem Wald die unterirdische Bindung der miteinander verflochtenen Wurzeln, er sieht, wie sich die Zweige der Kronen unter der Kraft der vorüberflutenden Stürme zueinander neigen und berühren.

Die Wissenschaft hat nicht so viele Formen der Forschung, die Kunst nicht so viele Formen der Ästhetik, die Tugend nicht so viele Formen der Ethik erfunden, wie viele Formen des Elends das Leben erfunden hat.

Das Menschenglück segelt wie ein kleines Schiff auf dem großen Meer des Leids, von Stürmen beständig geschüttelt, an den Felsen zerschlagen.

Unsere Philosophie ist ein Zug von Träumen, unsere Soziologie eine Idylle, und jede wissenschaftliche Wahrheit, die unser Interesse oder unsere Tradition verletzt, sperren wir in ein Verlies.

Die Einbildung ist, wie mir scheint, die gewaltigste der Mächte unserer Seele.

1903. Nicht immer besiegen Titanen andere Titanen, manchmal rebellieren gegen sie auch Kyklopen und gewöhnliche Sterbliche, die Ansporn und Mut aus der Überzeugung der Allgemeinheit schöpfen; es sei die Zeit gekommen, die den Wechsel der Halbgötter nötig macht.

Wenn man schon die häßlichen Karten aus der Geschichte nicht herausreißen kann, so sollte man sie doch zumindest nicht für die Nachkommen in goldenen Lettern überliefern.

1904. Wir sind jeder einzeln eine Gefängniszelle für viele unterschiedliche Wesen, die ständig miteinander streiten und sich gegenseitig hassen, weil sie zusammenleben müssen. Heute nennt man es den Reichtum der menschlichen Natur; irgendwann wird man es ihre Unvollkommenheit heißen.

Der Pfeil fliegt im hohen Bogen stolz nach oben; er fällt mit großer Demut und tief. Ähnlich die Geschosse des Menschengeistes.

Uns genügen nicht einmal die Grenzen der Ungewöhnlichkeit; wir verlangen obendrein nach der grenzenlosen Unwahrscheinlichkeit.

1905. Von allen Dingen, die sich vortäuschen lassen, ist das am häufigsten gefälschte – der Patriotismus.

Wenn wir die Untugenden und Mängel der gegenwärtigen Kultur bedenken, dann stellen wir leicht fest, daß sie uns nicht so sehr mit ihrer Ohnmacht schadet als vielmehr damit, daß sie den niedrigsten Instinkten freien Auslauf öffnet.

1906. Sag, Menschengattung, was denn von deinen großen Taten den Gipfel deiner Grausamkeit überragt?

Ein König hat keine Privatwohnung.

Es gibt auf der Welt keine guten Monarchen, wie es keine barmherzigen Henker gibt. Machten wir einen Karpfen zum Regenten, würde er das Land vor allem überschwemmen und in einen Teich verwandeln lassen.

Die Nachkommenschaft der Unterdrückung, des Elends, der Verzweiflung muß rachsüchtig sein, denn sie verkörpert Jahrhunderte des Unrechts.

Die Menschen reißen sich gegenseitig eher das Glück aus der Hand als das Brot.

Und zweifelsohne gehört die allerfernste Zukunft nicht der Menschheit, nicht Völkern, Gruppen und Parteien, sondern dem einzelnen, der irgendwann als der alleinige und allseits anerkannte Gott der Erde – übrigbleiben wird.

1907. Der freie Mensch ist eine mythische Heldengestalt, der wirkliche Mensch, selbst wenn er für die Freiheit lebt und stirbt, ist im Grunde seiner Seele ein Sklave.

Am leichtesten fällt es einem, des anderen Herr oder Diener zu sein, am schwersten – dessen Bruder oder Freund.

Jedermann ist eine besondere Welt, uns trennen mehr oder weniger tiefe Abgründe, über die wir Zugbrücken und provisorische Stege bauen, um uns auf ihnen zu begegnen und zu verständigen, aber nach kurzem Austausch von Gefühlen und Gedanken unterbrechen wir die Kommunikation und kehren in unsere Einsamkeit zurück. Ebenso fehlt es den Völkern an Verständnis.

Aristoteles' »politisches Tier« verbraucht den Großteil seiner Energie, um die Beute, die seine Konkurrenten begehren, an sich zu reißen.

Das Leben hatte mich unter anderem auch diese Wahrheit gelehrt: daß kein Mensch den anderen ganz begreifen oder empfinden oder zu seinen Überzeugungen überreden kann.

Der Mensch haßt in der Tiefe seiner Seele jede Macht; er ist ein geborener Anarchist.

Kein Altar und kein Thron lassen sich auf einer Strömung gründen. Sie verlangen nach festem Boden.

Die meisten Nachahmer hat die Macht, sei diese noch so feindselig und verhaßt.

Der Haß veredelt nichts, der Krieg bereichert niemanden.

Der letzte Tod wird der Tod des Fortschritts sein.

1908. Wenn das Leben des Volkes sowohl Arbeit als auch Kampf ist, so kann die erste nicht allein von den Vorarbeitern geleistet werden, der zweite nicht allein von den Führern. Kultur ist das Ergebnis der Arbeit und des Kampfes eines ganzen Volkes.

Die Entfernung von der Wiege bis zur Bahre des einzelnen ist so klein, daß man sie auf Stelzen durchlaufen kann, ohne ein einziges Mal zu fallen; aber die vom Nest bis zum Grab der Gesellschaft dehnt sich so weit, daß man sie nur mit Hilfe der Wahrheit bewältigt.

Wenn der Mensch in fremden Schuhen nicht ohne Qual laufen kann, wie sehr muß er leiden, in fremden, zu ihm nicht passenden Formen zu leben.

Wir brauchen Freiheit, brauchen Gerechtigkeit, brauchen Arbeitssicherheit, nicht nur deshalb, damit an unserem Körper der Hunger nicht nage, sondern auch deshalb, damit unsere Seele keine wildwütige Hyäne werde.

Ein einziger böser Wille ist imstande, einem Helden, dessen Name in den Dankgebeten der Menschen mit Ehrfurcht wiederholt werden müßte, das Leben zu nehmen; ein Tropfen Gift kann die größten Geisteskräfte besiegen. So ist die herrliche Gesetzmäßigkeit dieser Welt.

1909. Unter den Milliarden Menschen, die vor uns geboren und gestorben sind, gab es keinen, der sich selbst zu Grabe getragen hätte.

Sei kein Diener, kein Herr, kein Büßer, kein Gott.

Man stirbt nicht dafür, wofür man verurteilt wird, sondern dafür, wozu man sich selbst verurteilt.

Der Haß vernichtet viel und bildet gar nichts.

Hast du jemandem ein Atom entwendet, dann bist du ein ebensolcher Dieb, als hättest du ihm das Weltall gestohlen.

Von allen Planeten-Töchtern benachteiligte die Natur am meisten die Erde, die sie mit einem Geschlecht besiedelt hat, das einen stolzen, aber ohnmächtigen Verstand und einen ratlosen Willen besitzt.

Der Mensch wurde zerstückelt und bestohlen von der Menschheit, von den Völkern, von den Staaten, von den Religionen, von den Parteien, von den Familien.

Der heutige Mensch ist nur eine zufällig geeinte und willkürlich geteilte Anhäufung von Atomen. Er, der Gott der Erde, der das höchste Ziel aller sozialen Organisation hätte sein sollen, ist nur ihr ohnmächtiges Teilchen.

Kümmere dich nicht um die Menschheit, nicht ums Volk, nicht um die Partei, sondern um den Menschen.

Einen anderen recht beurteilen kann nur ein liebendes Wissen.

Es gibt keine bessere Art, die Menschheit zu beglücken, als die, sich selbst zu bessern.

Die ganze Menschheit, in eine Waagschale geworfen, wiegt nicht schwerer als auf der anderen Schale der einzelne.

Die größte Sünde, die man begehen kann, ist die Sünde gegen sich selbst.

Das größte, wenn auch alltägliche Ereignis in der Geschichte ist die Geburt oder der Tod eines Menschen.

Weder eine Theorie noch eine soziale Gruppe, ein Verschwörer oder eine rebellierende Menschenmasse bewirken einen Umbruch und bringen eine allgemeine Glückseligkeit auf die Erde – sondern nur der sich selbst beherrschende, niemandem untertane und über niemanden regierende göttliche Mensch schafft dies.

1910. Genies kreisen wie Sonnen am Horizont des Geistes und verströmen dort ihr lebenspendendes Licht. Millionen kleiner Seelen baden wie Staubkörnchen in diesem Licht, aber nur Adler können sie mit offenem Auge betrachten.

Es gibt seelische Kristalle, in denen sich die Lichtstrahlen interessant und erkenntnisreich brechen, selbst wenn manchmal ein Makel ihre Richtung unterbindet oder ändert. Zu solchen Kristallen gehören Talente.

Unser Fortschritt ist ein ständiges Behängen des im Wald gefällten und im Salon aufgestellten Tannenbaums mit neuen Nippsachen, Kerzen und Süßigkeiten.

Ohne ein aufgeklärtes Volk gibt es keine Nation, keine nationalen Taten, keine nationalen Gedenktage.

1911. Weder das Schwert noch die Unterdrückung wird uns ausrotten, sondern unsere innere Ohnmacht.

Bald werden wir die Sonne fragen, warum diese dumme Laterne am Himmel brenne und uns alle beim Schlafen störe.

Aber sollten wir denn, das Gewicht des Menschen ermittelnd, nur den Stock auf die Waagschale legen, mit dem er seine Gegner schlug oder sich seiner Angreifer erwehrte?

Böse, grausame, zur Mißhandlung bereite und der Quälerei gern beiwohnende Seelen ziehen wir in uns und rings um uns groß – ohne Angst, ohne ein einziges Mal vor den Folgen zu erschrecken, die dieser Schwund an Mitgefühl und Güte auf die ganze Gesellschaft haben könnte.

Ein Idealtyp eines Polen ist für uns immer noch ein Ritter im Harnisch und mit Krummsäbel, der sich auf den verschiedensten Schlachtfeldern schlägt und den Kampf um des Kampfes willen betreibt ... Er hat kämpferischen Schwung, aber keine Idee.

Einem Einfaltspinsel imponiert ein dreistes Paradox immer, weil er tatsächliche Originalität vom Eigensinn nicht unterscheiden kann.

Erste Pflicht eines Volkes, das bestehen will, ist Kulturkraft werden, Schaffen und Siegen; aber der Kunstgenuß fremder Gedanken, Gefühle, Schmerzen und Freuden vereitelt das; es ist, als würde ein Affe sich mit einem menschlichen Rasiermesser rasieren.

Was immer wir sagen oder tun, die Vergangenheit, deren Einfluß die erstarrte Gegenwart nicht schwächen kann, beherrscht uns ständig.

Sicherlich ist es leichter, zu schreien, daß das Feld vom Unkraut bewachsen ist; konsequenter ist es, das Feld umzupflügen und mit nützlichem Korn zu bebauen.

Es ist heute eine nachgewiesene Tatsache, daß es keine einzige Tugend gibt, die nicht irgendwo und irgendwann ein Frevel wäre, und keinen einzigen Frevel, der nicht andererseits Tugend ist.

1912. Die Vergangenheit verschwindet nicht mit der Zeit, welche kommt und geht, aus dem Leben des Volkes; die Vergangenheit läßt ihren Samen zurück, der die Nachkommen lange noch nährt wie das Getreide oder sie lange noch plagt wie das Unkraut.

Die Geschichte kennt nur Triumphe der schwachen und unterjochten Völker, die durch unbeugsames Ausharren im Widerstand und in geistigen Auseinandersetzungen erreicht wurden, sie kennt jedoch keine, die durch unterwürfige Beugsamkeit und heuchlerische Machenschaften errungen wären.

Die Gewissen der Menschen reagieren schnell und die Gedanken der Gesetzgeber langsam, aber die einen wie die anderen auf dem gleichen Weg.

Zur Lebensfreude gehört nicht nur die Freundschaft der Vernünftigen, sondern auch die Feindschaft der Dummen.

1919. Jede Diktatur, sowohl die der Cäsaren als auch die der Sklaven, ist widerlich.

1923. Auf einen Christus fallen zwei gehenkte Schurken und tausend Unbestrafte, die Kreuze errichten.

1924. Das Urteil der Menschen kann man täuschen, ihm entkommen, aber dem Urteil der Zeit, die sich nicht täuschen läßt, entkommt man nicht.

Theoretisch ist der Löwe König der Tiere, praktisch ist es der Wurm.

In den kleinen Alltagsgeschäften schrumpfen die Menschen; sie verlieren die Fähigkeit, sich gegenseitig gerecht zu werden.

1925. Die Klage Johannes des Täufers über den Gleichmut der Wüste, die seinen Ruf nicht hört, ist die nie verstummende Stimme der Geschichte.

Bescheidenheit führt die Menschen manchmal auf Gipfel, auf die sie die Dreistigkeit niemals heben würde.

1926. Der bösartigste Schimpf setzt den Wert eines großen Menschen nicht derart herab wie die Götzendienerei, die in den nicht hypnotisierten Hirnen eine entgegengesetzte Reaktion hervorruft. In dem blendendsten Kunstlicht ist Großes nie so groß wie im Naturlicht der Wahrheit.

Auch die Seele, wie der Körper, hat ihre Denkgewohnheiten, von denen sie sich nicht trennen mag, trotz gegensätzlicher Erfahrung.

Seltsam, um in der Erde Körnchen Gold oder Diamanten zu finden, laufen sie in ferne Länder, setzen sich dem Kampf und der Not aus und opfern ihr Leben; um aber ein Genie, ihr größtes Kleinod, hervorzubringen, geizen sie mit der kleinsten Mühe. Jede Gesellschaft ist mehr oder weniger eine Goldgrube solcher Schätze, doch keinem scheint es der Mühe wert, diese Kleinodien zu finden, zu schleifen und einzufassen.

1927. Zu den Kennzeichen eines kleinen Menschen gehört die Unfähigkeit, die Gedanken anderer zu verstehen.

Von allen Schaustellungen gefallen dem Menschen das Theater und der Zirkus am meisten, weil sie die treuesten Spiegel seines Lebens sind: Verstellung, Geschicklichkeit und Clownerie.

Die kürzeste Entfernung zwischen zwei Punkten ist der gerade Weg, und der sicherste Weg von der Wiege bis zur Bahre ist der gerade Weg.

Tyrannen der Völker, wie Elefantenbändiger, versuchen im Volk vor allem das Bewußtsein der Stärke auszurotten.

Am wertvollsten ist ein Talent, das Unikate schafft.

Die Großen der Völker von hoher Kultur sind Aristokraten, Edelleute der Verdienste, der Anerkennung, der Genialität, der Bürgertugenden, Erben früheren Ruhms, die die höchste Würde nicht betäuben kann, weil sie mit ihr vertraut sind. Ganz anders die Emporkömmlinge der Macht, die mit ihr ständig angeben wie ordinäre Raffkes mit ihrem Reichtum.

In der Evolution der Menschheit verschwindet am spätesten die Obrigkeit, denn sie ist das kostbarste, geliebteste und begehrteste Ziel menschlicher Mühe und Kämpfe.

Ein praktischer Mensch versucht vor allem, einen Herrn zu finden, der ihm befiehlt, und einen Untergebenen, der ihm gehorcht.

Im allgemeinen ist es schwierig, jemanden zu bewegen, seine Bahn zu ändern, insbesondere, wenn er gut auf ihr fährt.

Rücksichtslos logisch im Vorgehen ist nur eine Maschine.

Ein Fanatiker, wie ein Tier, hält alles, was er nicht konsumieren und nicht verdauen kann, für Gift.

Gesetze müßten von den Armen, den Erniedrigten und den Unglücklichen gemacht werden, aber diese haben meistens leider zu viel Eitelkeit und zu wenig Verstand.

Nicht der Unterschied ist beim Wechsel der Überzeugungen untugendhaft, sondern die Unaufrichtigkeit.

Eine der Freuden des anständigen Menschen ist, die falsche Banknote, die man ihm angedreht hat, an einen anderen auszugeben.

Wer mit dem Leben keine Abmachung trifft, den wird es verarmen, zermartern, glücklos aus seinem Gehege vertreiben.

Selbstherrscher ähneln Aussätzigen: sie stecken, selbst unheilbar, ihre Umgebung mit derselben Krankheit an.

Man muß sich weit mehr vor den kleinen menschlichen Fehlern hüten als vor den großen, wie man sich mehr vor Läusen als vor Löwen hüten muß.

Ein kluges Buch nimmt den Geist des Lesers gefangen und befreit ihn erst unter der Bedingung, daß er selbständig denkt.

Der Mann verdeckt seine Abstammung vom Affen mit dem Verstand, die Frau mit der Kleidung.

Einem Mann kann man Weisheit beibringen, einer Frau muß sie angeboren sein.

Ein Dieb würde sich leicht mit einem Polizisten verständigen, wenn ihm der Bestohlene dabei nicht hinderlich wäre.

Die Unauflösbarkeit der Ehe ist eine sehr gute Idee, schade nur, daß sie sich nicht auf die Menschen anwenden läßt.

Wenn eine Frau merkt, daß sie niemandem gefällt, wird sie zur Frömmlerin, hoffend, dann wenigstens Gott und allen Heiligen zu gefallen.

1929. Eine Frau, im Streit mit dem Mann verletzt, kennt nur eine Logik – ihre Gefühle, und nur ein Argument – ihr Verlangen.

Ein im Kloster vertrockneter Mönch, ein fanatischer Apostel der Körperverachtung, ein strenger Familienpatriarch, der treueste aller Ehegatten, der verliebteste aller Geliebten, jeder verspürt bewußt oder unwissentlich den sinnlichen Schauer, den der Anblick einer vorübergehenden schönen Frau hervorruft.

Die polnische Seele ist selten hermetisch und öffnet sich leicht.

Sollte der Pole wirklich eine Schildkröte sein, angewachsen an sein Haus, von dem er sich nicht schmerzlos lösen kann?

Die Polen sind kleine Vulkane, die nur rauchen und nur von Zeit zu Zeit mit einem Lavastrom ausbrechen. Ihr gesellschaftliches Leben besteht aus einzelnen oder kollektiven Explosionen, auf die Grabesstille folgt, oder aus Hochrufen bei gefüllten Gläsern, in denen viel Schaum und wenig Wein ist. Weil sie nach jeder Mühe rasch ermüden, meiden sie den Alltag und vermehren ihre Feiertage.

Der Mörder tötet einen Menschen mit der gleichen Selbstverständlichkeit wie der Tiger oder der Blitz.

Wir Polen haben kleine Hirne, zu enge Seelen, zu schmale Brustkörbe, zu flache Atemzüge. Wir haben uns an unser Traditionsschema gewöhnt, leben gern im Futteral und glauben nicht, außerhalb von ihm glücklich sein zu können.

Polen ist das besondere Land mit den reichsten Schrotthaufen. Denn was werfen wir da nicht alles hinauf! Historische Andenken, Kunstdenkmäler, große Verdienste, edle Charaktere und, vor allem, unsere Genies.

Den Gedanken können manchmal Worte fehlen, aber den

Gefühlen niemals. Sie sind immer eloquent, selbst dann, wenn sie schweigen.

Die Dummheit verfügt über unzählige Lehrstühle, Tribünen und Kanzeln.

Es gibt Zweifel im Leben, die nur der Glaube entscheiden kann.

1932. In dem erlesensten Gefäß ist die Fäulnis nichts als Fäulnis.

1932-1935. Politik – die Wissenschaft von Betrug, Gewalt und Raub – muß verschwinden; sie muß der Ethik weichen – der Wissenschaft von Gerechtigkeit und Mitgefühl.

Jeder Eroberer wird zum Jäger, um den sich eine witternde, kuschende, böse Hundemeute sammelt.

Die unmoralischste Sache unter den Menschen ist die Politik: sie besteht nämlich aus den größten, unverschämtesten, ebenso ungestraften wie gerühmten Missetaten.

Der Mensch ist durch seine Machtgier und Machtausübung äußerst entwürdigt; erst die Gefangenschaft gibt ihm seine Würde wieder.

Ein Despot ist fruchtbarer Vater und fürsorglicher Erzieher – von Schurken.

Elend, Unbildung, die schlimmsten Einflüsse, Beispiele und Verlockungen können den Menschen nicht so demoralisieren (verderben, entsittlichen) wie die mißbrauchte Macht.

Menschen berauschen sich an der Macht wie am Alkohol –

bis zur Besinnungslosigkeit. In diesem Zustand begehen sie die sonderbarsten Rasereien und die widerlichsten Verbrechen, die ungestraft bleiben.

Die Niederträchtigen saugen sich an den Mächtigen fest wie Feilspäne am Magneten.

Um die Polen zu beruhigen und zu befriedigen, muß man sie entweder erschrecken oder ihnen ein Tanzvergnügen bereiten.

Gesegnet wird die Zeit sein, da wir den Polizisten ebenso gern sehen und begrüßen werden wie den Briefträger.

Ehrlichkeit ist wie die Gesundheit, weniger ansteckend als die Niedertracht, ähnlich der Krankheit.

Kleine Schriftsteller sind wie die Butter – sie verderben rasch; große Schriftsteller sind wie der Wein – je älter, desto köstlicher.

Die Geschichte ist eine Sammlung von Ereignissen, die nicht organisch zusammengewachsen sind; sie sind durch mechanische Phraseologie verbunden.

Wenn Literaten keine neuen Begriffe zuwege bringen, erfinden sie neue Wörter und meinen, es sei das gleiche.

Die Kunst opfert viel mehr von ihrem Genie der Lüge und dem Märchen als der Wahrheit.

Die Polen sind aus Eisen. Man muß mit dem Hammer draufschlagen, damit sie warm und formbar werden.

Die Jugend ist edel, mutig, selbstlos, liebenswert – das ist wahr! Aber wie dumm sie trotz all dieser Eigenschaften auch ist!

An der Antwort eines Mannes auf die Frage – was ist eine Frau – kann man das Alter dieses Mannes erkennen.

Den größten Wert auf schicke Kleider legen: der dumme Mann und die kluge Frau.

Auch in der Liebe gibt es Kunst und Stümperei.

Edel ist der Mensch im Unglück und in der Gefangenschaft, aber niederträchtig im Glück und in der Freiheit. Die Hauptaufgabe der Zukunft ist, daß es umgekehrt sei.

Klüger ist, wer nur glaubt, als jener, der Glaube und Wissen versöhnen möchte.

Wenn ein vernünftiger Mensch einen Satz beginnt, ahnen wir nicht, wie er ihn beenden wird. Beginnt ihn ein Dummer – wissen wir es ganz bestimmt.

Die Revolution ist eine Revision der Sprache: Wörtern, denen falsche Bedeutungen unterstellt wurden, gibt sie die wahren wieder.

In den widersprüchlichsten Paradoxen stecken bedingte Wahrheiten, die insofern wertvoll sind, inwiefern es unbedingte nicht gibt.

Würde man die Bedeutung der Wörter einer genauen Kontrolle unterziehen, fände ein gewaltiger Umsturz der Begriffe statt, weil es sich erwiese, daß die Menschen etwas anderes sagen, als sie in Wirklichkeit wissen.

Die Missetat wächst wild, aus dem Samen, die Tugend muß gepfropft werden.

Wer lügt – ist, wird oder wäre unter entsprechenden Bedingungen ein Verbrecher.

Könnte man der Maschine das Lügen beibringen, wäre sie ein hervorragender Mensch.

Die größte Fremdheit und Leere empfinden wir nicht unter bösen Menschen, sondern unter kleinen.

Niemand liebt ein wirkliches Wesen, immer nur eins, das er sich selbst erschaffen hat.

Der Maßstab des Glücks eines Menschen ist die Zahl seiner fröhlichen Trugbilder.

Eine Million dummer Köpfe ist eine kleinere Summe als ein kluger Kopf.

Der Weise ist reich an Geheimnissen – der Dumme an unbestreitbaren Wahrheiten.

Der Kompromiß ist eine Fehlrechnung, weil er den heutigen Vorteil mit dem noch größeren Nachteil von übermorgen belastet.

Wahrheitsliebe und Wahrheitssuche werden von der Mehrzahl der Menschen ebenso unaufrichtig gepriesen wie die Abstinenz eines notorischen Alkoholikers. Die Wahrheit ist für diese Spezies weder lebensnotwendig noch Befriedigung, noch Genuß.

Für die Schiffbrüchigen des Lebens ist die Lüge meist jener

Rettungsring, der sie an der Oberfläche des Seegangs hält und vor dem Untergang rettet.

Wenn die Lüge als Bindeglied aus den zwischenmenschlichen Beziehungen eines Tages verschwände, entstünde ein solcher Zerfall, solches Durcheinander, solche Explosion von Haß, solche Revolution, wie sie die Welt bisher noch nicht erlebt hat.

Alle Menschen gehen durch das Leben wie Schauspieler über die Bühne, mehr oder weniger maskenbildnerisch behandelt von der gesellschaftspolitischen Regie.

Am bissigsten bellen die Hunde diejenigen an, die an ihnen schnell vorbeigehen. Ähnlich die Menschen.

Die Verkaufspreise für Menschenwürde haben eine größere Handelsspanne als andere. Manchmal sind sie so niedrig, daß man für ein Stück Ordensblech oder einen Lakaienfrack den größten Stolz einkaufen kann.

Tyrannen sind aus demselben Grund Könige der Menschen, wie der Löwe König der Tiere und der Adler König der Vogelwelt ist. Beide morden am grausamsten und fressen am gierigsten.

Eine Luftblase auf dem Wasser, die eine ähnliche Dauer hat wie wir, sorgt sich überhaupt nicht darum, was geschehen wird, wenn sie platzt.

1935. Die Polen sind keine Usurpatoren – das ist nicht nur ihre Eigenschaft, sondern auch ihr Ruhm.

Der Dieb nennt sein Diebesgut anders als der Bestohlene und anders als die Zeugen des Diebstahls.

Die Verkommenheit ist gewissen Menschen eine ebenso große Delikatesse wie das Aas dem Hund.

Das Leben, unabhängig, sogar gegen den Willen seines jeweiligen Reglements, regelt die Angelegenheiten und erfüllt die Aufgaben des Volkes von selbst.

Jeder lege sich sein Gebet selber zurecht.

Reine Seelen durchdringen sich gegenseitig und verständigen sich wortlos.

... Ein glücklicher Pole pflegt meist sündig zu sein, ein unglücklicher fast immer tugendhaft.

Gereimte Verzweiflungen und Leiden der Poeten, denen das Schicksal gnädig ist, hören sich an, als klage eine alte Jungfrau über Geburtswehen.

Das freundlichste Almosen ist bitter.

Christus wird ständig neu geboren in den Menschen, die auserwählt sind: er wird auch ständig in ihnen gemartert.

Die Formen der Größe sind ungezählt und unerschöpflich. Groß sein kann jeder, der es beharrlich will.

Wer nur von der Wirklichkeit lebt, die immer mehr oder weniger häßlich und erniedrigend ist, ist entweder dumm oder niederträchtig oder unglücklich.

Im gewöhnlichen Menschen stecken mehr Teufel als Engel, deshalb fällt ihm der Umgang mit den anderen, bei denen das Verhältnis umgekehrt ist, schwer.

Es gibt keinen Rat, der für zwei Menschen in ähnlichen Situationen gleich gut wäre.

Menschen sind zuweilen wie Figuren aus Holz oder aus Gips; ihre Beschädigung läßt sich spurlos reparieren.

Ein guter Philosoph muß Habenichts sein, der weder Familie noch Macht besitzt, weil diese Wohltaten nur Vorurteile mit sich bringen und die Seele in Fesseln schlagen.

Das kleine antike Griechenland lebt und beherrscht uns bis heute, das riesige Tatarenreich ist spurlos verschollen.

Schöne und reine Körper gibt es viele, schöne und reine Seelen so wenige, daß sie kaum reichen, den Glauben an ihr Vorhandensein aufrechtzuerhalten.

Alle Völker haben eine mehr oder weniger gefälschte Geschichte – geklittert aus Wahrheiten, Vermutungen, Erfindungen und gewöhnlichen Lügen. Eine bunte, quasi Phantasiestickerei auf dem fadenscheinigen Kanevas der Wirklichkeit.

Historiker sind oft genug Märchenerzähler.

Gemeiner als der Kopf der Tyrannei sind gewöhnlich ihre Hände.

Nur die Kräfte geben einem Volk Stärke und Glück, die vor dem Widerstand nicht haltmachen und nicht zurückweichen, sondern ständig und schonungslos in ihre Richtung vorwärtsgehen. Nur in dieser Vorwärtsbewegung werden große Charaktere und große Völker geboren.

Vorerst hat ein schutzloser Staat immer noch das Zeug zum Selbstmörder.

Auf dem Gewissen Polens lasten viele Sünden gegen sich selbst, aber keine einzige gegen ein anderes Volk.

Nicht nur die ehrwürdigen Helden, auch die Tyrannen, dreisten Räuber, Diebe und Mörder haben ihre Anhänger und Verehrer.

Die Regierung muß nicht stark sein; es genügt, wenn sie vernünftig und rechtschaffen ist. Stark muß das Volk sein, doch das erreicht es nur mit Hilfe der Aufklärung seiner Gesamtheit.

Menschliche Eigenschaften sind wie Parfüm, sie riechen in zu starker Konzentration penetrant.

In den Seelen liegen Quellen des Edelmuts verborgen, man muß nur ihre Mündung finden und öffnen.

Die Freiheit und das Glück eines Menschen stecken nicht an der Oberfläche, sondern in ihm, in seiner Seele. Diesen Besitz kann ihm keine Macht entreißen.

Eine geliebte Frau ist dem Mann ein Gott, der mit ihm Wunder schaffen kann.

Eine Frau, die den Mann verzaubert, wirkt nicht nur auf

seine erotische Empfindsamkeit; sie beflügelt und belebt auch seinen Geist. Dies ist keinesfalls ihr Werk und Verdienst, sondern das des kreativsten aller Triebe.

Folgen wir nicht der Ausnahme, sondern der Regel, dann wird sich zeigen, daß eine Frau kein tiefes und im Innern undurchdringliches Meer ist, sondern ein flacher Teich, der leicht zu durchschauen ist, wenn sein Grund rein ist; wenn er verschlammt oder getrübt ist, dann täuscht er Tiefe vor.

Für eine normale Frau ist ihr Wissen die Mode, ihre Moral die Mode, ihre Ästhetik die Mode, ihre Religion die Mode, ihr Recht die Mode, ihre Hygiene die Mode, und weil die Mode meist töricht ist und sich ständig ändert, ist eine Frau vorwiegend gedankenlos und immer anders.

Eine Frau büßt in Kleidern die Wahrheit ihres Körpers ein, im Benehmen – die Wahrheit ihrer Seele.

1937. Jeder Mord ist ein Verbrechen, ob ihn ein Bösewicht oder ein Soldat verübt.

KAROL IRZYKOWSKI

RANDBEMERKUNGEN

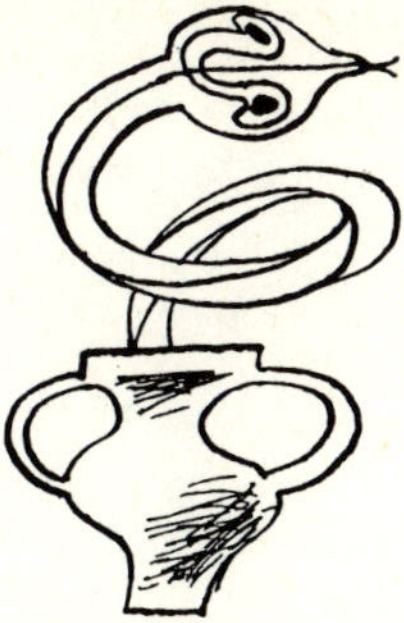

Auch Dummheit ist eine Art, seinen Verstand zu gebrauchen.

Poesie ist eigentlich Denken kat exochen – mit seinem ganzen Wesen.

Wir haben unserer Phantasie freiwillig Fesseln angelegt: Seit der Mensch fliegen kann, muß Pegasus ackern.

Parteinahme schließt Billigkeit nicht aus. Zorn ist beispielsweise ein schlechter Berater, aber ein scharfsichtiger Analytiker; er liefert Argumente, die man woanders niemals fände.

Geschichte ist eine immer wieder neue Form und Proportion der Verbindung von rationalen mit irrationalen Elementen.

Viele Opfer werden im nachhinein bereut. Ob das den Wert des Opfers verringert?

Die zartesten Instrumente sind zugleich diejenigen, mit denen wir uns am leichtesten verletzen.

Für Cook waren die Menschenfresser, als er die Insel betrat, ein anthropologisches Phänomen. Er für sie – ein Braten.

Abgesehen von dem Schnipselchen des soeben stattfindenden Augenblicks besteht die Welt aus dem, was nicht existiert.

Die Lokomotive, die ihn zerschmettern sollte, raste auf ihn zu, bäumte sich auf ihren Pranken auf, blitzte mit den Eckzähnen ihrer Laternen – er sah ihre mächtige Brust vor seiner schmächtigen Brust sich türmen und hörte das folgsame Wort: Da bin ich –

Mit N. polemisieren ist wie Flöhe fangen – ein hoffnungsloser Krieg.

Das wichtigste gesellschaftliche Phänomen ist die Einsamkeit. Nicht die raffinierte, die bequeme Einsamkeit, sondern die Einsamkeit unter Menschen. Wenn man hinter der Wand Menschen weiß und doch machtlos und schutzlos ist vor der Gewalt, mit der sich der Apparat der gesellschaftlichen Vorurteile und Vorbestimmungen uns nähert und zu zerschmettern droht. Der Schrei »Hilfe! Hilfe!« ist vergeblich, denn jeder hat seine anderen Gründe, ihn nicht zu hören.

Die Beobachtungen und Entdeckungen der Dichter (vor allem der Romanschriftsteller und der Dramatiker) betrafen und betreffen meist seltsame, bislang von keiner Wissenschaft berührte Gebiete; sie grenzen an Philosophie, Geschichte, Psychologie, Charakterkunde, Soziologie, Kulturwissenschaft, Politik, überhaupt an die Wissenschaft von Menschen und Dingen, die sich dem kodifizierten Wissen entziehen. Die Dichter sind zuweilen auf diesen Gebieten Bahnbrecher.

Meine These ist: Die Wahrheit über die Menschen ist weder einfach noch relativ, sondern vielgestaltig. Der Fortschritt besteht darin, auch einer solchen Wahrheit gewachsen zu sein, sie zu sehen und auszudrücken, dabei außer den vier Grundrechnungsarten weitere Instrumente wie Logarithmen, Differentialrechnung usw. zu beherrschen, nicht nur das einfältige, landläufige Entweder – Oder.

Nach einigen Erfahrungen ahmt jeder sich selbst nach, weil er sich in seiner Haut am besten und am bequemsten fühlt.

Der Standort des Dichters ist dort vorgeschoben, wo gewisse Linien zusammenlaufen – welche, das hängt von seiner Phantasie ab: hier kann ihn niemand kontrollieren. Unter bestimmten Voraussetzungen ist es feige, nicht zu schreiben, unter anderen wiederum ist das Schreiben – Graphomanie.

Das Weltall ist ein Tier, das uns sieht, hört und im Gedächtnis behält.

Der Mensch formt die Welt um und er vernichtet sie, er vollbringt alles und durchleidet alles, unter einer Bedingung: daß er dabei einen Zeugen hat. Er schafft sich einen solchen Ersatz-Zeugen in der Geschichte, in der Dichtung, in den Denkmälern. Er sucht ihn. Jeder seiner Gedanken wird für den Zeugen gedacht und wird dadurch zum Gedanken. Sogar seine Einsamkeit ist ein Sich-Erfüllen mit einem Zeugen, wodurch sie erst vollkommene Einsamkeit wird.

Die natürliche Religion des Menschen ist der immanente Symbolismus. Im Gegensatz zum dogmatischen Symbolismus, der Grundlage der offiziellen Religionen ist, gibt er sich mit der Materie der wirklichen Welt zufrieden und sucht darin nach bestimmten Linien, die er dann in die Unendlichkeit verlängert: als Gedankenwege, fragend, sehnsuchtsvoll, ratend.

Die Religion ist eine individuelle Kunst, die jeder aus eigener Kraft und mit eigenen Mitteln betreibt; die nicht religiösen Menschen finden den Rohstoff in den bereits vorhandenen Religionen.

Gott ist eine sowohl philosophische als auch artistische Kreation, weil er ein Bedürfnis der Seele ist – freilich nicht in allen Religionen.

Mein Gott ist der Gott des Zweifels.

Gott, der incognito wirkt, zwingt das Opfer nicht zum Schweigen, er erlaubt es ihm, sich zu täuschen und zu beklagen.

Auch das ist schließlich eine Wahrnehmung der Wunderbarkeit des Seins – die Erde wie einen fremden Planeten zu begehen.

Der Mensch verspürt eine Lust, die Dinge losgelöst von der Wirklichkeit zu betrachten. Je unmittelbarer er sie erfährt, desto stärker ist der Wunsch, sie noch einmal vor sich zu haben, in einer unverbindlichen Form, unschädlich und genauer. Darin steckt eine der Quellen der Kunst (auch der Wissenschaft) überhaupt. Denn die Welt wird nur zur Hälfte von den Prinzipien der Tat beherrscht, die andere Hälfte unterliegt den Gesetzen des Spiegels.

Es scheint, als wolle die Phantasie sich bestimmte Bereiche vorbehalten, die sie nur »mit den Augen der Seele« sehen möchte.

Es steckt im Menschen eine mystische Eroberungssucht, die »sehen« mit »haben« gleichsetzt.

Wenn die Zeit die vierte Dimension ist, dann ist der Tod die fünfte.

»Besser mit einem Klugen verlieren als mit einem Dummen gewinnen«, sagt ein Sprichwort. Am schlimmsten ist es jedoch, mit einem Dummen zu verlieren – und das passiert am häufigsten.

Dummheit wäre zu ertragen, wäre sie nicht auch noch aggressiv und bediente sie sich nicht einiger Kniffe der Klugheit – worin es ihr die Klugheit leider nicht gleichtun kann.

Man kann unehrlich sein bei der Planung des ganzen Lebens und ehrlich in kleinen Teilbereichen. Geringe Schulden statten wir gern ab, die großen behandeln wir wie Naturkatastrophen.

Wir sind aufgedrehte Hähne und wissen nicht, was durch uns alles noch fließen kann.

Ich schlafe schlecht ein: weil ich mich mit mir allein niemals langweile.

Leichter behält man von einem Menschen das Böse (das Plastische) als das Gute (die Abstraktion). Das Böse ist charakteristisch, das Gute banal.

Der Herbst ist keinesfalls ein rückwärtsrollender Film vom Frühling.

Auf einen Augenblick des Edelmuts kommen Jahre von Schablonen, kleinen Gemeinheiten und Unterlassungen.

Es gibt Seufzer, Gefühle, Gedanken, zart und heilig, Worte und Taten, rasend, versäumte Zärtlichkeiten, Halb-Erfindungen, die ewig an irgendeinem Ufer warten, ob nicht irgendwann auch ihre Zeit kommt. Doch niemand versucht loszuschreien, sich auszuweinen, auszusprechen, man vergißt seine Welt, beschränkt ihr Wachstum und verurteilt sie schließlich zum Absterben.

Leben bedeutet: sich auf das Leben vorzubereiten. Wir sterben in dem Augenblick, da wir erst richtig beginnen könnten. Aber der höchste Richter sagt: Ich laß mich nicht täuschen, das war das Leben. Das war's.

Ist das Leben ein Kelch, der, leergetrunken, einen Bodensatz hinterläßt; oder ein Rinnsal ohne Ende, vorübergehend unterbrochen?

Für mich ist Wirklichkeit ein Zeitwort: ein Ereignis, eine Begebenheit, eher ein Film denn ein Bild.

Auch das Heldentum ist nicht, wie es gewöhnlich heißt, die Überwindung des Todes zugunsten des Lebens; es ist nur deshalb schön, weil es den Schatten des Todes auf unser Leben wirft und dadurch dieses aufs neue zum Geheimnis macht.

Wenn Hamlet, wenn Don Quichotte als Typus im menschlichen Gedächtnis überdauert haben – dann sicherlich nicht als Charaktertypus, sondern als typisches Problem oder noch besser: als menschliche Geste, zustandegekommen auf der Grundlage dieses Problems; als menschliche Haltung im Angesicht des Universums.

Das Recht ist eine Projektion des Menschengeistes in die Zukunft und normt diese Zukunft nicht mit Rücksicht auf die Erfahrung, sondern mit Rücksicht auf einen bestimmten Plan, die Erfahrung zu ändern, das heißt, mit Blickrichtung auf das Ideal. Naturgesetze sind keine Menschengesetze.

Das größte Geheimnis für den Menschen, außer der Welt, ist der andere.

Schreiben bedeutet – sich verständlich machen.

Die wahre, artgerechte Form geistigen Zusammenlebens ist die Poesie.

Man zwingt die Menschen und die Völker, Konsequenzen daraus zu ziehen, was gewesen ist, während erst das, was kommt, was jetzt getan werden muß, darüber aufklärt, was eigentlich war und welche Bedeutung es hatte.

Zweifelsohne sehr imposant, sehr achtbar und sehr perspektivisch ist das Wort: Notwendigkeit. Vor allem aber bequem. Es schenkt die Illusion der Sicherheit im Chaos. Es beruhigt. Es enthebt der Verantwortung. Es tut so, als sei alles, auch das Schlimmste, zumindest in Ordnung. Es ist die subtilste Art des Selbstmords. Dabei hat es einen so ehernen, unerbittlichen Klang.

Vielleicht ist der Irrtum das Ergebnis eines gesetzmäßigen Mechanismus.

Der Zufall ist nicht nur die Resultante unberechenbarer Kräfte, die außerhalb vom Menschen wirken, er zieht auch jene Kräfte an sich, die in ihm stecken; so wird er zum Reagens seiner Natur, er entlarvt sie oder er verherrlicht sie.

Fast alle Weltanschauungen basieren auf der Kombination irgendwelcher Widersprüche und sind deshalb stets dem Vorwurf der Inkonsequenz ausgeliefert.

X. wurde angeklagt, mit seinen Überzeugungen in Bigamie zu leben, der Prozeß brachte jedoch zutage, daß er davon einen ganzen Harem hatte. Alle waren neidisch, der Angeklagte wurde freigesprochen.

Jubiläum – eine Art Rache derer, die gezwungen sind, jemanden zu würdigen.

Blinde, die ins Schwarze treffen – was für ein göttliches Schauspiel.

Tröste dich, auch dein Los wird gezogen, aber wie eine blinde Dollarmünze, ohne Gewinn, nur al pari.

Als Preis für seine guten Taten bekam er nur die Kehrseiten der Medaillen verliehen.

Gewisse Gedanken und Ideen haben Talent an sich.

Mit jemandem zu polemisieren, der auf unserem alten Standpunkt steht – ein komisches Gefühl. Wie beim Anblick des zweiten Mannes der eigenen Ex-Frau.

Druckfehler zu sein, der einen Sinn hat – eine schreckliche Existenz, eine Höllenstrafe.

In ihren theoretischen, abstrahierenden Bemerkungen sind alle offener, liberaler, klüger, tiefer als in ihrer Praxis. Kraft der Abstraktion.

Oft scheint es den Menschen, die größere Wahrheit müsse sich in der Nähe des größeren Verdrusses befinden.

Man muß schon selbst eine bestimmte Idee im Kopf haben, um eine fremde nachvollziehen und sie genießen zu können.

Es genügt nicht, etwas zu erfinden, man braucht auch Menschen, die die Erfindung begreifen oder zumindest entwenden.

Auch falsche Waagen wiegen gern.

Ein dummer, aber energischer, empfindlicher und vielseitiger Mensch ist überall dort ein Unglück, wo er sein Wesen treibt – in der Politik wie in der Literatur.

Das, was man schlechthin Intellektualität nennt, sollte eher Schablone heißen. Bei uns denken die Menschen, daß jeder, der denkt, eo ipso auch richtig denkt.

Am schrecklichsten ist ein Dummkopf, der ein wenig Recht hat.

Der Herbst ist ein Fest der Blätter; bescheiden, jedoch bunt beenden sie ihr Leben und machen den Früchten Platz.

Man sagt, Jugend bedeute Glück. Nein – glücklich sind die Kindheit und das nicht allzu kränkelnde Alter, nicht aber die Jugend, diese erste Welle, die am Felsen des Lebens zerschellt, das erste Öffnen der Augen vor der Abscheulichkeit, die ersten Enttäuschungen, ersten Niederlagen, ersten Kompromisse. Jugend ist tragisch.

Am größten ist das Unglück in dem Augenblick, da es sich noch scheinbar abwenden ließe.

Das Paradoxon (Trotz?) ist eine Wahrheit, die in der Welt der Blinden die Lüge zu simulieren hat.

Jede Theorie ist nur Annäherung, also in der letzten Instanz Poesie, ein Türmchen.

Thesen sehen oft aus wie Synthesen.

Schlimmer als das »leichtgemachte Leben« ist das leichtgemachte Denken.

Gedanke – ein weit fortgeschrittener Schmerz, wenn man davon ausgeht, daß der Schmerz nur eine Unordnung der Seele ist.

Leidenschaften fälschen nicht nur die Ergebnisse unseres Denkens, sondern auch dessen Voraussetzungen.

Phantastik hat mit Phantasie oft wenig zu tun. Denn Phantasie bedeutet keinesfalls Seltsamkeit oder Ungewöhnlichkeit, sondern das Inbewegungsetzen bestimmter seelischer Kräfte.

Frau F. kann man nicht nachweisen, daß sie sich selbst widerspricht, denn bevor man ihr ins Gedächtnis ruft, was sie gesagt hatte, hat sie ihre Meinung bereits zum dritten Mal geändert.

Nicht alles, was aus dem Verstand kommt, ist klug, denn

auch die Dummheit hat ihre Quelle im Verstand, im Intellekt (deshalb ist die Dummheit noch keinesfalls ein so untrügliches Zeichen für »Gefühl«, für das man sie hält).

Wirft einem ein Dummkopf einen Stein in den Garten, werden ihn später zehn Kluge nicht von der Stelle schaffen.

Wenn bei uns jemand sagt: X. ist begabt, dann schwebt ihm dabei unwillkürlich auch ein bestimmtes Maß an Dummheit vor, das er X. zugesteht.

Ein eklektisch, unselbständig erzogener Geist produziert nicht, verarbeitet nicht, er reagiert lediglich auf die äußeren Eindrücke und hat für die meisten Vorkommnisse in der Welt fertige, runde Redewendungen parat wie etwa die Sprachführer für Reisende in Länder, deren Sprache man nicht kennt.

Nicht nur der Körper, auch der Verstand hat seinen Selbsterhaltungstrieb, kraft dessen er seine Lieblingswerke vor dem Angriff allzu strenger Grundsätze schützt; er meidet diese . . .

Obwohl jedem das Prinzip der Originalität bekannt ist, möchte er originell sein, so wie es in den Büchern steht; obwohl er bestimmt zu wenig Vorstellungskraft hat, um im eigenen Gehirnkasten ein Originalwerk auszubrüten. Er ist Poet außerhalb seiner, und nicht innerhalb seiner selbst.

Der Theorie der Namenlosigkeit zufolge ist ein großer Teil der Wörter, vor allem jener im Bereich der psychischen Vorgänge, nicht nur unbefriedigend, sondern oft sogar falsch. Wäre es keine aphoristische Übertreibung, könnte man es hübsch sagen: Nomenklaturen sind das Grab der Probleme.

Bei manchen Wörtern ist die Evidenz ihrer Herkunft verlorengegangen, aus zu beherrschenden Werkzeugen sind sie beherrschende Handelnde geworden, so daß nun für die Wörter passende Begriffe und Inhalte gesucht werden, als ob man diesen armen, jedoch majestätischen Aristokraten unbedingt einen Posten verschaffen wolle. So kamen Grundsatz-Wörter, Wort-Ungeheuer, wie vom Himmel gefallen, zustande, diverse idée fixes vieler Menschen: Schönheit, Kunst, Poesie, Wahrheit, Liebe usw.

Wenn irgendwo zwischen Wort und Tat kein Einvernehmen besteht, liegt es nicht immer am Wort; man sollte nachsehen, ob vielleicht die den Wörtern entsprechenden Inhalte nicht veraltet sind, ob vielleicht der ganze Apparat nichts mehr taugt. Gutmütige Wörter erfüllen dann die Rolle des treuen postumen Echos; aber sie wissen es nicht und glauben es nicht, daß sie nur eine Grabinschrift sind, sonst nichts.

Es ist so, daß sich die Menschen nur mit ihren niedrigeren Regionen berühren und nicht mit ihren Gipfeln, nicht mit den Aureolen; alles das, was für gewöhnlich das Schöne, Gute und Wahre genannt wird, kommt am seltensten zum Ausdruck.

Jeder moralische Entschluß muß etwas in Abschlag bringen, er muß ein chirurgischer Eingriff, eine Ungerechtigkeit sein – wie jede Tat, »euer Handeln ist bös seit der Geburt«, sagt die Heilige Schrift – und doch verliert er dadurch seine Würde nicht.

Die Welt erträgt es nur bis zu einem bestimmten Höchstgrad, die Dinge ernst zu nehmen, im entscheidenden Augenblick öffnet sich ein Ventil, das den Überfluß hinauswirft und das Ideal auf das sich geziemende Maß reduziert.

Im Menschen wirkt eine Sicherheitsklappe auf dem Grunde seines Gewissens, seines Sanktissimums, in dem er unbeobachtet schachert.

Man stelle sich die sinnliche Lust als eine geistige vor – das spricht nicht nur frei von Sünde, es erweitert den Horizont, verpflichtet, die ganze sinnliche Welt ähnlich zu behandeln, als eine Ansammlung von Symbolen des Geistes – die nach weiterer Ausbildung und Befreiung verlangen.

Was ist die eigentliche Wahrheit über die Wahrheit – natürlich nicht die mathematische, sondern die menschliche, die Lebenswahrheit? Daß die Wahrheit von den menschlichen Beziehungen nicht das Entweder-Oder preise, daß die eine Version ebenso gut sei wie die andere, sondern daß beide, scheinbar gegensätzlichen Versionen nebeneinander und miteinander leben können, sich gegenseitig durchdringen können, wie – um ein naheliegendes Beispiel zu nehmen – Liebe und Haß.

Philosophie ist nicht nur in Büchern enthalten, sie kondensiert sich auch in den Fachbegriffen, die von Mund zu Mund wandern, aus Büchern in die Zeitungen, dabei kann ein findiger Kopf aus einigen Termini ein ganzes System wiederherstellen wie ein Naturforscher aus einem Wirbel ein Tierskelett.

Das Denken hat, sobald es beginnt, seine Autonomie; sie besteht darin, daß man etwas ausdenkt, was es noch nicht gab.

Die Intuition gewinnt erst dann ihre wahre Bedeutung

zurück, wenn das Bewußtsein bis zum höchsten Grad angespannt ist. Um mich hochtrabend auszudrücken: Abyssus abyssum vocat. *(Ein Abgrund ruft den andern. – Zitat aus Psalm 42,8.)*

Gedanken sind viel wichtiger als Taten – deren Repertoire von so vielen Zwängen begrenzt wird und deren Ziel meist der bestimmte Stand eines Gedankens ist.

Menschliche Erfindungsgabe verdient Achtung, wo immer man sie findet.

Es gibt Ideen, die schwierig, die mobil sind und deshalb auch nur den reaktionären Parteien als Maske dienen. Man sollte diesen Ideen eine besondere Unterkunft bauen.

Nur ein Plagiat erzeugt Prinzipienreiterei, jene Leidenschaftlichkeit, die eine Folge von Selbstunsicherheit ist, von Unkenntnis der Wege und Seitengänge, der improvisierten. Wer selbst etwas ausgedacht hat, hat ein ungehemmtes Verhältnis zu seinem Werk, er kann es ändern durch einen Griff in seine Reserven, es entfalten oder abberufen und andere Bahnen einschlagen. (In diesem Sinne meinte Marx, er sei kein Marxist.)

Sie denken nicht mit dem Hirn, sondern mit den Nägeln, die in ihrem Kopf stecken.

Don Juan hatte seine Geliebte gewogen und ihre Schuhgröße notiert.

Das Wort »Photogenie« spricht man mit Begeisterung und mit Augenaufschlag aus. Es vagabundiert verloren, auf der Suche nach einem Sinn – und auf solche Wörter lauern die Aufschneider. Vielleicht schreibt jemand eines Tages einen psychologischen Traktat: Wie kommt auf linguistischem Boden die Windbeutelei zustande, wie existieren, sogar im Wohlstand, Wörter, die nichts bedeuten.

Manche Wörter sind im Hirn verwurzelt, setzen sich fest, umgeben sich mit einer bestimmten Melodie, einer bestimmten Sphäre von unartikulierten Gefühlen und Assoziationen. Das Wort »Liebe« zum Beispiel stelle ich mir als ein mit dieser Benennung, sogar mit diesen Buchstaben aufgeladenes Plättchen vor; es erzeugt ringsum ein gewisses Fluidum, das den Nebel anderer Vorstellungen, Erfahrungen aus Lektüren, aus dem Leben usw. in Bewegung setzt, so daß, selbst wenn die Liebe als etwas vital Monolithisches nicht vorhanden wäre, dieses Plättchen und sein Ton als Realität, nur von anderer Gattung, vorhanden wären.

Das Wort »Unnatürlichkeit« ist nur eine heuchlerische Erfindung von Scheinheiligen und Durchschnittlingen; es ist ja bekannt, daß die Natur in der »Unnatürlichkeit« manchmal besser zu Worte kommt als in ihren normalen Erscheinungen.

Während der Witz literarisch keinen besonderen Wert hat und in dieser Beziehung der Metapher unterlegen ist, hat er doch im Wirtschaftsleben einen ungewöhnlichen Wert: als gängige Münze, mit der alles verkauft, gekauft, unverschämt taxiert wird.

Witze erfindet das Volk, Metaphern die geistige Aristokratie. Die Metaphern werden von Poeten, Literaten, zur Not von Rednern gebraucht, den Witz braucht jeder.

Ein »Schlag wie aus heiterem Himmel«. Man muß abwarten, bis er Erinnerung wird, Material, Gedanke und eines Tages zusammen mit dem Menschen verschwindet. Jede Tatsache, selbst die härteste, wird am Ende Gedanke.

Im Finstern nicht zu schwimmen, nicht mit den Händen nach dem Umkreis zu tasten, Schlaglöcher, Bäume, Steine zu meiden, Gegenständen aus dem Weg zu gehen – ist gegen die Natur, gegen die Triebe, wie alles Wissen. Die Finsternis, die unser Auge außer Kraft setzt, verlangt, daß man sie begehe, in ihr schwimme und zerfließe.

Die ganze Welt der Werte gewinnt erst als Umsatzergebnis auf der Börse des menschlichen Gedankens an Bedeutung. Es ist nicht wichtig, wer jemand ist, was er tut und was er erreicht, sondern wie er sich widerspiegelt in den anderen Seelen und wieviel er aus ihnen herausholt.

Leitsatz von S.: Schiffbrüchigen, die sich an mein Boot klammern, klopfe ich auf die Finger.

Er entdeckte, daß er ein Verbrecher (Schlappschwanz, Dummkopf) war, und beschloß, im guten Einvernehmen mit sich selbst weiterzuleben. Nun lebt er tolerant mit sich selbst, harmonisch, zufrieden.

Die seltsamste Analyse ist die, welche – im Namen der Wahrheit – den Begriff »Wahrheit« zum Gegenstand hat. Sie bringt die Wahrheit nämlich vor Lachen zum Platzen . . .

Würde man doch einmal dort beginnen, wo die Mittel den Zweck heiligen.

Eins muß man in der Entwicklung der Kriege anerkennen:

sie sind immer weniger Gefecht, je grausamer und anonymer sie werden. Gas wirkt wie Geist.

Polnische Literaten lesen mich nicht – ich lese polnische Literaten nicht, meine Rache ist jedenfalls quantitativ größer.

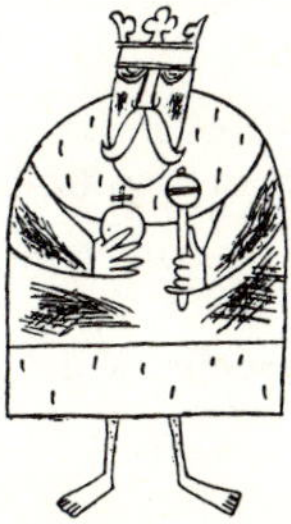

In der Politik mischt man immer nur die Karten, anstatt zu spielen.

Ich habe lange nach einer Entsprechung für das deutsche Sprichwort »das Kind mit dem Bade ausschütten« gesucht, eine Vorstellung, die in Polen weit verbreitet ist. Ich schlage vor: »Jemandem den Splitter im Auge zusammen mit dem Auge entfernen.«

Man verlangt vom Kritiker, daß er Steine verdaulich mache.

Wer ist das? Über Bücher, die er nie gelesen hat, schreibt er Bücher, die niemand liest.

Je weniger jemand praktisch veranlagt ist, desto gieriger jagt er kleinen Vorteilen nach.

Die einen gleichen einer Dampflokomotive – die Individualisten; die anderen einer Elektrolok – die eine Zentrale speist.

Man sollte keine Fragen stellen, aus denen (stillschweigend) wortlose Schlüsse gezogen werden können.

Am schlimmsten ist, wenn ein Dummkopf irgendwie recht hat, denn er ist bereit, daraus sofort ein Geschäft zu machen und seine winzige Richtigkeit auf alles (auch Großes) zu übertragen.

Mit C. muß man vorsichtig umgehen; wie mit einem geladenen Gewehr.

B. und W. – Gespräch zweier Kataloge; der eine blättert im anderen.

Vulgarisierung und Demokratisierung sind oft untrennbar miteinander verbunden.

Solipsismus! Ohne ihn gäbe es keinen Universalismus und keinen Kommunismus. Bienen kennen die soziale Frage nicht und brauchen sie auch nicht.

Wenige wissen, wieviel intellektueller Urstoff, wieviel Schwindelei oder geistige Fehler in den sogenannten Elementarereignissen stecken.

Überhaupt unterliegen wir allzu stark der Differenzierung zweier Kontraste: des Scheins und des Wesens einer Sache. Nur Goethe hatte den Einfall zu sagen: »So laßt mich scheinen, bis ich werde.«

Wer das Ruder verliert, lebt nicht nur jenseits von Gut und Böse, sondern auch jenseits von Klug und Dumm.

Man kann aus unmittelbarer Beobachtung, aus dem eigenen Leben schreiben, in den Umrissen die Wahrheit wahren und sie dennoch ständig fälschen. Das Sagen der Wahrheit ist eine Kunst.

Ein häufiges Paradox: Je persönlicher die Lyrik eines Autors ist, desto leichter erreicht sie die Herzen der Leser.

Wie schlägt man eine Wespe tot, die auf einer Kristallvase sitzt?

Wenn Poesie etwas sein soll, dann Krone des Denkens und nicht Asyl für die Armen im Geiste.

Das allernatürlichste Bedürfnis des Menschen ist, sich seinen Nächsten überlegen zu fühlen.

Et tu Brute contra me? *(Auch du, Brutus, gegen mich?)* – sagte ein sterbender Löwe, dem ein Esel einen Fußtritt gab. Als der Esel das hörte, schmatzte er und lief zu seinen Bekannten, um damit zu prahlen.

Die meisten Witze entstehen deshalb, weil sich die Menschen gegenseitig im Wertsystem der ihnen bereits vertrauten Aberglauben, Vorurteile, Sympathien und Antipathien bestätigen wollen.

Warschau frißt alle Talente auf, und zwar nicht stückchenweise, sondern kleingemahlen zum Brei der Witze; *weil* die Stadt zahnlos ist.

In Warschau werden alle von allen auf irgendeine Weise ausgeplündert. Je höhergestellt die Schnorrer, desto mehr.

Mißverständnisse enden in einigen glücklichen Fällen harmonisch; oft sind sie die einzige Möglichkeit der zwischenmenschlichen »Verständigung«.

Es gibt keine so dumme oder so unsympathische Person, daß man sie mit einer dritten nicht noch bereden könnte.

Z. rühmt sich, daß alle von ihm reden. Ja, aber so wie vom Straßenkot, der breitgetreten mitten auf der Fahrbahn liegt. Auch das ist – Wichtigkeit.

Ruhm ist nur eine Leihgabe, oft eine Laune des Volkes. Wer ihn ernst nimmt, bricht die ungeschriebene Konvention mit seinen Bewunderern.

Was muß man alles opfern, um populär zu sein?

Der Mensch feiert gern Triumphe, selbst auf Kosten seines eigenen Anspruchs.

Schablonen siegen immer.

Der allmächtige Kult des Witzes, das heißt der Kult, den Humor aufzuspüren, zeugt von einer tief in der menschlichen Natur verwurzelten Rachsucht, fast Unsicherheit, Ungeduld oder sogar Langeweile. Der Mensch rächt sich mit dem Witz für seine Mißerfolge, er wehrt sich mit der Waffe des Spotts.

Die Konsequenzen des Begriffs »Leben« erwiesen sich als genauso zwiespältig, gespalten wie früher der Begriff der Natur und heute der Begriff des Liberalismus. Leben – das kann Rationalismus sein, aber auch Irrationalismus, das kann Freiheit sein, aber auch Unfreiheit, es kann einmal nach Entfesselung verlangen, dann wieder nach Disziplin, es kann mit der Natur übereinstimmen, aber auch ihr widersprechen.

Früher war das Kriterium der »wahren« Philosophie, ob sie

der Religion den Weg bereite; heute, ob sie die Tat begründe.

Vergossenes Blut kann ebenso ein Symbol der Ratlosigkeit sein wie eine eingeschlagene Fensterscheibe.

Jede Tat, jeder Gedanke, jedes Menschenurteil hat seinen Wert allein durch die Arbeit und für die Arbeit; sie ist das höchste gesellschaftliche, ethische und ästhetische Kriterium.

Ehrlichkeit ist eine Tugend, die den Menschen ein Vermögen kostet.

Ein edler Mensch ist bemüht, jede seiner neuen Freiheiten mit einer neuen Pflicht, neuen Aufgaben zu bezahlen.

Der Mensch von heute hat das Ideal der »kalokagathia« eingebüßt, deshalb bagatellisiert er seinen Alltag, deshalb schätzt er sich selbst gering. Scheinbar lebt er diese seine Gegenwart »von der Hand in den Mund«, wie ihm vorgeworfen wird, im Grunde aber vergeudet er sie fortwährend, sonst nichts.

Wir Zeitgenossen leben zu sehr vor den Augen der Öffentlichkeit, wir sind zu wenig wir selbst. Beschenk dich mit deinen besten Gedanken und laß es niemanden wissen. Mach sie zu deinem intimen Gebet.

Mensch und Mensch sind füreinander der größte Schatz und die gefährlichste Falle.

Geschlechtsinteressen sind eigentlich egoistisch, aber genau das ist die einzige haltbare Achse der »Liebe«, daß in einer physiologischen Angelegenheit zwei Egoismen zufällig parallel und gleichlaufend zusammenfinden; der eine Egoismus ist meist nur dann zufrieden, wenn der andere es auch ist.

Liebe ist ein Sakrileg auf Gegenseitigkeit.

Die Lüge schwimmt nach oben wie Öl, die Wahrheit fällt tief; sie ist schwer und schwierig.

Noch hat sich der Mensch kein Ideal geschaffen, für das es zu sterben lohnte, aber er mag es, für irgend etwas zu sterben. Und das ist vorerst für ihn das beste.

Die heutige Welt ist so eingerichtet, daß – trotz bester Absichten der Umwelt – an jedem ständig ein namenloser Mord begangen wird. Niemand ist schuld, und alle sind schuldig. Es geschieht stets das gleiche, wie im Gedränge während einer Feuersbrunst.

Sie wollen dem Leben gegenüber fair sein? Aber das Leben wird Sie immer betrügen, das Leben ist ein Schwein.

Ein Einsamer könnte sich niemals einsam fühlen ohne den Hintergrund der anderen.

Was der Mensch auch tut, von seinem Standpunkt aus hat er immer recht und hundert Gründe dafür. Sagt er eine Dummheit oder verübt er eine amoralische Tat, die Kettenreaktion bleibt lückenlos, logisch.

Ein Thema für ein Gedicht: das Zerreißen der eingelösten Wechsel.

Im Traum. Der Verstorbene S. kam zu mir mit Vorwürfen: Ich weiß genau, daß du zu Hause warst – und doch hast du mich nicht eingelassen. Ich antworte: Du solltest mit mir in Frieden leben, laß mich in Ruhe, sonst sage ich dir etwas Unangenehmes (ich wollte ihm sagen, daß er tot ist).

Ich mag keine heilige Empörung, selbst wenn sie begründet wäre.

Bei geistigen Auseinandersetzungen ist die Form, das heißt das Mittel dieser Auseinandersetzung, Symptom des Inhalts.

Das Recht auf die – alte – Phrase von den zwischenmenschlichen Abgründen hat nur der, der darüber nachdenkt, wie sie überbrückt werden können.

Den Stein, der im Weg liegt, kann man 1. umgehen, 2. überspringen, überfliegen (Genie), 3. beseitigen, und zwar a) ganz auf einmal, b) nach seiner Zertrümmerung in Stücke.

Alle Kritik und Wahrheit gehört dem Sozialismus. Der Sozialismus spart nichts aus und hat vor nichts Angst. Der Sozialismus ist keine Sache von irgendeiner Mehrheit, sondern Sache der Menschheit.

Jede Situation ermöglicht eine absolute, nicht nur bedingte Lösung. Die Bedingtheit kommt aus dem Unwissen, aus der Verlogenheit, aber sie ist nur ein Irrtum, der nicht zum Rang der Notwendigkeit erhoben werden darf.

Mit der Maxime, man sollte so handeln, als wäre dies die Norm für alle, hatte Kant unrecht. Es gibt Handlungsweisen, es gibt Gedanken und Zustände, die der Minderheit vorbehalten bleiben.

Meine Damen und Herren – was ist schon die sogenannte Ganzheit? Es gibt kein Drama, das sich bei näherer Untersuchung nicht als unwahrscheinlich, fehlerhaft, schlecht gebaut, als Stückwerk erwiese. Gut gebaut sind nur die Damen, die unsere Premieren besuchen, und die Stücke von Bernstein und den anderen Franzosen. Was kann ein Dichter bieten? Blitze.

Die beliebten Motive eines Dichters hängen, entgegen der Vermutung der Biographen, nicht mit seinem persönlichen Leben zusammen, sondern sind Ergebnis zufälliger geistiger Assoziationen und Konstellationen, die sich im nachhinein hartnäckig befestigen. Aber niemand will an Zufälligkeiten glauben. Sogar Freud ist in dieser Hinsicht Hegelianer.

Habgier und Auftrag können auf die Drüse des Talents ebenso wirken wie Liebe, Verzweiflung oder Ruhmsucht, und die »Eingebung« selbst muß nicht unbedingt nur als Ekstase stattfinden, mit glotzenden Augen und zu Berge stehenden Haaren, sie kann auch verborgen und gleichsam in Raten aufgeteilt und deswegen nicht weniger intensiv sein.

Avantgarde. Statt zu sagen: ich weine, schreibt der Dichter H. die chemische Formel für Tränen auf und winkt von weitem mit dem Taschentuch – was auch andere Vermutungen nahelegen kann.

Bücher werden gelesen wie Fische gegessen: Vorsicht, Gräten!

Eines Tages siehst du deinen Affen.

Das Bild vom Gegner – der Gegner als künstlerische Erfindung.

Am Unterschied zwischen Anatomie und Pornographie kann der Unterschied zwischen Poesie und Prosa deutlich gemacht werden.

Hinter den Wänden der Tragödie lauert die Parodie.

Ein Bündnis zwischen Kunst und Kommerz ist, unserer Meinung nach, nur dann möglich, wenn sich die Kunst auf das l'art pour l'art beschränkt oder – wie man heute sagt – auf das gut Handwerkliche, und auf die weiten Horizonte verzichtet. Große Kunst war immer revolutionär.

Kunst – ein Geheimbund der »besseren« mit der »schlechteren« Natur im Menschen; in der Folge – Effekte statt Fakten.

Eine Gefahr, schlimmer als der Snobismus: wenn die Literatur zum täglichen Brot und zur Notdurft wird.

Die Mode ist ein Kollektivplagiat, das niemanden schädigt. Sie ist eine moralische, aber nicht geistige Freisprechung. Die Modenarren sind sogar gesellschaftlich notwendig; nur sind sie niemals Pioniere.

Die Literatur ist jederzeit ein System bestimmter Konventionen zwischen den Autoren, den Kritikern und dem Publikum – ein System, das in bestimmten Zeiten mehr, in anderen weniger löchrig ist.

Eine wahre Autobiographie ist immer noch eine Art von Heldensage; sie ist nur als Ausnahme denkbar und nicht als Epidemie.

Auch im Stil findet man vierblättrigen Klee – ich mag ihn mehr als die Blüten.

Die Brutalität, Zweifel beiseite zu schieben, oder die Fähigkeit, sie nicht zu sehen – heißt Willenskraft.

... Und dann flossen die Wahrheiten und Bekenntnisse wie Eisschollen im Frühling dahin.

Ich brauche den Anblick tanzender Hirne.

Ich führe euch den dressierten Minotaurus aus dem Labyrinth meines Lebens vor.

Satan als Sekretär (Verwalter) Gottes.

Der Holzschnitt – könnte aus der Versunkenheit in die Schönheit der Birkenrinde entstanden sein.

Wer auf ein Dach klettert, stoße die Leiter nicht zurück.

Verstorbene erscheinen uns in der ästhetischen Aureole, die vollendeten Werken eigen ist. Und doch sind auch sie unfertig, nur aus der Rolle gerissen, von heftigen Spielleitern von der Bühne getrieben.

Ist das nun die Hochspannung der Aufrichtigkeit oder der Brechreiz des Gedächtnisses?

Bestimmte menschliche Elemente – Gefühle, Haltungen, Eigenschaften – hat die Natur, wie es scheint, den Tieren zur Vervollkommnung anvertraut. (Als ich sah, wie die Katze auf die sie streichelnde Hand wartete.)

Am Ziel aller sozialen Bestrebungen steht die Liebe; auch sie, wie die Poesie, antizipiert die Zukunft, ist ein in die Zukunft projiziertes Unterpfand künftiger Beziehungen von Geist zu Geist, der Versuch künftiger höchster Formen gesellschaftlichen Zusammenlebens, gestützt auf das physische Symbol wie auf ein Versprechen.

Kritiker – Poet, wie der Mond, dessen eine Hälfte verborgen ist.

Der Kritiker L. ist wie ein Setzer, der Fehler mit Überlegung macht, ein denkender Setzer, und so einer ist der gefährlichste.

Der Satan baut seine Fiktionen zusammen mit Gott in die Welt hinein. Eine irrige und ungerechte Rezension ist eins seiner Werke.

Unsere Kritiker ähneln den Frauen, die auf einen Ball gehen, nicht um sich zu amüsieren, sondern um ihre Kleider zu zeigen. Sie kritisieren nicht, sondern stellen ihre angelesenen Kriterien zur Schau.

Literarische Polemik müßte, meiner Meinung nach, sich darin vom Faustkampf unterscheiden, daß sie beim Gegner nicht die schwächste Stelle sucht, sondern die stärkste.

Wahre Kritik. Auch über Dummheiten läßt sich etwas Kluges sagen.

Er krönte ihn mit einer so vorsichtig treffsicheren Kritik wie im Zirkus der Messerwerfer sein Objekt mit einer Girlande von Messern oder Degen, niemals verletzend.

In der Beurteilung von Kunstwerken halte ich mich an das Rezept von Schopenhauer: den Autor stets nach den von ihm erreichten höchsten Gipfeln beurteilen, ihm nicht die Täler, Schwächen und Längen vorwerfen, denn diese sind möglicherweise unumgängliche Voraussetzungen jener Gipfel. Ist irgendwann ein Gipfel, und sei es für einen Augenblick, erreicht und ist er wirklich neu, dann ist dieses Ereignis so unerhört selten und erfreulich, daß es von keinem Mangel je erschüttert werden kann.

Ein herrlicher Anblick – wenn zwei Literaten einen dritten beschimpfen, sich gegenseitig nicht verstehen, aber dennoch »verständigen«.

Es gibt kein poetisches Werk, das man nicht kritisieren könnte nach den Kriterien der gemeinen Logik, der Sachlichkeit, der Wahrscheinlichkeit. Der Kritiker sollte stets an diese seine – trügerische – Macht denken.

Poesie rechtfertigt, Kritik klagt (eher) an.

Kritik – ein gewisses System von Wahrheiten, erkauft mit einem gewissen System von Irrtümern und Halbwahrheiten.

Kritik: Zusammenstoß zweier Astralkörper. Es kann Kampf sein, Liebe, gegenseitiges Verfehlen, Reverenz, Mißachtung . . .

Kritik stützt sich immer auf die Beliebigkeit, aber durch die Begründung ihrer Urteile versucht sie ihre Herkunft vergessen zu machen – als Kunst ist sie, zumindest, dazu verurteilt, die Wissenschaft zu imitieren. Doch aus der Beliebigkeit eine Methode zu machen, das ist eine Beliebigkeit zum Quadrat, das heißt Arroganz.

Als Gulliver aus dem Land der Riesen zurückkehrte, kam er sich selbst als Riese vor. Das gleiche empfinden Kritiker nach der Lektüre großer Autoren.

Ein vollendeter, genialer Leser zu sein, ist ebenso ehrenvoll, wie ein guter Dichter zu sein.

Der Dichter schreibt die Rechnung, die Addition überläßt er dem Leser.

Die Verpflichtung des Dichters ist nicht die Erfüllung, sondern der Traum.

ADOLF NOWACZYŃSKI

AFFENSPIEGEL

Affenspiegel
1902

Gegen die Vorherrschaft der Vernunft und der Tatsachen stemmen sich nur die vorherrschend und tatsächlich Unvernünftigen.

Auch Menschenhändler nennen sich manchmal gegenseitig: Opfer ihrer Berufung.

Die Gedanken sind frei – vogelfrei, wiederholen die Spatzen und die Papageien.

Soziale Lügen sind faustdick; sie passen deshalb wie die Faust aufs Auge.

Große Talente kommen von Gott, kleine vom Teufel, meinte Hebbel. Und die mittleren? Vom Zufall.

Um einen Polemiker zu verstehen, muß man die in seinem Land üblichen Honorarsätze (für Prinzipien und Theorien) kennen.

Frauen kokettieren mit ihren Launen, Schuhchen, Krankheiten – der schöne Zweck heiligt all ihre Mittel.

Auch die Wahrheit ist nur eine Kokotte, die ihre Unterröcke reizvoll zu schwingen versteht.

Seltsam, daß so wenige Autoren unter dem Pseudonym Thersites oder Chilon schreiben.

Es gibt Augenblicke im Leben, die so hell sind, daß wir uns nach Dunkelheit geradezu sehnen.

Dramen der griechischen Geschichte werden wieder Mode; einige Kritiker behaupten boshaft, wegen der Damenkostüme, andere, noch boshafter, wegen der Herrenkostüme.

Mein Freund nannte seinen Einakter mit Recht: Psychopathomonomelodram. Mit noch mehr Recht hat ihn kein einziger Intendant aufführen wollen.

Außer den nationalen Göttern, den lokalen Götzen, machen sich auch noch die Popanze der Epoche breit und wichtig.

Das Schlimmste in der Kunst sind die reichen Dilettanten und die armen Tagelöhner – sagte ein armer Dilettant.

Auf allen Feldern des Denkens blühen nur zwei Kulturen: Die eine bewundert alte, die andere neue Vorurteile.

Billige Wahrheit – sagte der Aufschneider zum Lügner.

Auf den konsequenten Berliner Naturalismus folgt nun konsequent unser Warschauer Konventionalismus.

Die Philosophie bietet einen Schlüssel zu vielen Türen, nur nicht zu der einen, durch die wir ins Freie kämen.

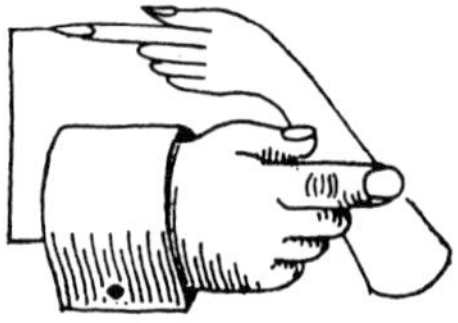

Eulenspiegeleien
1904

Selbst der Zeiger einer Uhr, die geht, die lebt – widerspricht monoton allem, was in der Welt geschieht.

Stell vor eine Mißgeburt den allerbesten Kristallspiegel, und sie wird dir zu beweisen suchen, daß der Spiegel konvex oder konkav ist.

Nur die katholische Religion ist eine Religion der Gentlemen; die Puritanismen und Protestantismen aller Art überlasse man den gentry-men.

Ein Dummkopf, dem es scheint, er sei ein Aristokrat, unterscheidet sich von einem Aristokraten überhaupt nicht; er ist nur ein negativer Aristokrat, so wie der andere ein negativer Dummkopf ist.

Toleranz und Liberalismus sind Tugenden der politischen Kreise, die in der Opposition vegetieren. Die Rücksichtslosigkeit und die Brutalität von allerlei Erben der Revolution, von Parvenüs, Repräsentanten der Brötchenkratie, überschreitet einfach das Vorstellungsvermögen früher regierender Kreise der westgalizischen Konservativen.

Die Institution der sogenannten christlichen Familie duldet die hochwohlgeborene Frau Kunst nur dann, wenn sich diese Kunst in zwingenden häuslichen Fällen praktisch verwenden läßt. Die Walzer Chopins zum Beispiel müßten demnächst zur Lieblingskunst der Familienväter avancieren, da die Ärzte in Südrußland neuerdings damit die ... Schlaflosigkeit der Kleinkinder erfolgreich heilen.

Wir, Leute der Träume und Konstruktionen, der Inspirationen und Kristallisationen, der Illuminationen und Formationen, sind leerer als die Magdeburger Halbkugeln und eitel wie eine Filmdiva. Ganz besonders liegt uns am Urteil jener, an deren Urteil uns scheinbar nichts liegt. Wir gieren danach, überall und jedem, sogar dem größten Schwachkopf, zu gefallen. In der stickigen Treibhausluft der Schmeicheleien blühen wir auf, für schöne Worte ertragen wir häßliche Demütigungen, widerliche Belobigungen. Es sei denn . . .

Der Geist der Sprache offenbart sich in Wörtern, die sich nicht übersetzen lassen. Amerikanisch: *humbug, business, trust*; englisch: *comfort, cant, roast beef*; französisch: *charme, blague, esprit, menu*. Von den polnischen Wörtern sind unübersetzbar: *bałaguła, ţromtadrata, barszcz, pieniactwo, krupnik* (in etwa: Unordnungstifter, Hurrapatriotismus, Rübensuppe, Streitsucht, Graupensuppe).

Solange es soziale Kastenunterschiede gibt, wird man unter den Reichen und Armen nicht die Klugen von den Biederen unterscheiden können.

Journalistische Lüge, Betrug und Verleumdung, von einem leichtsinnigen Narren als Schneeball hingeworfen, erreichen die Gesellschaft als Lawinenkatastrophe.

Vielwisser, die zu vieles in ihre Köpfe eingefächert haben, verlieren meist das Gleichgewicht und beginnen entweder auf einem Bein zu balancieren oder auf allen vieren zu kriechen. Wie J. J. Rousseau es geträumt hatte.

Ein Dummkopf, der uns kritisierend schmeichelt, liefert damit, sei es, wie es sei, den ersten Beweis für den Zugewinn seines Verstandes; an dem wir einst immerhin gezweifelt hatten.

Man muß schon viel wissen, um zu verbergen, daß man nichts weiß. Bei uns zum Beispiel verbirgt es die offizielle Kritik eigentlich nicht, daß sie nichts weiß, aber sie weiß auch in der Tat weniger als wenig.

Wer nicht für Dummköpfe schreibt, hat nicht nur keine Leser, er kommt schließlich auch selbst als Genießer seines eigenen Werks nicht in Frage.

Wir sind sogar heroisch – wenn wir ein Publikum haben.

Diese eitlen, charakterlosen Personen versuchen selbst mit ihren lächerlichen Gebrechlichkeiten ins Auge oder ins Ohr zu fallen. Sie schreiben zum Beispiel miserable Prosa.

Es gibt drei Erztypen von Kulturrepräsentanten: gesellschaftliche Kerzenhalter, scheinreflektierende Subjekte, dunkle Existenzen. Doch in Gesellschaften, die auch fremde Kulturen reflektieren müssen, sind die gesellschaftlichen Kerzenhalter oft – die dunklen Existenzen.

Im gegenwärtigen Europa – meint Brandes – setzt Talent Mut voraus. Im polnischen Staat von Europa wird einem selbst das Talent leicht nachgesehen. Wer aber *esprit* zu haben sich erdreistet, ist auf äußerste Frechheit angewiesen.

Jeder Weltmann zieht es vor, in der Gesellschaft gut erzogener Banditen zu verkehren als unter Aposteln mit schlechten Manieren. Jeder Kunstapostel aber hat es lieber mit schlecht erzogenen Banditen zu tun als mit der Halbwelt unserer gehobenen Intelligenz.

Nachahmer können einem jede künstlerische Individualität verleiden; dann heißt es nämlich: »Das Werk des Künstlers weckte (?) ein sympathisches (?) Echo (?).«

Auszug aus der Rede eines liberalen Abgeordneten: »Die Hungrigen können zum Teil, die vor Hunger Sterbenden aber ganz gewiß mit unserem Mitleid und unserer Hilfe rechnen.«

Die volkstümlichste Lästerung unserer Zeit ist der biedere Hohn den Armen gegenüber: »Gott vergelt's.«

Jeder Gesandte der Wahrheit wird gegen Lebensende zum Marquis de Posa der Wahrheit.

Die höchste Form von Verzicht garantiert die Mißgunst. Aus Mißgunst verzichten wir selbst auf den eigenen Vorteil – sind wir uns nur des Schadens unseres Nächsten gewiß.

Gesellschaftliche Pharisäer wären schwer zu entlarven, wären sie nicht so übertrieben ehrlich.

Die Pessimisten haben auch keine Hoffnung, die Menschheit zu bessern. Aber – sie wollen die Menschen wenigstens voreinander warnen.

Vorbildliche Menschen erfüllen ihre Pflicht vorbildlich – wenn es sich rentiert. Pflichten, die nicht honoriert werden, treten wir gern an die Herren Sozialisten u. ä. Komödianten ab. Nicht wahr?

Lächerlich ist nur jemand, der seinen Mitmenschen weder helfen noch schaden kann. Bismarck, Catilina, Herostrates, Marschall Bazaine, Robespierre oder Papst Borgia waren keinen Augenblick lächerlich. Dagegen Hiob und seine Freunde!

Die Granitbasis der Prostitution und des Ultramontanismus ist nur noch eine Schicht: die Aristokratie. Sollte diese von einer Sintflut fortgeschwemmt werden, werden am Himmel und auf Erden Dinge passieren, die sich nicht einmal die Hypnologen haben träumen lassen.

Ein Ehrenmann urteilt über alle Religionen so, wie jede von ihnen über jede andere urteilt.

Einer findet den Beistand der Allgemeinheit sofort: der an nichts glaubt, was er sagt, der an das glaubt, was er verschweigt.

Gut dressierte Hunde empfinden ihre Gewissensbisse schmerzlicher als gut dressierte Diplomaten.

Die Unterernährung und Schwindsucht der jungen Künstler finden ihren gerechten sozialen Ausgleich in der Fettsucht und Zuckerkrankheit der Bankiers.

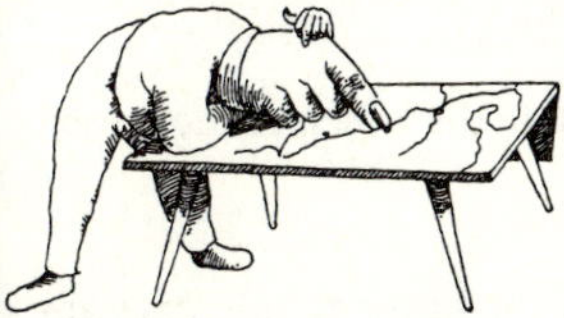

Es sollte uns nicht so sehr daran gelegen sein, Galizien von Österreich zu trennen, als daran, den Krebs des Chauvinismus aus dem Organismus des heutigen Polen zu entfernen.

Wer Sümpfe trockenlegen will, fragt nicht unbedingt die Frösche, nicht einmal die mächtigsten, ob sie es erlauben.

Das Melodram auf dem Theater ist angenehmer als im Leben; weil wir dort nur zuschauen, nicht mitspielen müssen.

Was die Zeiten im Überfluß haben, d. h. Schmutz, loben hundert Optimisten. Was den Zeiten fehlt, davon spricht nur einer: das Genie.

Wahre Psychologen erkennt man daran, daß sie ausschließlich mit Tieren verkehren.

Die Witze der Reichen sind immer ganz besonders witzig.

Der einzige Beleg dafür, daß der heilige Petrus die Journalisten nicht in den Himmel lasse, steht im Evangelium 8,1: »Und es war Ruhe im Himmel fast eine halbe Stunde.«

Es ist Zeit, das Märchen von Aristippos und von Diogenes all denen zu wiederholen, die ihre Not, Nachrichtenblättchen zu produzieren und Kompromisse mit der Barbarei einzugehen, mit harten Lebensbedingungen entschuldigen. Als Diogenes sich sein Gemüse kochte, sprach Aristippos zu ihm: »Wenn du dem Tyrannen Dionysos gefällig werden wolltest, müßtest du nicht vom Gemüse leben!«
». . . Und du, wenn du gelernt hättest, vom Gemüse zu leben, müßtest du jetzt nicht Dionysos den Speichel lecken. Leb wohl.«

Auch die Rose der Liebe hat Dornen: die bösen Zungen der Klatschbasen.

Die katholische Religion war bis vor kurzem eine hervorragend verwaltete Aktiengesellschaft der Himmlischen Versicherung; das zeigt sich zumindest darin, daß sie mehrere Pleiten durchgemacht hat und immer noch floriert.

Paradox ist ... ein lustiger Pfarrer, der zwei sich völlig fremde Gedanken miteinander traut. Nach der Trauung sehen sich die Gedanken ins Auge ... und gehen auseinander, jeder in seine Richtung.

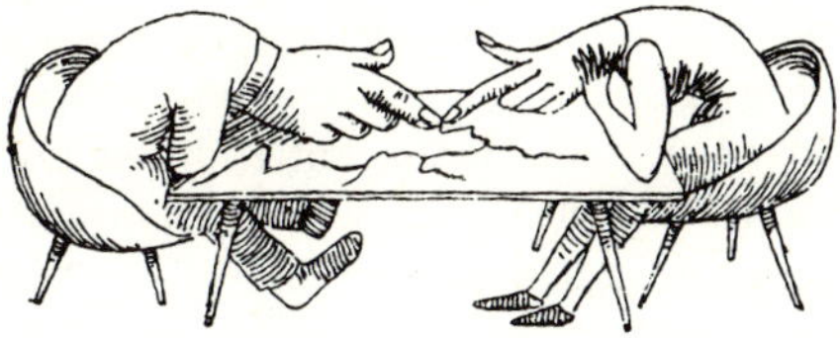

Immerhin ist eins ziemlich sicher: daß das gegenwärtige Polen nicht die Niobe der Völker, sondern ihre Gorgone ist.

»Das Gebet allein hilft hier nicht«, sprach der Pfarrer zu den Gläubigen, die im Frühling seinen Garten umgruben, »hier muß noch Mist hinzu.«

Die Logik der chauvinistischen Verdummung: »Weil Voltaire und die Rationalisten ein unfreundliches Verhältnis zu Polen hatten, sind die Rationalisten Verbrecher. Weil Zola Voltaire verehrt hat, *conspuez* Zola. Weil Zolas Romane Satiren auf die Zeit sind, sind Zola und Voltaire Ehrabschneider der Nation. Deshalb hielten auch Mickiewicz wie Słowacki jegliche Satire für verderblich, dem polnischen Geist zuwider.« Wo man aber die Beweise dafür findet, darüber schweigt Szczepanowski.

Weder liegt Swift in *Poets corner* von Westminster, noch wurde Verlaine zu den Vierzig Unsterblichen gewählt, noch hat Heine ein Denkmal in Deutschland bekommen. Aber bei uns – hat man Rozbicki ein goldenes Tintenfaß geschenkt und Herrn Chmielowski einen Lehrstuhl.

Einem Künstler kann man nur eins zum Vorwurf machen: den Mangel an Physiognomie. Dieser Vorwurf allerdings ist tödlich.

Heutzutage sind die Verleumder Aretins und Voltaires die Universitätsprofessoren, wogegen jene damals mit der Gesellschaft von Königen, Kardinälen, Marquisen, Fürstinnen, Schönheiten, Autoritäten, mit Kulissen aus Marmor und Kultur vorlieb nehmen mußten. Dem Voltaire von heute stehen zwar keine Könige und keine Kardinäle als Zielscheiben zur Verfügung, dafür zum Beispiel mediokre Universitätsprofessoren. Als seine Verleumder hingegen kommen bereits hoffnungslose, wilde, feige, schmutzige, liberale, dumme, verstockte, positivistische, schmierige, chauvinistische, schreierische, »auf sich haltende«, weinerliche, unfähige, unfaßbare Demokratten aus unserem Krähwinkel in Frage. Infolgedessen kommen *duels d'esprit* nicht in Frage, ebensowenig ein Palast in Venedig als Geschenk für ein gelungenes bissiges Epigramm. Die Gefühlsduselei der gegenwärtigen Objekte des Witzes in puncto Selbstgefälligkeit läßt sich nur noch mit der Nichtigkeit ihrer demokrativen Vergänglichkeit, mit der Ekelhaftigkeit ihrer lukrativen Tugend erklären.

Auch in der Kunst, immer mehr Gegner zu gewinnen, kann man es zur Virtuosität bringen.

Gebt einem Schauspieler, der Napoleon gespielt hat, auch das *potentatem Bonapartem*, und es wandern alle Rezensenten, Kritiker, danach die Theaterintendanten, die Kassierer . . . schließlich alle, ausnahmsweise, Stückeschreiber und Poeten . . . unter die Guillotine.

Es ist Schopenhauer nicht unbedingt zu glauben, wenn er sagt, daß jedes Menschengesicht von der Nachdenklichkeit der Natur zeuge. Dann hätte die Natur nämlich in den Pausen zwischen absoluter Gedankenlosigkeit und dummem Stumpfsinn nur sehr traurig und sehr bitter nachgedacht.

Als ein Gentleman, keinesfalls dem Kalifen Omar vergleichbar, gefragt wurde, was denn mit der gesamten literarischen Produktion von Prof. Chmielowski anzufangen sei, antwortete er: »Steht in diesen Büchern das gleiche wie in den anderen Literaturgeschichten, dann sind sie überflüssig; steht etwas anderes darin, dann sind sie noch überflüssiger. Also: weg damit.«

In dem hervorragenden Werk von Willy Feldman »Zwanzig Jahre Gewohnheitsenthusiasmus für alles und alle« steckt sehr viel Gutes und Neues; das, was gut ist, wohlgemerkt, ist nicht neu, und es stammt von den polnischen Rezensenten. Was aber neu ist, das ist nicht gut, denn es stammt – aus den Wiener Feuilletons.

Verweilte die Schönheit, nach Hamlets Wunsch, noch länger in Gesellschaft der Tugend, würde etwas Unangenehmes passieren. Die Schönheit würde allmählich langweilig, und die Tugend bliebe weiterhin unmöglich.

Der Mob, der Barrikaden errichtet, ist nicht weniger malerisch als das »weiße Menuett«, getanzt im Blauen Saal von Ludwig XV.

In unserer ganzen kritischen Literatur gibt es keine so bündige Charaktersynthese, wie sie der Autor der »Familie Połaniecki« von sich selbst gegeben hat: »Die Tugend hat ihre Gipfel und ihre Abgründe, aber sie hat auch ihre Niederungen.«

Der Unterschied zwischen den Moralisten und den Satirikern von heute ist folgender: Die Moralisten sind Catos in Worten und Catilinas im Herzen. Die Satiriker sind Catilinas in Worten und im Herzen ... verstockte Menschenfreunde.

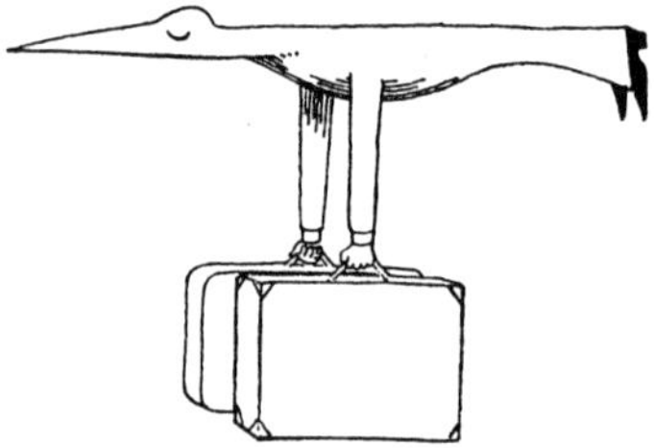

Diesen lobt man, jenen tadelt man, je nachdem, ob dieses oder jenes mehr Gelegenheit bietet, mein kritisches Genie glänzen zu lassen; das übliche *os dorsalis* des zeitgenössischen Kritikastratentums.

Wer die menschliche Niedertracht in ihrer ganzen Pracht kennenlernen will, muß entweder ungeheuer reich oder ganz und gar ein armer Teufel sein. Menschen mit Talent wählen am häufigsten die zweite der beiden Möglichkeiten.

Die einzig interessante Tugend der Plebejer ist ihre Arroganz.

Mit einem Hut auf dem Kopf, aber ohne Kopf, mit unreinem Gewissen und unreinen Grundsätzen, jedoch mit einem reinen Kragen und mit reinen Manschetten kommst du in der öffentlichen Meinung besser weg als ohne Hut und mit schmutzigem Kragen und mit schmutzigen Manschetten, dafür mit einem reinen Blick für den Schmutz der öffentlichen Meinung.

Ein normaler Mensch ist vorwiegend, sei es, wie es will, ein

Urahn seines Enkels. Das ist auch der rationale Grund für den Geschlechterstolz vieler galizischer Grafen neuerer Petschaft.

Einen Seiltänzer bewundert man, aber man schätzt ihn nicht. Einen Professor für Logik und Propädeutik schätzt man, doch man bewundert ihn nicht. S. E. Stanisław Tarnowski bewundert und schätzt man, weil er die Majestät eines Professors mit der Grazie eines Seiltänzers zu verbinden versteht.

Man *kann* sich schließlich damit abfinden, daß *Pears Soap* die beste Seife der Welt ist, aber man *muß* mit ganzem, vom Stammesstolz ergriffenen Herzen beipflichten, daß Henryk Sienkiewicz der beste polnische De . . . De . . . Denker ist.

Das Glück liegt dicht vor dir, auf der Erde, und du siehst es nicht, du Blinder! Es genügt, sich zu bücken, sich zu bücken und seinen Nacken zu beugen, immer wieder seinen Nacken zu beugen, bis . . . bis du es gelernt hast, den Orden der Ehrenlegion . . . den Chrest . . . den Virtuti Militari . . . die Goldene Feder . . . mit den Lippen vom Boden aufzuheben.

»Um in der Kunst Ewiges zu schaffen, muß man den Teufel im Leibe haben«, meinte Voltaire. »Quecksilber allein, meine Herren, genügt also nicht« – fügte ein Professor für Ästhetik hinzu.

Ende der Predigt des Pfarrers Rüpelski aus Oberflechthausen: ». . . und somit, liebe Christen, schulden wir Gott unsere Dankbarkeit unermeßlich, daß er den Menschentod an das Lebensende gesetzt hat, was ich auch euch von Herzen wünsche. Amen.«

Man muß nicht Volksfeind sein oder Satiriker, um von der Masse der Zeitgenossen, die vor der Aufklärung und vor der Kultur fliehen, nur die – Achillesfersen zu sehen.

»Wenn mein Theaterstück so schlecht wäre, wie Sie es behaupten, meine Herren«, meinte ein Tragiscribifax, »dann hätte mich das Publikum doch ausgepfiffen . . .«
»O nein!« antworteten ihm die Herren, »entschuldigen Sie bitte, aber anhaltend gähnen und gleichzeitig pfeifen . . . das geht schlecht.«

Als Salome, durch den tollen Erfolg ihres Tanzes angeregt, am königlichen Hof den Tanz *als Fach* zu betreiben begann, warf Miriam ihr vor, sie profaniere den heiligen Tanz um das Haupt Johannis. »Ich muß tanzen, um zu überleben«, rechtfertigte sich Salome vor Miriam. »Ich sehe dazu keine Notwendigkeit«, antwortete Miriam.

Armut ist keine Schande, wiederholen die Reichen und fügen hinzu: *but it is confoundedly inconvenient.*

Die effektvollste Rache der Ausnahme-Menschen ist die Vergebung.

Blüten, d. h. Aphorismen, aus den Werken H. Sienkiewicz' gefischt, lassen sich leicht paraphrasieren, wodurch ihr Gewicht und ihr ethischer Wert sogar steigen. Zum Beispiel:
I. »Ich weiß nicht, was in uns Polen nur steckt, aber eins weiß ich, daß es nirgendwo in der Welt einen solchen Mangel an Gleichgewicht in der Kultur der Gesellschaftsklassen gibt wie hier. Wir beobachten *in einer Person* die höchste Blüte der Kultur und zugleich absolute Barbarei und Ignoranz.« (»Ohne Dogma«)
II. »Was sollte denn Bismarck mehr tun, als mit der Politik oder mit dem Bajonett Bedingungen schaffen, unter denen

Hermann und Dorothea sich in Ruhe lieben, glücklich vereinen und neue Generationen aufziehen können, Generationen von Krawczykiewiczs, von Pompalinskis, Meyers, Müllers, Huberts, Połanieckis, Schulces, Schmidts?« (»Familie Połaniecki«)

Ein Literat sollte zumindest diese eine Prise Phantasie besitzen, mit deren Hilfe er sich den Hunger von Millionen vorstellen könnte.

Der bequemste Patriotismus: chronischer Stolz auf sein Volk.

Neu entdecktes Sprichwort aus dem XVI. Jahrhundert:
Wo viele Lober sind,
sind bald die Künstler blind.

STANISŁAW BRZOZOWSKI
TAGGESPENSTER

Umsonst fürchten wir die Träume; der schrecklichste Traum ist nichts, verglichen mit dem Leben.

Wir sprechen dieses Wort vollkommen gelassen aus: Gefängnis. Wir verstehen die Bedeutung nicht, die darin steckt: an der Oberfläche des Lebens werden deine Handlungen bleiben. Das, was du warst, ist bereits dort. Hier bleibst du allein, in alle Ewigkeit allein mit dem unveränderlichen, ewig gleichen nackten Gedächtnis. Die nackten Wände der Zelle lassen dich nicht vergessen. Du mußt alleingelassen sein mit dem, was du warst, mit dem Gedächtnis, das nichts erneuern wird. Du mußt Stunde für Stunde, Tag für Tag und pausenlos zusehen, wie all das, was du warst, verkalkt, zerfällt.

Ein Krüppel mit verkohlter Seele, geh' ich allein unter Menschen, die mir ferner sind als diese Bäume.

Ich habe es gelernt, Träume zu fürchten; die Welt, aus der sie kommen, ist entsetzlich; nicht die Nacktheit des Körpers, die Nacktheit der Seele ist schrecklich.

Die Alltagssorge im Leben eines Denkers und Dichters ist oft Quelle seiner Inspiration, zumindest einer kostbaren Ader dieser Inspiration.

Bemüht sein, daß kein einziger Tag vergehe, ohne daß man sich in Gedanken zu den wesentlichen Zielen und Aufgaben erhebt.

Denkt ihr, daß unser Sozialismus frei von adliger Infiltration, von adliger Faulheit ist.

Wir quälen uns in Polen alle: das ist überhaupt kein Argument.

Verachtung verdient nur der, der es besser weiß, aber schlechter tut.

Nichts den Menschen zu nehmen, ist Pflicht – aber ganz von ihnen eingenommen zu sein, ist Verdienst.

Sibirien deprimiert schon durch seinen Anblick, den Zwang, seiner Natur zu widerstehen. – Die russische Regierung wußte, was sie tat, als sie das rebellische Denken verurteilt hat, gegen Monotonie und Frost anzukämpfen.

Ein nicht arbeitender Mensch, auch wenn er betete und fastete, ist Gott fremd.

Der polnische Individualismus ist eine Frucht der Tragik unserer Geschichte: unseres auf den Kopf gestellten Feudalismus.

Optimismus nennt man in Polen die den heiteren Sinn begünstigende Beschränktheit.

Jeder Pole, der zu denken beginnt, fühlt sich dem Schicksal gegenüber als Gläubiger.

In jedem von uns steckt ein Edelmann, der meint, daß er sich freikaufen kann, wenn er zeigt, wie der Edelmann in ihm gekreuzigt leidet.

Ich sah klar wie auf der Hand, welch gierige Klauen, welcher Wolfshunger, welch füchsische Heuchelei hinter der martyrologischen Maske wachsen und gedeihen.

Die polnische Aufklärung war eine Riesenmaskerade, ein venezianischer Karneval in Polen.

Nachdem er sich von der Welt gelöst hatte, begann der polnische Edelmann sich von ihr gründlich freizuschlafen.

Der sächsische Aussatz, der Adelsschorf, hört nicht auf, uns zu zerfressen.

Polens historisches Erbe, der polnische, von der Geschichte und von der Unfreiheit geprägte Geisteszustand als sich selbst genügende Ganzheit – das ist es, was das Sensorium unserer Künstler darstellt, die Gedankenbasis unserer Metaphysiker, den Kern der Überlegungen unserer politischen Doktrinäre.

Die Emigration mußte Polen retten, es als eigenes inneres Erlebnis begründen, als eigenes Innenleben, als eigene Überzeugung, als Willens- und Glaubensakt, und zugleich das so gerettete Polen nachleben.

Das Grundgesetz des polnischen Romantismus ist die Errettung des Volkes, dem nichts außer dem Wort geblieben war; mit dem Wort und durch das Wort.

Wir arbeiten in einer den Lebensaufgaben direkt entgegengesetzten Richtung, verwandeln die Romantik in Gift; aus ihr, die sich mühte, eine Macht zu schaffen, die fähig wäre, die aufgezwungene Tatenlosigkeit zu überstehen, machen wir eine Schule der Ohnmacht und des Nichtstuns.

Man könnte sagen, daß für das Junge Polen das Kreuz eine Flucht vor dem Pflug war, es wollte über Golgatha die Kreuzgänge von Hamlets Elsynor erreichen.

Die Unendlichkeit der Sterne, die dort im Weltraum weinen, die ganze Welt, die war und sein wird, all das sprengt mich nicht, ist in mir. *Nur* das ist es, was mein Denken besitzt, was mein Denken begriffen hat.

Ich denke fast wie mit der Kehrseite der Begriffe, wie mit den Randgebieten der Dämmerung, die hinter der Kante ihres erfahrenen Inhalts beginnen.

Unser Gedanke, die Zahl der Begriffe – das ist zugleich wie die Zahl der neuen Organe, neuen Linsen der geistigen Sehkraft.

Ich habe ganze Vorhaben von Gedanken, die, unausgesprochen, versteinern.

Heute, zerschlagen und aus dem Leben geschleudert, verfluche ich dich, du gefühlsduselige Gutmütigkeit der polnischen Familien.

Die Grundlage der polnischen Eintagsmetaphysik jedweder Art ist die althergebrachte Unbelehrtheit, das nachlässige und träge Funktionieren der polnischen Hirne.

Die Tragödie der polnischen Seele – *an und für sich* (im Original deutsch) – hat immer noch die gleiche Spannung, die sie am ersten Tag der Unfreiheit hatte.

Hier gibt es zwei Gegensätze: die leichte Ruhe, den passiven Optimismus oder auch den die eigentliche Arbeit des Lebens nicht gewahrenden, über ihm schwebenden – Geist. Herr Jowialski und König Geist, miteinander verwandt, wachsen aus demselben historischen Nährboden.

Sienkiewicz ist ein geborener Klassiker, aber Klassiker einer untergehenden Schicht ... Er ist vollendet durch Beschränktheit, Bildhauer durch Blindheit, Künstler durch unwissenden Egoismus.

Auch bei Żeromski fällt Żółkiewski dem Samuel-Gespenst zu Füßen. Immer dieser Mythos des gekreuzigten Edelmanns.

Niemand war hier je ehrlich mit sich selbst. Hier war die innere und die äußere Wahrheit ein für allemal aus dem Gedankenverkehr gezogen.

Mit welch herrschaftlicher Ruhe, mit welch vertraulicher Geringschätzung der Urteile klopfte man hier Ideen und Menschen auf die Schulter.

Was immer das Ding an sich sei, das Brötchen am Morgen enttäuscht dich nicht, auch das war ein Dogma.

Ahnend begann ich das grausame russische Drama zu begreifen. Das Denken kam hier auf wie ein unerwarteter Gast, wie ein Feind. Auf dem Riesenfundament der in Ketten gelegten, unterdrückten Millionen war die Pyramide der bürokratischen Autokratie emporgewachsen. Unter ihr grub sich das Denken der einzelnen ein; schon die Tatsache, daß dieses Denken niemandem, keinem äußeren Druck unterliegen wollte, daß es seine Gesetze selbst bestimmt hatte, war Verbrechen. Diese Staatsform hier braucht Soldaten, Beamte, keine Menschen.

Vergessen kann man, was man getan hat, niemals das, was man mit uns gemacht hat.

Aus eigener Erfahrung weiß ich, wie oft sich uns in einem glücklichen Augenblick der innere Sinn eines Gedankens offenbart, den wir bislang nur von außen kannten.

Hüte dich vor der Versuchung der Eigenliebe.

Schreib über niemanden, mit dem dich nichts Persönliches, nicht das Gewissen verbindet.

Im Namen der Familie verübt man die meisten Gemeinheiten. Sie liefert Rechtfertigungen en masse.

Was du weißt, was du fühlst, mußt du sehen. Für dich allein, als wärest du das erste und das letzte Auge.

Dein Schicksal, deine Idee, dein Gott – das bist du ...

Recht hat *der* Mensch, dem keine Fehler mehr *folgen*.

Wollte jemand in Polen nur mit den Ideen kämpfen, fände er wenig Widerstand: Ideen als solche gehen hier fast niemanden etwas an.

Wir denken von uns selbst ungeschichtlich, und diese unsere Ungeschichtlichkeit übertragen wir auf andere Gesellschaften.

Am Boden der endgültigen Bedrängnis gibt es immer noch die Möglichkeit, etwas zu lieben, in etwas, in einem Bruchstück, in einer Freiheit zu leben.

Was keine Biographie ist, ist überhaupt nicht.

Unser Rost, unser Rost – Tropfen Bluts, des vergessenen, geronnenen, herzvergossenen.

Nichts opfert ein Pole so gern auf dem Altar des Vaterlandes wie seine innere Arbeit. Wenn es darum geht, für die tiefsten Gedankenprobleme Verachtung und Geringschätzung zu zeigen, meldet sich das Bürgergewissen in uns ungewöhnlich laut.

Unsere Köpfe sind wie eine magische Laterne, in der ein Unbekannter ständig kleine Bilder wechselt.

Polen verwandelt sich in einen psychischen Ruhewinkel, in dem man sich nach den Strapazen der europäischen Kultur erholt.

Ein charakteristisches Zeichen unseres Geisteslebens ist, daß unsere Autoritäten meist große Unbekannte sind.

Die nationale Einheit gebot uns immer, Bündnisse mit der Verschwörung einzugehen, und ihr die Macht zu überlassen. Unmöglich, ein Freund der Freiheitsgrundsätze in Rußland zu sein, wenn man ihr Feind in Polen ist.

Die Elemente des Fortschritts bilden das Volk, die Reaktionären – berufen sich auf seinen Namen vergeblich.

Ein Volk, das die Hindernisse des Fortschritts rühmt und achtet, wird seinem Leben schließlich selbst zum Hindernis.

Jedes Bruchstück der menschlichen Seele ist ein Monument der Geschichte des Volkes, in dem diese Seele zur Welt kam.

Wer im Volk geboren und erzogen wurde, kann schöpferisch außerhalb dieses Volkes nicht leben: entweder rettet er in sich die eigene Seele oder er geht unter.

Ein Mensch ohne Volk ist eine Seele ohne Inhalt, gleichgültig, gefährlich und schädlich.

Wer das Volk eine andere Waffe als die Wahrheit suchen läßt – glaubt nicht an dieses Volk.

Sobald der Pole glaubt, er habe das Recht, zu wählen, wählt er das Heldentum.

Das polnische Wort hat Gedanken zu verkünden, an die sich noch niemand in der Welt herangearbeitet hat.

Unsere Narrheit hat stets messianische Färbung, wir sind Dummköpfe durch Edelmut, Gauner durch Bescheidenheit und Falschspieler durch Altruismus.

Polens Denken entwickelt sich irgendwo außerhalb von ihm oder zwar in ihm selbst, aber ohne seine Teilnahme.

Begreifen wir endlich, daß der emotionale Kult der Tradition nur eine Form unserer geistigen Faulheit ist.

Die nationale Einheit war und ist bislang für die *Mehrheit* der Lebenden immer eine Einheit der Unterdrückung und der Ausbeutung.

Das Ich ist aus einer dunklen Mühsal geboren.

Ich denke, daß eine tief in die Seele eingewachsene Empfindung sich niemals verliert, niemals altert. Es gibt in uns Bereiche der Ergriffenheit und des Gefühls, in denen wir lebenslänglich Kinder bleiben.

Unser Körper ist ein Organ der Wahrheit.

Der *Körper* ist das Organ unserer Beziehungen mit dem Weltall; in Gedanken verkehren wir nur mit uns selbst.

Das Maß, mit dem jemand seine Liebe mißt, ist das Maß seines biologischen Werts.

Der Unglaube an die Liebe ist die tiefste Form des Schwundes religiöser, tieferer Kräfte im Menschen oder in der Gesellschaft.

Das Rechtsideal ist nur dann fest verankert, wenn es mit dem erotischen Ideal übereinstimmt.

Die Körper häßlicher Frauen sind ihr Privateigentum, die der schönen ein allgemeines Lebenselement wie die Luft.

Die Liebe ist stolz, ohne Stolz kann sie sich nicht entfalten. Liebe ohne Stolz ist krank und demütigend.

Warum fürchtet ihr die Leidenschaft und die Liebe? Warum ist alles Lüge?

Sich selbst erkennen, sich selbst richtig sehen kann man nur im Untergang.

Wer von uns weiß, kann wirklich unterscheiden, wann er tatsächlich denkt und wann er sich nur selber etwas vormacht?

Wir leben fortwährend hinter dem eigenen Rücken: unser Leben verbirgt sich vor uns hinter den Kurven der Gedanken wie jemand, der weiß, daß man ihm unmöglich trauen kann.

Eigentlich sehen wir nur das, woran wir zu glauben fähig sind, allein das, was nicht allzusehr die Grenzen unserer eigenen Natur überschreitet.

Jede Einseitigkeit rächt sich, denn die Vernachlässigung wird uns zum Feind.

Kultur ist immer Umformung des Menschentypus durch den Menschen.

Je tiefer im Organismus der Kultur ein bestimmter Gedanke oder eine geistige Position steckt, desto unzugänglicher sind sie für den Ausländer.

Das Kulturbewußtsein kann das Gespenst der fertigen Welt nicht überwinden, es lebt unentwegt von der Täuschung, daß in seinem Innern die Umwandlung der Wirklichkeit stattfindet.

Das Verhältnis des Denkens zur Wirklichkeit kann niemals in einer von der Grammatik vorgesehenen Form ausgesagt werden.

Bei kultivierten Menschen ist das Organ des Egoismus die Phantasie.

Jeder Augenblick im Leben des Menschen enthält Poesie, erzeugt diese Poesie – ist Ergriffensein vom Augenblick.

Kulturen erscheinen uns als sich selbst genügende Ganzheiten nur dann, wenn sie bereits geschaffen sind.

Der Fluch der Neuzeit-Kultur, der gegenwärtigen öffentlichen Meinung, drückt sich darin aus, daß sie ihr Schicksal in die Hände der Kräfte legt, die sie verachtet.

Wer höchstens zwei, drei Begriffsreihen koordinieren kann, wird nicht in der Lage sein, die Gedanken dessen zu verstehen, der sechs oder sieben davon koordiniert. Er wird immer nur die Wahl zwischen verschiedenen Einseitigkeiten haben.

Der Anfang einer neuen Barbarei ist der Zustand, in dem bestimmte Bereiche des eigenen Geistes sich selbst gegenüber taubstumm sind.

Ich wundere mich nicht, daß für Leute, die nicht an *sich selbst* glauben, das Geistesleben der anderen nur eine Hypothese ist.

Wem kein Ernst eigen ist, verlangt ihn auch nicht von den anderen.

Wer sich leistet, als fiktive Bedeutung seiner Psyche zu leben – wird selbst zur Fiktion.

Jede der Kräfte, deren Kompromißzustand wir Welt nennen, prägt uns.

Eine starke Persönlichkeit braucht die ganze Welt, und zwar zutiefst; ständig fehlt ihr etwas.

Unsere Psyche hat erst dann Bedeutung, wenn ihre Siege über sich selbst auf dem Sieg über die Welt basieren.

Die Kraft der Individualität liegt nicht darin, was sie ist, sondern darin, was sie nicht ist.

Seelenzustände, die sich uns sogleich als rein individuelle Ergebnisse zeigen, führen uns unendlich weit in die Vergangenheit zurück.

Manche Haßgefühle würden in uns überhaupt nicht aufkommen, wenn sie in ihren ersten Phasen nicht der Anerkennung, der Bewunderung, der Dankbarkeit ähnelten.

Es haßt nur jemand, der fühlt, daß er das niemals ungeschehen, nicht existent machen wird, was passiert ist.

In allem brauchen wir Masken. Die eigene Physiognomie des Jahrhunderts ist etwas Unvorzeigbares. Ein menschliches Gesicht zu sehen oder zu zeigen, ist unanständig.

Es gibt tatsächlich eine organische kulturelle Unlust und Ohnmacht in unserer Epoche: Die zerstreute Neugier, die ungeordneten Ambitionen erlauben nicht, daß sich eine Psyche bildet, welche die persönliche Kultur zu heben fähig wäre.

Eine fremde Kultur ist für uns immer eine Welt der geistigen Befreiung, der Loslösung vom Leben, und deshalb erscheint sie uns in einem ganz anderen Licht als unsere eigene.

Die großen Naturkatastrophen, die im Handumdrehen die Arbeit vieler Generationen des menschlichen Ameisenhaufens vernichten, kann man als eine Art kosmischer Kritik an unserer Kultur betrachten.

Der romantische Freund ist nicht ein Mensch wie die anderen, das ist unsere Basis, unsere Rechtfertigung.

Der Romantiker verrät sich an den Organismus in sich, jener tiefen moralischen Wahrheit, die sich hinter dem Faktum unseres Körpers verbirgt. Und die Rebellion des Körpers ist manchmal die brutale und scheinbar amoralische oder vorsätzlich immoralische Form, in der sich der Protest der Lebenswahrheit gegen die Heuchelei oder gegen den Selbstbetrug der Romantik ausdrückt.

Der Romantiker ist ein zu wenig ehrliches Wesen, um tragisch zu sein, sein Wert liegt jenseits des Lebens, das mit dem Schicksal ringt – er schwebt im Bereich der Körperlosigkeit.

Dem romantischen Ich bleibt eigentlich nur das eine Kriterium: die Möglichkeit der Aussage.

Wir atmen und leben die Ergebnisse der Werke der Romantiker, und das wissenschaftliche Konzept unserer Welt ist das bedingungslose Produkt der romantischen Empfindsamkeit.

Kalte Wirklichkeit ist die gesellschaftliche Existenz ohne das Gefühl, wir schleppten mit pausenloser Anstrengung die Quelle aller unserer Werte, unser Vaterland, mit uns. Nur in dem so gespaltenen Bewußtsein konnte etwas Ähnliches entstehen, das Gespenst unseres Lebens, das nicht unser ist: Darwins Welt ist eine der Metamorphosen der Welt Rousseaus.

Man kann sagen, daß die Romantik gerade deswegen mehr ist als eine literarische Richtung, weil sie in der Psyche Zerrissenheit widerspiegelt, die auf die Ergebnisse der Aktivität, welche sie nicht als die eigene anerkennen kann, nicht zu verzichten vermag.

Die Romantik begnügt sich mit dem Selbstwertgefühl, dem Bewußtsein ihrer Individualität: es ersetzt ihm die Wirklichkeit.

Romantiker sind Leute, die glauben, ihr *Ich*, ihre Art zu *fühlen*, sei das fundamentale Kriterium.

Der Romantiker erwartet von der Liebe und der Freundschaft, daß sie für ihn und in ihm etwas vollbringen, was eigentlich von ihm selber hätte vollbracht werden sollen, daß sie die Grundlage dieser Gefühle selbst bilden.

Romantik ist die Rebellion der Blume gegen ihre Wurzeln.

Es gibt Bücher, die mir als ein Werk der bösartigen Lust, sich zu rächen, erscheinen.

An der Unwirklichkeit in der Literatur hat eine Epoche Gefallen, die fühlt, daß sie in Wirklichkeit unbedeutend ist.

Der »Spiritualismus« der polnischen Literatur basiert auf der Unlust, zu sehen.

Heute spielt in der polnischen Ästhetik das Denken die Rolle eines Hindernisses: Unwissenheit ist das Ideal.

Historische Entfernung besagt nichts. Alles, was groß ist, ist gegenwärtig.

Unsere Kritik ist manchmal subtil bis zur Blindheit.

Kritik ist unserer Meinung nach ein Mittelding zwischen Tratsch, Denunziation und Reklame.

Ein Mensch schuldet dem anderen nur Gerechtigkeit.

Jeder polnische Schriftsteller trägt einen unfaßbaren Zensor in sich.

Wo es genügen würde, zu sagen »ich weiß nicht«, schreiben wir: *Tiefe, Geheimnis, Abyssus.*

Die polnische Literatur ist heute eine große Gefühlslüge, selbst wenn sie ehrlich ist.

Ein polnischer Literat fühlt instinktiv, daß der deutsche Schriftsteller die Fortentwicklung jenes Typus ist, der in ihm schuldlos hingerichtet wurde.

Kritiker ist, wer die Qual seiner Generation bewußt erlebt.

Du siehst nicht das, was du denkst, sondern das, was daraus hervorgeht.

Griechische Götter sind auch aus der Feldarbeit geboren. Darum sind sie so schön.

Verstand ist, in meinen Augen, Menschenwerk.

Ein Parvenü schätzt nur das, was ihn peinigt.

Die Dichtung muß man als schöpferische Selbstdarstellung des Menschen sehen.

Die westeuropäischen Verhältnisse auf dem Gebiet der Literatur sind nicht besser, nur raffinierter.

Die polnische Literatur *empfindet* die Qual des passiven, in seiner Unerschöpflichkeit verschlossenen Leids; die russische Literatur hält das Leid nur für einen Anreiz zur Arbeit.

Die Arbeit des Gegenwartskritikers hat eine gewisse Verwandtschaft mit jener, die ein Paläontologe verrichtet, wenn er aus einem gefundenen Fragment eines Skeletts die Gestalt des untergegangenen Tieres rekonstruiert.

Der Kritiker und der Biograph haben es mit den gleichen Problemen zu tun, sie arbeiten nur unter anderen Voraussetzungen.

Ein Kritiker sollte niemals eine Theodizee schreiben. Er sollte die Dramatik des Lebens lieben, in dem es unmöglich ist, zu lieben oder zu hassen, sich zu begeistern oder zu verwerfen, ohne daß man sich inneren Gefahren aussetzt.

Der Kritiker bietet stets einen reichlich dramatisierten Zusammenstoß des eigenen Geistes mit den Problemen der hohen Kultur.

Der Kritiker von heute ist wie Sokrates, nur hat er es nicht mit der kleinen Athener Welt zu tun, sondern mit der ganzen Menschheit.

Keiner ist verpflichtet, Kritiker zu sein, wenn er keiner sein muß; sogar besser, wenn er dann keiner ist.

Der Kritiker der Neuzeit ist ein höchst unfaßbares Wesen: er paßt sich allen Formen an und hat selber keine.

Mit der Ewigkeit unter vier Augen ohne Lebensschleier verkehren nur diejenigen polnischen Kritiker, die statt eines gewöhnlichen Rasierspiegels Jehovas Gesicht benutzen.

Unsere professorale Kritik ist eine berufsmäßige und systematische Totengräberei der Genialität.

Wir alle sind hyperkritisch, wir können einfach an die Ehrlichkeit längst vergangener Illusionen nicht glauben.

In der ganzen Welt schreibt man kritische Arbeiten für ein Publikum, dem die Werke selbst bekannt sind; bei uns verlangt man vom Kritiker, daß seine Schriften diese Kenntnis ersetzen, von ihr befreien.

In der literarischen Polemik siegt der, wer die Streitfrage nachhaltiger in sympathische oder unsympathische Farben zu kleiden versteht.

Es genügt nicht, zu wissen, daß jemand an *irgendeine* Wahrheit geglaubt hat, es genügt sogar nicht, zu fühlen, daß es gut wäre, wenn man selber an sie glaubte.

Ich versichere, daß dieser bedingungslos freie, selbstlose Umgang mit Geistern der verschiedenen Kulturen eine der subtilsten, unwiderstehlichsten Kulturen ist.

Das Verstehen ist nur dem zugänglich, der sich im Bereich des Geistes und der tragischen Geschichte ein tiefes Mitempfinden leistet, eine Ergriffenheit vom Lebewesen, das verstanden werden will.

Indem wir den großen Geistern Rechnung tragen, rechnen wir auch mit Gott, also mit uns selbst.

Man tut dem Geist in seiner Lebensfülle unrecht, wenn man selbst den höchsten von ihm erreichten Gipfel für etwas anderes hält als für eine Phase.

Geistesschaffen erfordert heiteres Selbstvertrauen: doch auf den Gipfeln, wo unser Gedanke am fruchtbarsten ist, verläßt uns dieses Vertrauen.

Wer die Sonne lieben will, muß sein wie die Sonne.

Auf welche Weise können wir, die wir in unseren Augen das *einzige* Organ sind, aus uns selbst ein *Organ der Wahrheit* machen?

Unvollendete Wahrheit führt zum Verlust des Sinns für die Wahrheit selbst.

Den Wahrheitsprozeß kann nur der vollziehen, der diese Wahrheit innehat.

Sehr oft sind intellektuelle Strenge und erbarmungslose Logik nur äußere Formen einer tiefen, unaufgeklärten Bosheit.

Gefühllosigkeit ist auch ein Sentiment, ebenso wie der Enthusiasmus der Entsagung und der Aufopferung.

Das Zerreden ist hundertfach bösartiger und gefährlicher als das Verschweigen.

Kultur schaffen ist etwas anderes als das, was bereits geschaffen ist, zu verstehen und zu deuten.

Die polnische Literatur war nicht einmal in ihrer Rückständigkeit mutig.

Wir leben in einer Epoche der Allmacht von Phrasen. In der polnischen Literatur gilt immer noch die Stilistik, die Logik hat ihre Rechte längst eingebüßt.

Das Absolute als *Sprechvogel* (im Original deutsch): das ganze Geheimnis der polnischen literarischen Metaphysik.

Ein talentiertes Schweigen kann beredter sein als die beredteste Aktivität.

Es gibt Autoren, die man sogar kreuzigen könnte, und ihre Arbeiten würden dadurch keinen Deut lesenswerter werden.

Die Herrschaft der Geste in der Kunst, Literatur, im Denken – ist ein Zeichen für die Hegemonie der Kleinkunstkoketterie im Leben des Volkes.

Illusionismus ist einer der banalsten Standpunkte menschlichen Denkens. Deshalb wird er von der Belletristik endlos ausgebeutet.

Wer sich vor dem Menschenschicksal in die reine Fiktion flüchten will, wird früher oder später auch für die Fiktion zu leicht.

Allmählich beginnt die Erotik das geistige Leben, losgelöst von der Arbeit an der Geschichte, zu beherrschen – nicht als Leidenschaft, sondern als eine gewisse Gattung sexuellen Ehrgeizes.

Die Phagozyten sind Idealisten, sie brauchen die Überzeugung, daß sie die Welt schaffen, die sie verdauen.

Sicher ist, daß für den französischen Schriftsteller die Frage seiner Individualität entschieden ist, wenn er die ihm gemäße Ausdrucksform gefunden hat.

Eine charakteristische Tatsache: Training ist ein Ausdruck, den die Engländer sogar dann anwenden, wenn es um die subtilsten Denkaufgaben, dialektische, künstlerische oder schriftstellerische Probleme geht.

Die Künstler stellen mit ihren Werken nur die Wahrheiten fest, von denen ihre Gesellschaft lebt.

Kunst banalisiert. Wir sollten uns vor der satten Kunst hüten.

Nur der Mob spricht darüber, was er fühlt; ein wirklicher Mensch spricht, wenn er denkt.

Wer *nichts* im Leben liebt, weil er die Wahrheit des Lebens verschmäht, schüttet die Quelle seines Schaffens mit Sand zu.

Ich meine, daß eigentlich allein diejenigen würdig sind, Urheber genannt zu werden, die etwas zeigen können, was nur sie sehen, wofür alle anderen blind sind.

Literatur ist überhaupt Luxus, wenn man an Politik glaubt, doch die feinsinnig, genau, mit Liebe rezipierte Literatur ist einer der zuverlässigsten Wege zur Befreiung von den brutal dummen und verderblich politischen Vorurteilen.

Der Schriftsteller sollte seinen Beruf sittlich lieben, ihn sollte all das interessieren, was existentiell mit seiner Lebensart verschmolzen ist.

Wenn irgendein Schriftsteller – in mehr oder weniger unmittelbarer Form die Armut beklagt – scheint mir immer, als lese ich eine Anzeige: Gewissen zu vermieten oder zu verkaufen, für Dauerkunden Rabatt!

Jeder geschichtliche Anfang ist immer eine Vergewaltigung des Geschmacks, nach keiner der festgesetzten Normen kann richtig eingeschätzt werden, was ein Beginn ist.

Wir müssen lernen, das Hineinwachsen menschlicher Werke in konkrete, bestimmte Gestalten der Wirklichkeit zu unterscheiden.

Das geistige Leben der uns bekannten Personen erzeugen wir selbst aus den Vorräten des eigenen geistigen Lebens.

Solange nicht das Volk selbst, sondern man über das Volk schreibt, wird alles nur eine neue Gattung von Sport, neue Mode.

Die Arbeiterklasse wird sich nicht zu einer eigenen Poesie aufraffen, solange man sie zur Vollstreckerin irgendeiner Theologie macht. Die Gesalbten des Herrn lachen nicht, sie sind steif und feierlich wie Marionetten.

Ein *Höfling* weckt bei mir kein Mitleid, nicht einmal, wenn seine Trikots zerrissen sind.

In der Kunst ist eines entscheidend: ob sie aufrichtig und die Stimme der menschlichen Überzeugung ist oder Selbsttäuschung.

Erotik ist der Kunst nicht fremd, sie ist ihr Wesen.

Statuen sind nicht aus Marmor oder Bronze geschaffen, sondern aus dem, was wir sind, was uns als unsere eigene Form erscheint.

Skulpturen verkünden große Weisheit: daß der Mensch nur mit dem rechnen kann, dem er selbst die Gestalt seines Lebens zu geben vermag.

Die Homerische Welt ist eine Welt, deren Evangelium mit dem plastischen Sein zusammenschmolz.

Die Stille erfährt sich selbst erst im Lärm. Für sich allein ist sie zu tief, um sich zu erfahren. Erst ihr ewiger Feind – der Lärm – ist ihr Wohltäter.

Glaubt – es ist manchmal sicherer, das ernste Antlitz, das sich hinter dem lachenden Gesicht eines Scherzes verbirgt, nicht zu sehen.

Lächerlichkeit ist ein vorübergehendes Spiel von Licht und Schatten, während zwischen uns und der Sonne die Ungeheuerlichkeit waltet.

Es verachtet den Menschen, wer ihn nicht auch lachend achten kann: Nur Lüge, Täuschung, Schein – sind immer ernst.

Der Humor ist ein religiöser Zustand der Seele, der das Zeremonielle vereitelt.

Die Tragik ist eine Verneinung der Individualität, erreicht durch ihre höchste Steigerung.

Aus jeder Tragödie weht der Atem des Abgrunds.

Der Mensch hat nur sich und nichts außer sich im Weltall.

Die Existenz des Menschen ist unerklärlich, sie ist ein schöpferisches Werk eigener Schöpfung.

Der Mensch führt keine Muster aus, er ist eine Zusammenballung angeborener Kräfte.

Es gibt nur eins, das schöner ist als Kant: die griechische Tragödie.

Die sich selbst schaffende Menschheit – das ist die fundamentale, hauptsächliche *Idee* der Philosophie.

Die Wirklichkeit des Menschen ist *bedingt*, unfertig, unvollendet, es gibt keine fertige, vollendete, abgeschlossene Wirklichkeit.

Das Denken hat es schwer in der Welt, denn die Welt war auf das Denken nicht vorbereitet – sie hatte es selbst aus sich heraus und unwissend geboren.

Es geht darum, daß unser Denken in die Welt hineinwächst, direkt ins Zentrum des Lebens, um in seiner Tiefe zu arbeiten.

Wahrlich, die Philosophen muß man lesen *können* – will

man aus ihnen die Wahrheit herauslesen, vor allem zwischen den Texten.

Den platonischen Dialog hat die Kultur der Zeit geschaffen, als man über Philosophie auf den Märkten sprach, als sie eine gesellschaftliche, sogar gesellige Angelegenheit, eine Leidenschaft des ganzen aufgeklärten Volkes war.

Die Gnostiker versuchten stets, das intellektuelle Zauberwort gegen das Schicksal zu finden: eine Formel, die zum gefahrlosen Passieren der gefährlichen Gegenden der Hölle dienen könnte.

Wieviel Skeptizismus, Gleichmut, wieviel zynische Geringschätzung gegenüber der Anstrengung und Arbeit der genialen Denker steckt in unserer Vorliebe für die Geschichte der Philosophie und unserer Gleichgültigkeit gegenüber der Philosophie selbst.

Es ist weniger wichtig, welcher Philosophie wir uns in unseren Argumentationen bedienen. Wichtig und allein wichtig ist, *nach welcher Philosophie wir leben.*

Die Erkenntnistheorie ist, und muß es sein, eine maskierte Theologie oder Metaphysik. Sie ist die Mythologie unserer Zeit.

Die geistige Methode ist nichts Äußeres: man kann sie nicht straflos einer anderen zuliebe aufgeben.

Über die Methode entscheidet nicht die subjektive Bequemlichkeit, sondern die gegenständliche und unbedingte Notwendigkeit, die die Aufgabe, um die es geht, von Natur aus selbst erfüllt.

Darauf gründet sich das Wesen der Methode, die der Name historischer Materialismus bezeichnet, daß sie über das Leben nicht anhand einer Theorie entscheidet.

Wissenschaft und Recht hängen unmittelbar zusammen. Wenn wir uns im gesellschaftlich-produktiven Leben machtlos fühlen, müssen wir außerwissenschaftliche Formen unserer Beziehung zum Weltall suchen.

Der Rationalismus kann den Siegenden helfen, aber im Grunde organisiert er die künftige Niederlage.

In jedem Rationalismus verbergen sich zwei verfeindete Dekadente: entweder sie haben nicht vermocht, reif zu werden, sich zu entfalten, oder sie gingen einen Kompromiß ein.

Ein Rationalist fühlt erst dann, daß sein Sieg vollkommen ist, wenn er überhaupt nicht mehr versteht, auf welche Weise sein Gegner denkt.

Die Befreiung vom rationalistischen Dogmatismus ist eigentlich nichts anderes als die Übernahme der Verantwortung für seine Dauer.

Logische Joche sind nur auf folgende Weise zu bestimmen: sie sind Brücken, die unser bequemes Denken über unsere Welt, unser Ich, seine logischen Eigenschaften, unsere Gehenna schlägt.

Um an die wissenschaftliche Notwendigkeit zu glauben, muß der Mensch an die eigene Macht, die diese Notwendigkeit bestimmt, glauben.

Denken, das in keiner Beziehung zur Hand bleibt, ist pures Blendwerk.

Überall und immer (sogar in der Geologie u. ä.) ist der Gelehrte ein Versuchsposten des Lebens.

Unser Verstand ist die Summe gemachter und klassifizierter Erfahrungen.

Das Maß der Durchführung ist das Maß der Erkenntnis selbst.

Denken als solches berührt sich mit keiner außermenschlichen Wirklichkeit.

Nichts ist leichter, als den Eindruck des Realismus oder Empirismus hervorzurufen, es genügt, den Standpunkt der repräsentativen Mehrheit einzunehmen.

Deutsche Philosophie-Professoren verdienen es, von Caligula regiert zu werden.

Aller Dogmatismus endet, und er muß so enden, mit dem Selbstmord.

Die Menschheit bringt zwar die Wissenschaft hervor, aber sie weiß nicht, weshalb ihr dies gelingt.

Die Welt ist für uns stets eine Antwort, die von der Frage abhängt, die wir an sie stellen.

Jeder Begriff ist nur ein Ausdruck der Erkenntniszweckmäßigkeit, und sein Radius ist abhängig von den Ansprüchen dieser Zweckmäßigkeit.

Die Wirklichkeit ist, in den Rahmen und das Gesetz wissenschaftlicher Erkenntnis gefaßt, die Summe der von der Menschheit gelösten Aufgaben.

Die rationalistische Logik ist ein Appell an die fertige Welt: man muß nur beweisen, daß man ihr gegenüber im Recht ist.

Aus der Welt, die Spinoza schuf, gab es keinen Rückweg zu Spinoza.

Der Evolutionismus ist lediglich eine Apokalypse für Philister: Gottes Reich brach bereits oder bricht an, obwohl es niemand weiß; man kann unbesorgt sein um das Leben, *welches ist, weil man in einer anderen Welt lebt.*

Marx dachte und fühlte alles als einen Gegenstand des eigenen bewußten Willens; sein Verstand oder sein Geist waren so beschaffen, daß er, wollte er die Welt begreifen, darüber nachdachte, unter welchen Voraussetzungen sein Gedanke und sein Wille sich ihrer bemächtigen könnten.

Marx behauptete von sich, daß er Hegels Dialektik, die kopfstand, auf die Beine gestellt habe. Er hätte mit gleichem Recht sagen können, daß er die wirkliche Bedeutung und die Genesis Kantischer Kategorien erklärt hat. Hegels Philosophie in ihrer endgültigen Form, die ihr Marx und Engels gegeben haben, ist bis heute tatsächlich die letzte Philosophie. Alle anderen geistigen Hervorbringungen sind eine Erscheinung der Reaktion oder des Zerfalls.

Karl Marx machte die Philosophie zum Leben, zog aus ihr den endgültigen Schluß, verwirklichte den Kantschen Begriff von der Selbstherrschaft der praktischen Vernunft.

Vico ist die größte Erscheinung der ganzen modernen Philosophie. Leibniz ist ein Zufall. Er könnte aus der Philosophie ohne Verlust gestrichen werden – trotz seiner Genialität.

Die Kantische Philosophie hat zwei Gesichter: ein sklavisches und ein königliches. Es liegt an uns, an unserem Wert, an unserer tiefsten Natur, welches wir selbst in ihr erblicken.

Sowohl die Französische Revolution wie Kant sind Grundsatzakte der menschlichen Befreiung.

In der ethischen Maxime Kants, der Mensch könne dem Menschen nur ein Ziel sein, liegt der Grundstein der Methodologie der Sozialwissenschaften.

Schopenhauer hätte die Musik als Trost verschmähen müssen. Das Nichts, die Verneinung des Lebens haben es nicht nötig, daß man sie beweint.

Zwanzig Bände Hegel, die ganze Herkulesarbeit seines Lebens, sind eigentlich Fortentwicklung der *einen grundsätzlichen* geistigen Vision, des Gefühls für den *unbedingten Wert dessen, was ist.*

Hegel erarbeitete ganze Bände trockener Gedankengänge, um sich der geistigen Sehkraft zu versichern; er nahm in jedem Inhalt das Leben aller anderen wahr.

Das Sein mußte vom Uranfang an mit Preußen schwanger gehen; denn nur das Wachstum dieser Gesellschaft, der er psychisch angehörte, war Prüfstein für Hegels Denken.

Feuerbach liebte den konkreten Menschen, das konkrete Menschenleben, aber er liebte ihn mit einer abstrakten Liebe.

Die Theorie der Werte ist nicht nur eine ökonomische Theorie, sondern der Stein der Weisen im philosophischen Gebäude von Marx.

Marx hatte Forderungen formuliert, die im Wesen selbst, in der inneren Logik der Philosophie und des europäischen Denkens verborgen waren, aber er setzte die Logik dieser Formulierung mit der Logik der Wirklichkeit gleich, die hier geschaffen werden sollte.

Bei Marx haben die Menschen nicht Blut in ihren Adern, sondern Feuer und Erz der begriffenen Geschichte.

Eigentlich genügte Engels das Gefühl, er repräsentiere logisch und intellektuell eine Lebensform, die des Sieges und der Macht würdig ist.

Der Agnostizismus durchbricht den Intellektualismus keinesfalls, und Herbert Spencer ist eigentlich nur ein verkalktes Teilchen der Philosophie von Hegel.

Hegel machte uns zu Zeugen der Geschichte, lehrte uns, jedes Detail des Lebens und Denkens mit Problemen von geschichtlicher Wichtigkeit zu verbinden. Aufgabe der modernen Philosophen ist, unser Verhältnis zu allen Angelegenheiten der Welt und der Geschichte zu einem privaten zu machen.

Nietzsche ist vielleicht das beste klassische Beispiel dafür, wie sehr die Gedankenarbeit des einzelnen, und sei sie noch so genial, Inhalte des *Bewußtseins* beherrschen, *das sie in der*

Kultur ihrer Epoche und ihrer eigenen Schicht vorfindet und das zu ihrer Welt wird.

Die Arbeit ist Hegels Idee, übersetzt in reale Rede.

Als Befreiung von der Philosophie stellt sich gewöhnlich der chaotische, nicht koordinierte philosophische Eklektizismus heraus.

Die deutsche Philosophie schuf um Deutschland herum eine Psychologie des übernationalen Pantheismus, in Deutschland selbst war sie ein sonderbares Organ der wachsenden inneren Kraft.

Der historische Materialismus, ich wiederhole noch einmal, ist nicht der Stein der Weisen: er befreit nicht von der Arbeit.

Wenn jedes Denken nur Überbau ist – ist es am besten, nicht zu denken.

Der geschichtliche Fatalismus ist ein Versuch, vor sich selbst die eigene *Verantwortung* zu maskieren.

Nietzsches Gebäude stützt sich unmittelbar auf das rauschende Meer. Und durch die Gedankenlücken dringt alle Augenblicke das dunkle Wasser der Mystik ein.

Menschen wie Engels scheinen gar nicht geboren zu werden, sie warten, bis die Welt zu ihnen heranreift.

Der Idealismus auf fremdem Boden ist eine leichte Sache: dort zeigen sich uns immer die Postulate, niemals die Last ihrer Verwirklichung.

Das platonische Mitleid mit den »Qualen«, der »Pein« anderer Völker ist eine widerliche, weinerliche Form des Jesuitentums.

Philosophie wird geboren, wenn das Gebäude der Kultur faktisch vollendet ist.

Sooft die Philosophie sich der Wahrheit nähert, nähert sie sich der Einfachheit der offensichtlichen Dinge.

Und denken wir nicht, daß es irgend jemandem gelingt, die Philosophie zu vermeiden.

Jeder herausragende, intensiv lebende Mensch *verändert* etwas in den Postulaten, die der Fruchtkeim aller Axiome, der ganzen menschlichen Wirklichkeit sind.

Wir sind allein, also gehört alles uns.

Noch einmal: Ich nehme die Welt an, in der wir uns die Voraussetzungen der künftigen Vergänglichkeit sichern, indem wir unser eigenes Vergehen unwiederbringlich verbrauchen.

Auf dem Flugsand der Augenblicke müssen wir das Gebäude der Ewigkeit errichten.

Was immer wir über die Welt sagen können, es wird stets das Ergebnis einer bestimmten Geschichte sein, ausgesagt in den Termini einer bestimmten Literatur (wenn wir unter letzterer jedwedes Sprachwerk verstehen).

Alles, was jemals Geschichte gewesen ist, ist unsere Sache.

Unmöglich, aus dem Verlauf, den die Zeit spinnt, herauszuspringen. Wir werden immer als das geboren, wozu uns die Vergangenheit gemacht hat.

Jahrhunderte haben unseren Geist geformt, und ob er es will oder nicht, er formt Jahrhunderte.

Ruinen gibt es nur dort, wo es Bauwerke gegeben hat.

Das Wesen der Ruinen ist die Gegenwart der Jahrhunderte. Wer Ruinen zum Leben erweckt, macht Jahrhunderte wieder lebendig.

Die Grenzen unserer bisherigen Geschichte sind Grenzen, die unsere Erkenntnis nicht überschreiten kann.

Die konkrete, sittengeschichtliche Wirklichkeit der Menschen ist letztlich Grundlage aller geistigen Werke.

Der historische Platonismus war ein Produkt der realen Unterordnung des einzelnen unter etwas Fremdes.

Der dogmatische Historismus wurde für die Geschichte selbst gefährlich.

Jede unserer Bewegungen ist Kritik der Geschichte, höchst

abgründige und tragische Kritik, weil sie diese Geschichte nicht in unserer Vorstellung von ihr trifft, sondern in ihrem Wesen selbst. Jede Geschichte, solange sie lebt, kritisiert sich selbst erbarmungslos.

Der europäische Mann macht schon seit hundert Jahren sein Entwicklungsstadium durch; man kann das Gestöhn und das Jammern dieser altruistischen Niederkunft wahrlich nicht mehr ertragen.

Man muß wissen, daß große Dinge im Spiel sind: das ganze 20. Jahrhundert ändert seine Bedeutung, wandelt sich, wächst zu etwas Neuem.

Jede Zufluchtsstätte der Vergangenheit ist ein Gefängnis.

Wenn wir aufhören, bewußte Teilnehmer der historischen Produktivität zu sein, werden wir zum Spielzeug der uns mystifizierenden Physiologie.

Die Geschichte ist eine solide Gemeinschaftssache – wir erleben nicht nur *uns* – wir erleben auch unentwegt andere.

Den Determinismus bereiten wir uns selbst.

Die Geschichte war und ist ein Prozeß, den der Mensch zwar in Gang setzt, aber weder begreift noch beherrscht.

Nicht der Mensch ist der Augenblick aus der Geschichte der Dinge, sondern die Dinge sind ein Augenblick aus der Geschichte des Menschen.

Ein Kant der Geschichte ist bis jetzt nicht geboren.

Historisches Streben wird unaufhaltsam, wenn es zur *Natur* der einzelnen wird, zum Gesetz ihrer elementaren Entwicklung.

Die Zukunft ist eine andere Form der schöpferischen Freiheit.

Zu oft schreibt man dem Machiavellismus der einzelnen das zu, was allein Wirkung der Logik, der Schwerkraft der Einrichtungen selbst ist.

Niemals können wir uns genug vor den Formen hüten, die uns rückwärts zu den Standpunkten des dogmatisierenden Konsums führen.

Ob eine bestimmte Klasse sich überlebt hat, darüber entscheidet die Tatsache, daß sich in ihr die Charaktere nicht anders als nur auf dem Wege der Ausnahme herausbilden können.

Wo es keinen Kampf, kein Ringen, keine Anstrengung, keine Anspannung des Willens, Gedankens, der Muskeln gibt – dort ist in der Tat schon alles klar und zu Ende.

Sozialistische Umgestaltung ist keine Befreiung von der Arbeit, sondern Befreiung der Arbeit.

In den bisherigen Gesellschaften war die Idee der Verdienste völlig von der Idee der Arbeit losgelöst.

Nur die Gottheiten der neuzeitlichen Gesellschaften sind unpersönlich wie diese selbst.

Der Sozialismus ist nicht nur eine Frage der Kraft: er ist das Aufkommen, das Sich-formen des Rechts.

Kein Sieg, der sich nicht auf das Bewußtsein der Massen stützt, ist endgültig oder sicher.

Revolutionen sind Augenblicke, in denen die Gesellschaften ihre wirkliche Struktur kennenlernen.

Das, was wir kulturelle Errungenschaft der Menschheit nennen, das, was sich uns als menschlicher *Verstand* offenbart, als dessen Sinn – ist das von der Sprache fixierte Erlebnisprodukt verschiedener, genau bestimmter Menschengruppen.

Revolutionäre sollten sich selbst erziehen, in sich eine eigene Kraft schaffen können.

Revolutionäre Dreistigkeit kann Hand in Hand mit einer großen Armut an revolutionären Idealen gehen.

Die Zukunft erkennt man nicht, man schafft sie.

Der historische Materialismus zeigt, daß die Menschheit selbst sich ihre Knoten gebunden hat, mit deren Auflösung sie sich nun abmüht.

In den Kategorien des historischen Materialismus können wir an alles denken, mit Ausnahme des proletarischen Klassenbewußtseins.

Ein Volk, das Mythen schuf, beginnt vom Klatsch und von schrecklich verdrehten Gerüchten zu leben, dem Echo des Lebens der »denkenden« Schichten.

Der Automatismus der ökonomischen Entwicklung ist eine mythologische Karikatur Marxschen Denkens, dem es nicht um den Automatismus geht, sondern um die Bedingungen, die er schafft.

Es ist unerhört wichtig, zu begreifen, daß das, was sich uns als die Beschränktheit der historischen Epoche zeigt, eigentlich der einzige Inhalt des Gedankens dieser Epoche war, die einzige Wirklichkeit dieses Gedankens, dieser selbst.

Man darf nicht vergessen, daß die Kraft und die Gewalt, die uns besiegen, ein ausdauernder und tapfer reifender Geist sein mußten, bevor sie Kraft wurden.

Das, was erschaffen sein soll, kann nicht bewiesen werden; denn es sprengt den geschlossenen Kreis der Identität.

Was immer der Mensch durchlebt hat – es lebt heute in seinen Gedanken.

Der Menschenverstand ist für sich selbst die einzige Wirklichkeit: er überschreitet sich nie; und er kann nichts treffen, was nicht in seinem Wesen Geschichte und Biographie wäre.

Jede Epoche des Niedergangs ist zugleich eine Epoche der Koexistenz, sogar in der Einzelseele; der Stile, Glaubensbekenntnisse, Meinungen.

Die europäische Wirklichkeit ist eine phraseologische Fiktion des gegebenen Augenblicks.

Sogar der gegen den bestehenden Staat rebellierende russische Geist diente – im Sinne der unbezwungenen Logik der Geschichte – der Macht dieses Staates.

Die *historische Psychologie* der russischen Intelligenz ist einer der tieferen Gründe für die Existenz des Zarentums.

Der Umsturz muß sich in dem Augenblick vollziehen, da wir am wenigsten vorbereitet sind, ihn auszuführen.

Die Vernunft des Handelns lag stets außerhalb des Handelns.

Wir müssen lernen, darüber nachzudenken, was wir zu tun gewagt haben.

Vollendete Tatsachen gibt es nicht.

Die Menschheit wird immer auf der Basis des Kampfes mit etwas Fremdem leben.

Gedankenfreiheit bei unfreier Arbeit macht die Freiheit zum Paradox.

Unser gesellschaftliches Leben ist unsere Urwirklichkeit, die uns unmittelbar gegeben ist, alles andere ist bereits ihr Resultat.

Das Leben, das kollektive Leben ist Prüfstein der Wahrheit, ist ihre Manifestation, das Ding an sich, sofern es ein solches im Menschen überhaupt gibt.

Der Mensch ist bisher noch nicht Mensch gewesen, und seine Geschichte hat bislang noch nicht begonnen.

Man muß diese beiden Gedanken miteinander verbinden: unsere Einmaligkeit und unsere Allgemeinmaligkeit.

Der Weg zur Allgemeinheit wird immer individueller, und der Universalismus identifiziert sich auf seltsame Art mit der geheimsten, persönlichsten Quelle der Individualität.

Individualität ist kein Widerspruch zur Allgemeinheit, sondern ihre Enthüllung.

Es genügt uns nicht, das Gewissen zu entfalten, es geht vor allem um den Wandel seiner Natur.

Man sollte kein Mitleid haben – sondern brutal die Wahrheit sagen.

Die Ethik des Mitleids ist eigentlich ethische Skepsis, ein Akt der Ungewißheit über die Ziele und Werte des Lebens, des Handelns und Schaffens. Die Weltanschauung des Mitleids ist eine milde Form des Nihilismus.

Ein Moralist ist der schrecklichste, konsequenteste, heuchlerischste Egoist.

Die Autonomie des formellen Ich ist eine Autonomie der enthusiastisch angenommenen Gefangenschaft.

Glück ist ein Synonym für rücksichtslose Anpassung.

Politik geht meist mit der Vernachlässigung der eigenen menschlichen Entwicklung einher.

Kirchtürme sind Blitzableiter, die uns vor den Stürmen des Gewissens schützen.

Eine Weltanschauung ist nur dann vollständig, wenn sie eine Begründung und Rechtfertigung einer bestimmten Pflicht ist.

Unbedingte Selbsterkenntnis als Identität des Erkennenden und des Erkannten – dahin strebt alle Dialektik.

Die Unwandelbarkeit muß in sich die logische Möglichkeit des Wandels enthalten.

Unsere ohnmächtige, stümperhafte Psyche gibt sich uns gern als verkannte Naturgewalt.

Wir denken nicht nur mit dem Hirn, sondern mit dem ganzen Körper, mit allen Lastern, Gewohnheiten, Familienverhältnissen, mit denen wir verwachsen sind.

Unser Denken ist wie ein dressierter Hund. Es wittert und spürt scheinbar frei, im Grunde untersucht es jedoch, ob sein Herr nicht schon hier langgegangen ist.

Unser Denken ist träger als unsere Muskeln, geübter in Ausflüchten, die es erlauben, der Arbeit zu entgehen.

Auch ein kranker Rücken, der sich das Leben lang nicht aufgerichtet hat, Füße, die sich unter der Last krümmen, Hände voller Schwielen bilden eine eigene Weltanschauung.

Das ganze Problem der Erkenntnistheorie ist in der Frage enthalten: Auf welche Art können die Definitionen der Psyche zu Ergebnissen führen, die außerhalb der Grenzen dieser Psyche sich in der Welt behaupten.

Die Wahrheit ist nur insofern Ausdruck der Wirklichkeit, inwiefern der Mensch die Welt zur beabsichtigten Konsequenz bewegen kann.

Die gleichen Tätigkeiten, die die Form unseres Denkens bestimmt haben, haben den Inhalt unseres Wissens erobert.

Wenn der Mensch über die Materie spricht, macht er sich allein das bewußt, was er ist, was er geschaffen, was er erreicht hat: er spricht also nur über sich.

Haben Sie daran gedacht, daß diese Unendlichkeit über uns immerhin menschliches Denken ausgehöhlt hat?

Die Sonderstellung des Proletariats als Klasse ist der einzige Weg, der zur Begründung einer moralischen Atmosphäre in der Menschheit führt, zum Wiederfinden des Wortsinns: Mensch.

Nur die moralische, vitale Zugehörigkeit zur neuen Welt entscheidet über eine bestimmte Basis der intellektuellen Arbeit für sie.

Sofern wir die Wahrheit besitzen, sind wir in der Lage, mit Hilfe des Willens Dauerhaftes zu leisten.

Du hältst das für Welt, was du über die Welt weißt.

Das, was irgendein *Ich* für seine *Welt* hält, ist der Tätigkeitsbereich, den er sich angeeignet hat.

Machiavelli bedeutet die Einsicht, daß wahre politische Tat nicht Absicht, sondern Folge der von uns durchgesetzten Absicht ist.

Die Idee der Renaissance als Inhalt des Salonlebens, Konversation als Weg zur Bedeutung.

Diese Menschen spielen, aber ihr Spiel ist Kampf, ihre Rolle währt lebenslänglich, und für einen Irrtum bezahlen sie mit dem Leben.

Es gibt im Menschen nichts, was nicht Stoff für moralische Heiligkeit wäre.

Der einzige Sieg ist: die Zukunft formen.

Die unerschrockene Grausamkeit der Selbstanklagen und Selbstverdammnis ist eine raffinierte und heuchlerische Form der sich selbst schonenden Feigheit.

Wem die Welt ein Sarg ist, der ist sicherlich bereits eine Leiche.

Jeder Augenblick unseres Lebens gebiert Folgen, die ins Unendliche wachsen.

Unser Leben, unser Ich – ist ein Posten; wenn wir ihn verlassen, verliert ihn die ganze Menschheit für immer.

Wer autonom sein will, der weiß, daß er selbst alle Folgen seiner Versäumnisse tragen wird.

Jedes Bruchstück eines Elements, einer überwundenen Unwissenheit ist ein Sieg.

Wen Probleme des Bauwesens nichts angehen, wird selbst zum Baustoff, Kalk und Mörtel, ohne zu wissen, was aus ihm wächst.

Wer das Leben in keiner Beziehung liebgewonnen hat, in keiner – und sei's in der eigenen Verachtung und im Haß zu ihm –, wird nie etwas fürs Leben tun.

Kreieren wir nicht nur lauter Theorien, die die Tatenlosigkeit rechtfertigen.

Es ist verboten, sich selbst zum Sklaven zu machen.

Jeder Tod, jedes verpfuschte Menschenleben ist eine Verdammung dessen, was ist.

Es ist eine schlechte Demut, die uns unsere Selbstvernichtung aus Achtung vor der Welt befiehlt.

Es ist unwahr, daß ein Mensch, der sein Ich, all sein Eigenleben mit Füßen tritt, moralisch lebt: Wer sich vernachlässigt, vernachlässigt die ganze Welt.

Verbrechen und Sünde sind besser als geistige Lüge, besser, wenn aus ihnen Leben erwacht, dauerhafter, wenn der Mensch selbst sein Verbrechen tragisch selbstlos zu überlegen vermag.

Wir werden stets das sein, was wir tun werden.

Bedenkenlosigkeit ist allgegenwärtig. Die Angelegenheiten der Sterne, die der Mensch niemals schauen wird, der Kleinlebewesen auf dem Meeresgrund – entscheiden sich in jedem unserer Herzschläge.

Eine gewisse Mischung der Idylle von Sozialismus und Christentum, Revolution, Evangelium und Kabarett hängt heute in der Luft.

Funktionen, die aus ihrer Einheit herausbrechen, gefährden sich gegenseitig.

Negation ist eine sehr bequeme Form der Arbeitsscheu.

Verzweiflung ist leichter und schwächer als Kampf.

Wer sich zu keiner Verantwortung bekennt – hat keine Kompetenz.

Hölle als Idee: die Unvernichtbarkeit der Taten.

Die Arbeit hat nur die Rechte, die sie sich selbst schafft.

Die Freiheit ist nicht *unser* Einverständnis mit der Wirklichkeit, sondern das Einverständnis der *Wirklichkeit* mit uns.

Jede passive und leere Weile *tötet* etwas außerhalb von uns, in uns fremden, unbekannten Menschen. Unsere Ethik ist ebenso rückschrittlich wie unsere Poesie.

Wer nicht hebt, unterdrückt, wer nicht befreit, untergräbt.

Unsere Tat ist eigentlich Strahlung: Wir senden Licht aus und sehen es nicht. Unser Wille bestimmt die Richtung der Strahlen nicht, weil wir den Brechungskoeffizienten nicht kennen.

Es ist schwerer, die Harmonie der Taten als die Harmonie der Gefühle festzustellen.

Es gibt keine Wahrheiten, die sich kraft ihrer selbst halten, unabhängig von uns, gesichert: um zu existieren, müssen sie in uns und aus uns und durch unser eigenes Handeln gefunden, geboren werden.

Ein Mensch, der seine persönlichen Schwierigkeiten unter dem Vorwand des Glaubens an den unpersönlichen Fortschritt vertuschen möchte, will das Leben um seine eigene Existenz betrügen.

Was muß ich sein, um autokratisch zu sein – das ist die Grundsatzfrage des Jahrhunderts.

Der Mensch kann unser Feind sein, aber er sollte für uns niemals zur Existenzbedingung werden.

Freiheit, die sich auf irgend jemandes Einschränkung stützt, ist Abhängigkeit.

Nur der Selbstgenügsame ist frei.

Die volle, konkrete, vitale menschliche Psyche ist immer unsere einzige Nachricht vom Leben, unsere Offenbarung. Das ist nicht nur die vollständigste, sondern auch die eindringlichste Form der Wahrheit vom Menschen.

Man negiert meist Lebensbereiche, auf die man überhaupt keinen Einfluß auszuüben vermag.

Der Verzicht auf Verantwortung zugunsten von einem Etwas, von einem von uns nicht beherrschten Recht – wäre eine Begründung der eigenen Niederlage.

Die Freiheit ist immer Freiheit über etwas; frei sein von etwas, bedeutet Verzicht und Resignation – die heuchlerischste Form der Abhängigkeit.

Wir befreien uns nur von dem, was wir ersetzen können, Befreiung durch Verneinung ist eine Fiktion.

Siegen werden die, welche den Mut haben, sich und für sich das meiste abzuverlangen.

Hier geht es nicht darum, einen Platz im Leben zu finden. Das Leben selbst muß anders werden.

Wertprobleme können in den Kategorien eines bestimmten Wertes nicht endgültig gelöst werden.

Der moralische Prüfstein ist ein für alle verbindlicher Wert.

Wenn ich den Wert meiner Maxime abwägen will – muß ich untersuchen, ob die Welt bestehen könnte, wenn diese Maxime für sie Gesetz wäre.

Das Recht ist eine Art konkretes Nachdenken über Menschen außerhalb von ihnen, ohne ihre Unabhängigkeit anzutasten.

Auf die Beziehung zur Arbeit stützt sich ausschließlich der Unterschied zwischen Wahrheit und Irrtum, Gut und Böse, Heiligkeit und Wahnsinn, Heldentum und Verbrechen.

Unabhängigkeit von der Arbeit als Norm bedeutet auch: Abhängigkeit der Arbeit als Norm.

Wer an die Menschheit nicht glaubt, der schweige.

Die mit dem Menschen verbündete Natur ist eine Lüge; sie ist Trugbild, dem sich ein Trugbild offenbart.

Sehr real ist der Abgrund, in den man ohne Unterlaß *Leben* werfen muß, das Leben ganzer Generationen, damit für uns ein psychischer Inhalt bestehe, damit eine menschliche Welt existiere.

Das ganze Unmaß der Arbeit, des Strebens, hängt über der Leere an seinem eigenen niemals fertigen Willen.

Der Mensch ist nicht Fortsetzung der Evolution, sondern umgekehrt, das Zerreißen des Fadens, der Widerstand gegen sie.

Die Erkenntnistheorie, die so oder anders die Wissenschaft zu deduzieren versucht, sei es aus der Natur des Gegenstandes und des reinen Geistes, sei es aus der Natur oder aus dem Willen Gottes, ist ebenso wissenschaftlich wie die Disziplinen, die sich mit der Entscheidung von Problemen befaßten, in welcher Zone Lokomotiven gedeihen oder auf welchem Baum Schneeschuhe reifen.

Die Natur als solche wirkt niemals auf den Menschen unmittelbar, sondern stets durch das Prisma einer gewissen Gesellschaftsordnung ein, und die Art ihrer Wirkung hängt von der Natur dieser Ordnung ab. Diese Ordnung mit der Natur identifizieren können nur diejenigen, deren Klassenpsychologie sie hindert, aus dieser Ordnung herauszutreten.

Der Mensch bemächtigt sich der Natur, indem er sich eine künstliche Umwelt schafft.

Dieser harte Globus ist nicht der mütterliche Geist, der bereit ist, unsere Seele anzunehmen, einzuverleiben – nein, er ist das schon vermenschlichte, gemilderte Bild der schonungslosen Fremdheit.

Die Stimme des Naturwerks zählt nicht, ist ein Geräusch, das die chemische Reaktion begleitet, sonst nichts.

Was ist Natur? Das, demgegenüber wir wissen, wie wir uns zu verhalten haben; was wir mit der Logik eigener Taten nicht bestimmen können.

Die Natur ist der allgemeinste Inhalt der tatsächlichen und der möglichen Aussagen.

Dieselben Linien, die die Grenzen der geschaffenen Welt zeichnen, sind auch die Grenzen, hinter denen die Grenzenlosigkeit des Unausgesprochenen dröhnt.

Das, was wir für den Ausdruck des Elements hinter uns halten, ist im Grunde das Element in uns, Spiel der Vorstellungen, die keiner Regel unterliegen.

Zwischen dem Denken und der Welt gibt es keine Harmonie.

Die Menschheit hat keine Zeit: Der Vesuv erinnert uns, daß die Natur uns gegenüber keinerlei (von unserer Kraft über sie unabhängige) Verpflichtungen hat.

Ein Bühnenbildner, der hunderte Male in seinem Theater die Landschaft gewechselt hat, wird enttäuscht sein – ich versichere Ihnen –, sollte er glauben, er sei Herr und Schöpfer der über dem Menschen und rings um ihn schweigenden Landschaft.

Der dogmatische Verzicht der Menschheit auf das Steuerrad der eigenen Schicksale zugunsten der Natur ist unmöglich. Der Mechanismus der Natur ist unbestimmt.

Verzweiflung ist leichter als der ruhige und kalte Blick auf die Dinge, so wie sie sind.

Mißbilligung und Verderben sind manchmal eine starke seelische Leistung. Wer immer eine Wüste betritt, ist bereits ein verirrter Wanderer, wenn unsere Welt ein uferloses Eisfeld ist – kennen wir nur die Leidensbrüder.

Auch wenn du unterwegs auf den eigenen Kadaver stoßen solltest und der kalte Himmel dir sagte: umsonst – er stinkt bereits! – verlier nicht den Mut; vielleicht ist es nur das gestrige Herz, das da umkommt.

Umgang mit dem Globus und seinen Räumen lehrt Verstand und Logik in der Achtung menschlicher Beziehungen.

Jedermann ist der Ort, an dem die Welt sich richtet.

Wer glaubt, nur sich zu verstümmeln, verarmt die ganze Welt.

Jeder Augenblick, der uns nicht zu den Sternen erhebt, begräbt uns im Sumpf.

Die Arbeit ist jene Sprache, auf die die Natur antwortet.

Das Gebäude des gehorsamen Denkens der Natur ist auf den Knochen der Arbeit errichtet.

Die Unermeßlichkeit ist ewig gegenwärtig in jedem Wort, in jedem Atemzug des Menschen.

Die Naturwissenschaft ist das Bewußtsein der Herrschaft über die Natur.

HENRYK ELZENBERG
KUMMER MIT DEM SEIN

1. Vor dem Ersten Weltkrieg

Paris, 13. X. 1907. Wenn ich denke, existiere ich nicht, bin ich mir meiner nicht bewußt; es existiert nur das, woran ich denke. Selbstbewußtsein gewinnt man jedoch vor allem durch das Erleiden, und sei es eines einfachen physischen Schmerzes. Tut mir ein Zahn weh, dann weiß ich, daß ich bin.

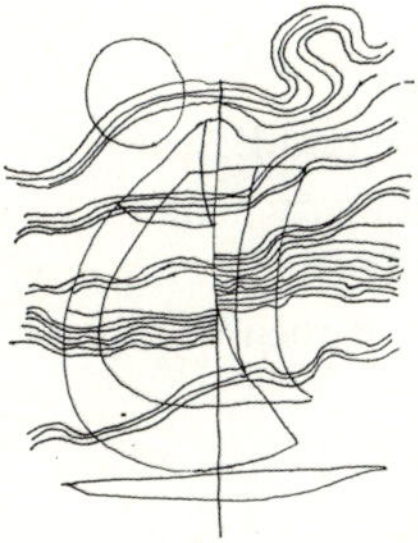

17. XI. 1907. Man sollte die genialen Schriftsteller um ihr Privileg der Leichtigkeit des Schreibens beneiden. Und doch, in bestimmter Hinsicht, könnte man sie auch – ohne Widersinn – bedauern. Denn wer die Qual des Suchens und Jagens nach der einzig richtigen, nach der schönsten Ausdrucksform, die uns aus der Ferne vorschwebt und die man fassen muß, nicht kennt, dem ist auch die parallel verlaufende Wonne fremd – die Wonne des längeren Umgangs mit der Schönheit. Den Genialen fällt alles leicht zu! Die Inspiration überflutet sie wie eine Welle den Stein ... Ein Künstler, der mit Leichtigkeit schafft, wird von der Schönheit *heimgesucht*; wer mit Schwierigkeiten zu kämpfen hat, *lebt* in der Schönheit.

1. III. 1908. Bemerkung zur neuesten Literatur, zu überprüfen. Bilder und Vergleiche mit der Natur sind dem Kulturleben entliehen ... Es fehlt der eigentliche Sinn für die Natur. Man hat eher Sinn für die Kunstform der Natur als für sie selbst und ihr eigenes Maß ... Darin liegt Gefahr.

13. III. 1908. Aufgabe für den Schriftsteller von heute: zwischen sich und der Natur eine direkte Verbindung herzustellen, über die Köpfe der Gesellschaft und über die literarischen Muster hinweg. Was immer wir schreiben, wir sollten um diese Allgegenwart der Natur, um ihre unmittelbare Wirkung bemüht sein, statt Reminiszenzen, fremde Zuflüsse zuzulassen.

18. III. 1908. Was ist an einem philosophischen Geist originell? Historiker weisen nach, daß Spinoza einige Begriffe von Descartes übernommen hat, andere aus der Kabbala, weitere von den Neuplatonikern usw. . . . Die Elemente einer Philosophie stammen demnach von außen . . . von den anderen . . . Ich aber setze Gedanken und Begriffe, die ich lose empfing, in eine neue Beziehung zueinander . . . Das Material kommt von außen, die Form kommt von innen, die Form, die gewissermaßen vorhanden war, bevor sie das Material aufgenommen hat.

17. VII. 1908. Folgerung: Metaphysik ist das einzige Thema, mit dem zu beschäftigen es sich lohnt.

5. X. 1908. Idealisten sind meist Leute, deren Jugend lieblos und herb war. In einem Alter, da sich die Persönlichkeit formt, war ihr Haupteindruck das Leid. Schiller wurde durch die Plagen seiner ersten Jahre zum Idealisten; Goethe hatte es leicht, Realist zu werden, für ihn war die Wirklichkeit von Anfang an heiter.

6. XI. 1908. Ruhm ist ein Edelstein, jedoch an hundert Stellen nicht lupenrein.
Sehen wir uns das Schicksal großer Kunstwerke an. Jeder Kritiker, jeder Leser biegt sie sich – seiner Mittelmäßigkeit gemäß – zurecht, so daß der Autor wie ein indischer Delinquent ist, dessen Seele alle gemeineren Wesen der Reihe nach durchwandern muß. Jeder neue Leser ist für den Autor eine neue Inkarnation und eine neue Qual.

16. I. 1909. Sag das Allerdümmste, es findet sich immer jemand, der noch dümmer ist und der davon eine Karikatur macht.

Krakau, 4. XII. 1909. Definitionen sind etwas Seltsames. Sie erklären etwas Verständliches anhand von zwei Unverständlichkeiten. Z. B.: »Die Proportion ist das Verhältnis zwischen den Größen.« Wenn ich das sage, weiß ich, was Proportion ist. Fragt man mich aber, was Verhältnis und was Größe ist, dann weiß ich es nicht.

8. XII. 1909. Einige typische Franzosen können nicht denken und versuchen es auch nicht; daher ihre Seichtheit. Einige typische Polen können es nicht, versuchen es aber; daher der Unsinn und die Phantastereien.

21. I. 1910. Tragisches als Ethik, Lebensinhalt, Überwindung des Pessimismus. Es kommt aus dem Pessimismus, überwindet ihn aber zugleich.

22. I. 1910. Cogito ergo sum. Es gibt kein *cogito*; es gibt nur *cogitatur. Cogitatur, ergo est aliquid.* Dieses Etwas ist nicht das, was denkt, sondern nur das, was gedacht wird; der Gedanke ist kein Beweis für das Vorhandensein des denkenden Faktors, er ist nur Beweis für das Vorhandensein seines Inhalts.

(Januar) 1910. Fragmente eines größeren Entwurfs zu ethischen Themen.

3. Entgegen Spinoza ist jeder Gefühlszustand an sich, als Gefühlszustand, eine Steigerung des menschlichen Seins, *transitio a minore ad maiorem existentiam.* Auch die Traurigkeit.

5. Was ist gut? – Eine schöne Tragödie.

7. Wer sagt »Ich bin glücklich«, der ist bereits unterwegs zum Unglück; weil er das Wort *ich* ausgesprochen hat.
8. Die Hauptquelle der Melancholie liegt dort, wo wir uns von den allgemeinen Dingen abwenden und den persönlichen, dem eigenen Leben, uns selbst zuwenden.

15. II. 1910. Die Würde des Denkers ist seine Genauigkeit; die Würde des Künstlers seine Ausdruckskraft. Doch seltsam: es gibt auch eine dritte Würde, nach der wir instinktiv sowohl in der Philosophie als auch in der Kunst suchen: Größe, Erhabenheit. Dieses Element, interessant, vermittelt in der Philosophie einen künstlerischen und in der Kunst einen philosophischen Eindruck – und ist der einen wie der anderen fremd. Es hat auch keinen ethischen Charakter, weil Ethik keine Erhabenheit fordert. Sollte dieses Element etwa . . . ein religiöses sein? (Was Plato hat und bei Aristoteles fehlt. Was Äschylos hat, Homer nicht. Und was Plato und Äschylos gemeinsam ist.)

18. III. 1910. Der Novemberaufstand kam ein oder zwei Jahre nach Rußlands Krieg mit der Türkei; der Januaraufstand acht Jahre nach dem Krimkrieg. Rußlands Kriege sind für Aufstände der günstigste Moment. Weshalb kamen sie also nicht im Krieg auf, sondern erst danach? Sicherlich deshalb, weil der Krieg die Polen unvorbereitet überraschte. Die Gelegenheit wurde ihnen (abgesehen von dem Mangel an aktiven Vorbereitungen wie Waffen, Geld und Organisation) nicht sofort klar. Der Gedanke an den Aufstand kam erst auf, als die Gelegenheit bereits vertan war . . .
Es gilt aufzupassen, daß wir jetzt, nach Krieg und Revolution, nicht das gleiche wiederholen. Man hätte sich im Jahre 1904 oder 1905, spätestens 1906, erheben müssen. Jetzt ist es zu spät. Wir müssen warten, bis Rußland wieder einmal in Gefahr ist . . .

22. III. 1910. Das Problematische des Kampfes gegen die Kirche in Polen. Dieser Kampf ist schädlich, weil er die Feindschaft zwischen den Gesellschaftsgruppen innen schürt und ihren Kampf nach außen schwächt.
Und noch eine Bemerkung: Man kann eine Idee ohne Schaden für das geistige Niveau der Menschheit nur mittels Wettbewerb, niemals durch gewöhnliche Verneinung bekämpfen.

15. X. 1910. Jede Anschauung hat nur dann Wert, wenn sie eine Überwindung ihrer Antithese ist und nicht nur naive, direkte Spiegelung unserer Gemütsstimmung. Pessimismus, der direkt aus dem Temperament kommt, ist dumm, klug ist der andere, der nach der Auslotung aller Gründe, die für den Optimismus sprechen, bestehen bleibt; genauso umgekehrt. Dumm ist der ironische Skeptizismus der Snobs, die nie an etwas glauben, und dumm der Glaube dessen, der niemals zu zweifeln Gelegenheit hat; aber klug ist der Skeptizismus desjenigen, der durch den Glauben gegangen ist, und klug der Glaube dessen, der gezweifelt hatte und seine Zweifel bezwang.

3. XI. 1910. Das intellektuelle Vergnügen am Erkennen der Ursachen eines Unglücks kann so stark sein, daß es die Wahrnehmung des Unglücks selbst verdrängt.
Ich bin zu intellektuell, um Musik gebührend aufnehmen zu können. Wenn ich ein Lied, eine Sonate höre, weiß ich eher, was ich fühlen müßte, als daß ich wirklich fühle; ich empfinde vielmehr den Ehrgeiz nach einem Gefühl als das Gefühl selbst.

23. II. 1911. Ziel der klassischen Bildung? Dem Menschen Kultur geben? Besser: der Kultur den Menschen.

28. IV. 1911. »Was nützen uns Philosophen oder Religionen,

die uns nicht leben helfen? Was geht es das Leben an, ob Gott Böses geschaffen hat oder ob er es nur toleriert?« (James). – Ich kehre es um: Was soll ich mit einem Leben, das mir nicht erlaubt, zu philosophieren? Und was kümmert Gott, ob irgendein Yankee bequem oder mit kleinen Schwierigkeiten lebt?

Rebellion des Geistes. Es rebellieren nur Unfreie; Rebellion des Geistes beweist die Unfreiheit des Geistes. Da im Geist jeder unmittelbar durch das einfache *sic volo* frei sein kann, wenn er nur Kraft genug hat, er selbst zu bleiben, zeugt Rebellion des Geistes davon, daß man schwach ist, unfähig, sein Selbst zu leben. »Ich rebelliere« bedeutet mehr oder weniger: ich zwinge mich, dem fremden Denken zum Trotz zu denken; welch eine Servilität!

Krakau, 11. VI. 1912. Man verlangt von den Dichtern, »staatsbürgerlich« zu denken, den Dienst »fürs Vaterland« zu verrichten, für Polen; welch ein Unsinn. Dieses Polen sind sie selbst, in ihnen lebt es, durch sie gewinnt es an Wert. Laßt sie leben und schaffen, laßt aus ihnen ihr Bestes sprudeln, an den »staatsbürgerlichen Dienst« denken andere.

23. I. 1913. Künstler sein, eine eigene kreative Welt haben, bedeutet: auf hoher See der Ereignisse seinen Hafen mit sich tragen.

28. XII. 1913. Geliebt werden eigentlich nur die Glücklichen. Die Unglücklichen werden bloß ausgebeutet.

16. VII. 1914. In manchen Augenblicken scheint mir Goethe das zu sein, wovon die Allergrößten nur ein Zerrbild sind.

Pascal war ebenfalls als ein Goethe geboren. Und – bei Zeus – auch der heilige Hieronymus; dem es gelang, von seiner goethischen Seele noch am meisten zu retten; als er unter die Löwen ging, in die Wüste.

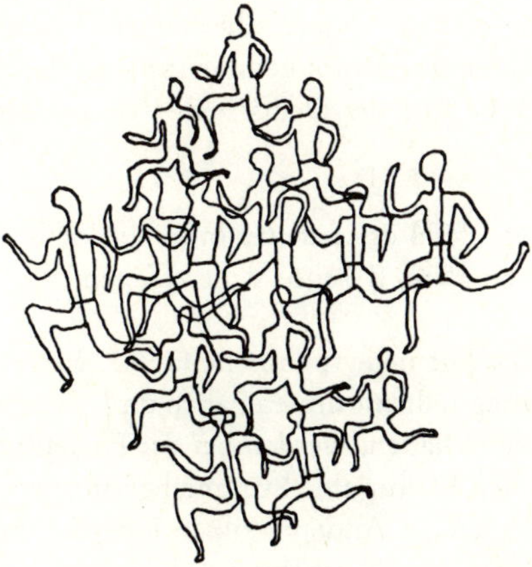

2. Im Ersten Weltkrieg

Wien, 13. II. 1915. Es ist nicht leicht, aus einem Traum zu erwachen, aus dem Land des Vergessens, und statt der Welt, wie sie der Herrgott geschaffen und Homer und Shakespeare mit Poesie vergoldet haben, das Bleigewölbe des Todes und das unfruchtbare Stoppelfeld der Politik vorzufinden.

24. II. 1915. Höchst fatal! (Im Original deutsch.) Die Russen müßten mich hängen für das, was ich tue, und die Österreicher für das, was ich denke.

Offensive, 23. VI. 1915. Gefangene Russen, ihre gute Laune. Es stimmt jedenfalls, was bei uns gesagt wird: Mit einer solchen Armee kann man nicht siegen. Das Verhältnis unserer Leute zu den Russen: sentimental, freundschaftlich, kameradschaftlich. Selbst die Bezeichnung »Moskowiter« klingt hier nicht nach Verachtung, sondern *vertraulich*. Das Sentiment für die Russen ist sicherlich stärker als für die Deutschen und die Österreicher, eigentlich gibt es für die letzten beiden überhaupt kein Sentiment. Für die Österreicher – Ironie; für die Deutschen – Bewunderung, Angst und Haß.

16. XI. 1915. Ziel des Lebens: In seiner kleinen Einzelseele ein Höchstmaß an Kosmos widerspiegeln.

1. XII. 1915. Die neue »polnische Idee«? Nur Völker, die an diesem Krieg teilgenommen haben und etwas aus sich heraus eingesetzt haben, werden bei der Fortentwicklung der europäischen Kultur eine Stimme bekommen. Polen wird sie bekommen ... Andere Völker, innerlich monolithisch, werden mehr dem Fanatismus und der Einseitigkeit verfallen; uns wird der nationale Selbsterhaltungstrieb zwingen, uns über das eine wie das andere zu erheben. Deshalb werden wir ein Faktor der Aussöhnung sein und, unter glücklichen Umständen, möglicherweise Retter der europäischen Kultur. Wir, und nicht die Schweiz, obwohl auch sie zerrissen ist; weil sie ohne Anteil war und nichts aus sich heraus gegeben hat.

20. I. 1916. Der Mensch lebt nicht vom Brot allein, er lebt auch von den Täuschungen seiner Seele.

13. II. 1916. Die reine Kunst und die reine Wissenschaft sind die einzigen reinen Dinge dieser Welt.

25. II. 1916. Die Kunst ist der einzige Lebensbereich, in dem wir ohne Kompromisse tätig sein können.

26. II. 1916. Deutsches erzieherisches Vorbild. Ich lese im Pressereferat des Nationalkomitees in Krakau deutsche Periodika – die »Neue Rundschau« und andere – zugleich auch »Myśl Polska« (Polnisches Denken). Es fällt mir bei den polnischen *ernsten* (von den anderen spreche ich hier nicht) politischen Köpfen auf: die Emotionalität, der Mangel an Sachlichkeit, die Neigung zur Phrase, zur Weitschweifigkeit, und zwar gerade dort, wo es um äußerst verantwortungsvolle Dinge geht. Das ist es eben: bei uns fühlen sich die Menschen nicht verantwortlich, wenn sie in der Politik mitzureden haben. Der heutige Pole ist davon überzeugt, daß das, was er denkt und schreibt, auf die Gestalt der Welt keinen Einfluß haben wird; also darf man in Ungereimtheiten versinken. Bei den Deutschen ist das anders. Der Deutsche spürt – wenn er jemand ist und in seiner Gesellschaft Einfluß hat –, daß das, was er denkt, große Bedeutung für die Gestaltung der Welt haben kann; daher sein – in diesen Dingen – ungewöhnliches Verantwortungsgefühl, seine Sachlichkeit und männliche Zielstrebigkeit im Denken.

16. III. 1917. Das Wesen der Mystik liegt im Überschreiten der Kategorie des Seins. »Ist« und »ist nicht« verlieren ihre Bedeutung.

(April). Goethe: Was mir bei ihm verhaßt ist, ist seine Zufriedenheit mit allem, seine geistige Sattheit. Wo gibt es aber ein Gegengewicht zu ihm? Wer ist ihm gleich und frei von dieser unangenehmen Beimischung?

22. V. 1917. Über den Charakter der Epoche entscheidet nicht das, was in ihr geschieht, sondern das, was die Zeitgenossen davon ins Bewußtsein aufnehmen.

(Ohne Datum.) Verachte dich nicht, weil du die Schlacht

verloren hast. Es bedarf der Kraft, selbst dorthin vorzudringen, wo Schlachten verloren werden.

Wien, 21. V. 1918. Ich empfinde immer mehr die Gefährlichkeit Goethes als erzieherisches Vorbild. Erstens: Er ist unerreichbar, ein Glücksfall, der sich einmal in tausend Jahren ereignet, bei dem die Veranlagung des Menschen und die äußeren Bedingungen so vollkommen übereinstimmen, daß sie einen großen Akkord ohne Dissonanzen ergeben. Zweitens: Der Inhalt dieses Vorbilds selbst, »die Fülle des Lebens«, der »Paganismus«, der »schöne Genuß«; das alles kann auf Holzwege führen. Geschwächte Willensanspannung, geringe asketische Anstrengung; die Versuchung der allzu großen Toleranz den sinnlichen, hedonistischen Seiten des Lebens gegenüber. Zum Vorbild sollte man sich eher Menschen nehmen, die erbitterter *kämpfen mußten*, und zwar unter Bedingungen, die den unseren mehr ähneln. Menschen, deren Programm *etwas Bestimmtes bewirken* wollte, die Lösung von Problemen – und die sich einschränken mußten, einschränken . . .

6. VI. 1918. Was die Grundlagen des Materialismus von Strindberg wert waren, sieht man an seiner Bekehrung. *Memento:* menschliche Überzeugungen sind Sand; der Wind weht sie herbei, der Wind weht sie davon.

7. VI. 1918. Von einer kleinen Portion Dummheit fühlst du dich verstimmt und krank; von einer großen – kommst du zu dir.

3. In der Zwischenkriegszeit

24. X. 1919. Es gibt eine Schönheit, die wir verschlingen, es gibt eine Schönheit, die uns verschlingt: die von der Aura der Unendlichkeit umwehte.

2. XI. 1919. Der wirtschaftliche Ehrgeiz, dem die Völker bei ihren territorialen Ansprüchen verfallen, ist widerlich. Nicht nur mit Rücksicht auf die andere Seite, die um das ärmer wird, um was der Angreifer sich bereichert. Es kommt hinzu: Von den hinzugewonnenen materiellen Gütern hat nicht das ganze Volk einen Nutzen, sondern nur sein schlimmerer Teil: diejenigen, die sich am habgierigsten darauf stürzen, weil ihnen das andere wenig bedeutet.

10. X. 1921. Der Reichtum des Lebens wird an der Zahl der Lebensgüter gemessen, auf die wir verzichten.

(Ohne Datum.) Ästhetisches Erlebnis ist kein Vergnügen. Es ist Glück, und zwar ein schmerzliches Glück. Denn es ist Glück, der Schönheit zu begegnen – sich der eigenen Geringfügigkeit bewußt zu werden.

30. X. 1928. Im Namen der großen Liebe sollte man kleine Freundlichkeiten praktizieren.

25. I. 1932. Einer, der glücklich ist, ist schön, und er hat es auch leichter, vollkommen zu sein. Im Unglück, selbst wenn man es mannhaft erträgt, stecken immer Elemente der Häßlichkeit.

20. VIII. 1932. Mangel an Ausdauer ist stets, zumindest teilweise, Mangel an Glauben.

6. II. 1933. Unbewußte List: wenn einer Unerreichbares wagt, um nicht gezwungen zu sein, es zu verwirklichen.

22. XII. 1934. Die Berufung des Menschen ist einfach: eine Welt gegen die Welt zu bauen.

30. III. 1935. Was tun, damit dieser ekelhafte Gedanke mir nie wieder durch den Kopf geht? – Nur eins: ein anderer Mensch werden.

1. I. 1936. Nationalismus. Logisch scheint dies nicht notwendig, aber in der Praxis ist es immer so: Der Nationalismus ist in seinem tiefsten Wesen mit dem Willen zum Unrecht zusammengewachsen . . . Und noch schlimmer: *Völker sind* immer ungerecht.

13. VIII. 1936. Eine neue Welle von Unlust gegen die Geschichte; was ich seit ein paar Jahren beobachte, läßt mich diese immer zwingender als eine düstere, blutig irre Groteske sehen. Die einen Völker und Zivilisationen vergehen, und die anderen gedeihen im Verbrechen. »Und wenn es Frankreich nicht mehr geben wird, dann wird es immer noch die Menschheit geben, und es wird heißen: Es war einmal ein edles Volk . . .« (Renan) Das ist nicht wahr; welch idyllische Täuschung! Man wird sagen: »Es gab einmal ein Volk von Degenerierten, auf dessen Ruine und Tod *wir* unsere Herrlichkeit errichtet haben. Gelobt seien *wir* und unsere Stärke! Hoch lebe der Gorilla!«

13. II. 1938. Volk und Vaterland. Das Volk setzt sich aus soundsoviel Millionen Durchschnittswesen zusammen, mit einem bestimmten Anteil an Dummköpfen, Schelmen, Taugenichtsen; einer Masse, die für alle Zuflüsterungen des Bösen, ja des Verbrechens zugänglich ist, rücksichtslos, hin und her geschleudert, zu Psychosen neigend. Ein *ganzes*

Volk lieben, ist Unsinn, man kann – ist man ungeblendet – nur seine bestimmten, meist bescheidenen Vorzüge lieben und einige seiner besten Vertreter. Doch eng mit dem Volk verbunden ist das *Vaterland*, und damit ist es anders. Das Vaterland ist ein Idealgebilde, durch die Leistung der *Besten* im Volk aus dem Nichtsein gehoben, etwas, das *über* den Menschen steht, ein großes Symbol, ein großer Brennpunkt, in dem sich Sehnsüchte, Höhenflüge und Ansprüche bündeln. Einem Volk zu entfremden, ist verhältnismäßig leicht; doch das Vaterland kann, allen Ernstes, einem niemand nehmen.

20. II. 1938. Der Krieg steht vor der Tür. Der Krieg naht, er naht, er wird jeden Tag ausbrechen, unangekündigt. Man muß sich seelisch darauf vorbereiten.
Der kommende Krieg wird tiefer in unser Leben eingreifen als der vorhergehende. Er wird ein Schlag gegen *alles* sein, uns *alle* Grundlagen entreißen. Er wird uns nicht soviel Gelassenheit lassen wie einst, als es noch möglich war, während des Krieges zu lieben, sich zu streiten und sich zu versöhnen, philosophische Abhandlungen zu schreiben, sie in Akademien vorzutragen, als Stipendiat nach Wien zu fahren und sich wochenlang dem Besuch von Bildergalerien und der Lektüre von Werken über Rembrandt zu widmen. Der kommende Krieg wird uns keinerlei Hoffnung lassen; es wird schon gut sein, wenn er nur Veränderungen zum Schlimmeren mit sich bringt und keinen totalen Ruin. Denn er könnte uns ja in eine Welt werfen, in der nicht mehr zu atmen ist. Für jene, die auf das Denken, die Kunst, die Kreativität gesetzt haben, könnte das *das Ende* – wörtlich – bedeuten. Dann bliebe nur übrig, sich im Gleichgewicht und in Unbeugsamkeit zu bewahren, mit wachem Intellekt dieses einzigartige Schauspiel der zusammenstürzenden Welten zu erleben. Und sollte man noch arbeiten und schreiben können, dann mit vollem Bewußt-

sein des Risikos, daß niemand je davon Gebrauch machen wird. Es wird zweierlei Bedingungen voraussetzen, die sich eigentlich gegenseitig ausschließen: das Festhalten an bestimmten Dingen des Lebens und zugleich das Sich-Loslösen davon, die Umsiedlung in die totale Leere, mit seinem ganzen geistigen Gepäck.

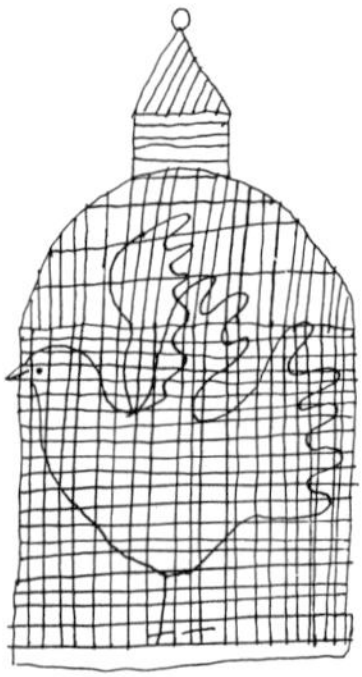

4. Im Zweiten Weltkrieg und danach

Wilna, 24. V. 1940. Sprache als schlechter Ausgangspunkt. Die Wirklichkeit setzt sich aus individuellen Inhalten zusammen; die individuellen Inhalte haben keine Entsprechung im Wortschatz; der Wortschatz ist eine Sammlung von Zeichen für Begriffe; die Begriffe sind lediglich ein über die Wirklichkeit gelegtes Raster. Deshalb ist, unter anderem, das Vertrauen auf die Sprache, sie könnte uns die Wirklichkeit zu erkennen helfen, ein schlechter Ausgangspunkt.

7. III. 1941. Über das Innenleben des Menschen. Quelle und Mündung ist das Gefühl, aber der Fluß sind die Gedanken.

4. XI. 1941. Der sicherste Weg, selbst moralisch zu fallen, ist: andere zu verachten und zu verdammen.

7. V. 1942. Es gibt in der Welt Banditen und Heilige. Nur bewegen sich die Heiligen in Rahmen, die von den Banditen abgesteckt sind.

17. VII. 1942. Drei Schlüsselwörter zu Beethoven: Macht – Ergriffenheit – Hero-Tragik.

24. IX. 1942. Zu den Betrachtungen über die Gesellschaft. Der psychische Druck der Gesellschaft ist schwerer zu ertragen als der übliche, mehr oder weniger physische Zwang der Staatsmaschinerie. Ich stelle das deutlich an mir fest: Das Erleiden physischer Zwänge, jetzt während des Krieges, versetzt nicht in einen derartigen Zustand der Niedergeschlagenheit wie das Erleiden mancher gesellschaftlicher Pressionen seitens der sonst in Friedenszeiten sogar erträglichen Mitbürger. Schrecklich, das zu sagen, aber ich fühle mich unter dem Eroberer in einem gewissen, vielleicht überfeinerten Sinne – *weniger Sklave.*

Das Grauen des Totalitarismus kommt daher, daß er das eine durch das andere vervielfacht: den physischen staatlichen Druck durch den pseudomoralischen gesellschaftlichen Druck – indem er etwas erzeugt, was der Mensch in diesem Grad wohl noch nie erfahren hat. Wir aber spüren, uns vor der Macht der Deutschen beugend, ihren *Totalitarismus* eigentlich nicht deshalb, weil wir von ihnen nicht als Glieder ihrer Gemeinschaft behandelt werden, sondern deshalb, weil sie uns als *pecus* behandeln; was uns wiederum als Menschen einigermaßen rettet.

17. III. 1944. Grenzen des Realismus. Die – eher schmutzige – Wirklichkeit sollten wir zweifellos kennen; es ziemt sich nicht, von Täuschungen zu leben. Aber diese Wirklichkeit unverwandt anstarren sollten wir nicht. Was könnte uns das

Böse und Häßliche schon anderes bescheren als Böses und Häßliches?

19. III. 1944. Eigentlich, unter gewissen Umständen, ist die Romantik eine Erscheinung der Ebbe: eine Muschel am Ufer, vom Christentum zurückgelassen.

Lublin, 22. VII. 1945. Striche man aus der Kultur alles, was die Menschen in sie ohne den Glauben an die Menschen investiert haben, bliebe nicht viel von dieser Kultur übrig.

26. VIII. 1945. Wie ist das nun mit der Kulturgeschichte, den Werken des Geistes innerhalb der allgemeinen Geschichte? Die einen leisten sich Verbrechen, die anderen nutzen diese, um Güte und Schönheit zu säen und zu hegen.

Thorn, 5. VI. 1946. Die Schönheit der Welt ist kein Rückhalt.

17. V. 1950. Philosophie ist Dynamit gegen die Empirie.

28. IV. 1951. Kleines Anti-Hegelianum: »Alles, was wirklich, ist sinnlos, und alles, was sinnvoll – ist unwirklich.«

4. X. 1951. Philosophieren ist ein Kriegszustand ... Wer sich in diesem Kampf nicht verteidigt, geht unter. ... Ein hoffnungsloser Kampf, ein Kampf um eine im voraus verspielte Sache, ist kein sinnloses Unterfangen. Am Ende sind alle menschlichen Unterfangen hoffnungslos und ohne jeden Zweifel im voraus verspielt: zweitausend Jahre, dreitausend Jahre, zehntausend Jahre, und unser Werk zerfällt; am Ende von allem steht das Nichts. Deshalb ist der vergebliche Kampf ... die beste Kurzfassung des Menschenschicksals ... Den Wert dieses Kampfes bestimmen nicht die Siegeschancen der Sache, für die man ihn führt, sondern der Wert der Sache selbst.

25. X. 1951. Der Tod erscheint uns schrecklich und die Unsterblichkeit wünschenswert, weil wir sterblich sind. Wären wir unsterblich, schiene uns die Unsterblichkeit schrecklich und der Tod wünschenswert.

25. XII. 1951. Nichts verpestet die Luft so sehr wie eine sich auflösende Freundschaft.

16. XII. 1952. Logisches-Allzulogisches.

I. Besser zuwenig Logik als zuviel.
Schlecht ist, das weiß ich, ein Besen ohne Stiel.
Doch schlechter noch, so ist es immer gewesen,
Der reine Stiel ohne Besen.

II. Und schau ich euch, Leuchten logistischen Lichts,
Euch luftdurchschneidende Messer,
Da lacht mir schon heller, da schmeckt mir schon besser
Herrn Heideggers nichtendes Nichts.
(Im Original deutsch.)

27. I. 1953. Der Katholizismus bestätigt und sanktioniert, nach meinem Dafürhalten, zu vieles auf Erden. Er ist das feierliche »Dachgewölbe der Heiligung«, etwas zu gleichmäßig gewölbt über der Freiheit und dem Despotismus, über der Askese und den Sinnen, über den Geschädigten und den Schadenstiftern, über der Entsagung und der erzmenschlichen, erzirdischen Herrlichkeit, Fleischlichkeit, Herrschaft und Macht. Religion, die diesen Namen verdient, bietet der Welt mehr *Schwerter*, mehr Widerspruch.

18. V. 1953. Ein guter Test für Dichter und Stile: Welchen Eindruck vermitteln sie angesichts des Todes, wenn jemand, der mit ihnen umgeht, am Abgrund steht. Rimbaud stürzt ins Nichts, Lukrez wächst.

5. VI. 1953. Nun weiß ich, was bei Gide derart abstoßend ist: Der Wunsch und der Wille, andere zu demoralisieren; dieses Thema wiederholt sich ständig.

23. VII. 1953. Klinik – Schönheitdurchflutetes Leiden. (Im Original deutsch.)

24. VII. 1953. Die einzige aufrichtige zwischenmenschliche Beziehung ist der Antagonismus. In allen anderen verbirgt sich ein Tropfen Falschheit; in der Freundschaft etwas Gleichgültigkeit, in der Liebe etwas Exaltation, im Bündnis etwas Diskrepanz der Bestrebungen und Ziele. Achte daher deine Feinde.

20. III. 1954. Verflucht nicht die Welt, daß sie euch Schauplatz von Niederlagen und Enttäuschungen war. Man kann eine Schlacht vor der Bucht von Neapel verlieren; ob die Bucht dadurch weniger schön wird?

8. IV. 1954. Präzision des Denkens ist eine Eigenschaft der Epigonen. Sagen wir es vorsichtiger: der zweiten Generation nach dem Erfinder. Der entdeckerische Gedanke selbst ist im allgemeinen unpräzis.

25. VI. 1954. In allen unseren Begegnungen, im Umgang, in den Pseudoannäherungen bewegen wir uns stets in der Sphäre der Konvention. Dort, wo die Wahrheit des Lebens beginnt, begegnet keiner dem andern.

16. IV. 1955. Die Pflicht, von unwichtigen Dingen zu reden und von wichtigen zu schweigen, während das Leben verfließt und die Hoffnung auf Veränderung schwindet, ist unter Menschen das Schwierigste und schmerzt am empfindlichsten.

11. VIII. 1956. Ein Mensch ist besser als zwei, zwei sind besser als eine Gruppe, eine Gruppe ist besser als eine Gesellschaft.

1. II. 1957. In der letzten Bilanz ist die Freiheit mehr wert als die aufgezwungene Vollkommenheit.

25. I. 1960. Zu Shaw und anderen, auch über die ganze Epoche. Angeblich bekämpfte man den Sentimentalismus, im Grunde jedoch das Gefühl. Angeblich bekämpfte man die Heuchelei, die moralische Verlogenheit, im Grunde aber die Moral. Heute tragen wir an den Folgen dieses Kampfes.

17. XI. 1961. Wer intelligenter ist, hat mehr dumme Einfälle. Sein Geist ist ruhelos, in ständiger Bewegung, also stolpert er ständig. Dummköpfe haben wenig dumme Einfälle.

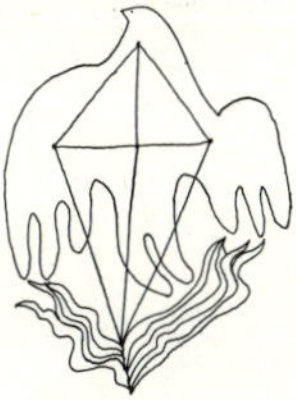

5. Schlussfolgerung

24. III. 1944. In der Mehrzahl der Fälle ist ein Gedanke nur dann eindrucksvoll, wenn er nicht zu Ende gedacht ist. Ein zu Ende gedachter Gedanke hat weder eine geheimnisvolle Perspektive noch jene Suggestivkraft, die in der Unvollendung selbst steckt, in der Bewegung, im unerfüllten Streben. Er ist statisch, in allen Teilen gleichmäßig klar, in der

Formulierung – durch das Übermaß an Genauigkeit – mühsam. Die Vollkommenheit und Offensichtlichkeit verleihen ihm den Ausdruck des Truismus, und das demütige Einvernehmen mit der Wirklichkeit setzt ihn dem Vorwurf der Platitüde aus. Das betrifft alle Erzeugnisse des Geistes: von der Ein-Satz-Sentenz bis zu den philosophischen Systemen.

HUGO STEINHAUS
PRAGMATISCHE
NÄCHSTENLIEBE

Die Menschen sind zu vorsichtig, um sich von der Wahrheit nasführen zu lassen.

Paradoxon des Bewußtseins. Wenn ich die Vielzahl der Wesen anerkenne, die mir ähneln, dann wird das erstaunliche Faktum, daß eines von ihnen, wer weiß weshalb, »ich« ist und daß nur sein Schmerz schmerzt, sein Geschmack schmeckt, zum abgrundtiefen Rätsel. Folge ich jedoch dem Solipsismus, so verleiht die Existenz bewußtseinsloser Automaten, die mir ähneln, der Welt den Charakter eines Panoptikums. Nehmen wir aber erst einen Namen, einen Vornamen, eine gesellschaftliche Rolle an, die uns diese Automaten auferlegen, dann ist das alles sowohl paradox als auch komisch.

Selbstlose Rache hat auch ihre gewisse Würde.

Als es den Männern endlich gelungen war, die Frauen zu überzeugen, daß Liebe Sünde ist, gingen die einen ins Kloster, die anderen auf die Straße.

Eros war ein Gott, was die Unschuld der Atheisten erklärt.

Nicht das Alter der Greise, sondern ihre Jugend macht sie für die Umwelt befremdlich.

Du solltest kein Wässerchen trüben – in den Köpfen deiner Nächsten.

Die Logiker lehren, daß aus der Annahme eines falschen Satzes alle anderen folgen, die richtigen wie die falschen. Deshalb beharrt die Aristokratie so sehr auf ihrem blauen Blut.

Die Aristokratie leitet ihre Vorrechte vom ersten ihres Geschlechts ab, d. h. von dem einzigen der Ahnenreihe, der nicht als Aristokrat geboren wurde.

Ein konsequenter Aristokrat erkennt die Frau eines Grafen als Gräfin an, ganz gleich, woher sie stammt. Die Nichtanerkennung dieses Prinzips ließe die Kovention zusammenbrechen, ohne die es keine Aristokratie gäbe.

Der Antisemitismus ist ein falscher Beweis für eine richtige Behauptung.

Wenn die Juden Parasiten sind, dann sind die berufsmäßigen Antisemiten die Parasiten der Parasiten.

Es gibt drei Beweise für die zeitgenössische Degeneration: caries dentium, ejaculatio praecox und emancipatio feminae *(Zahnfäule, vorzeitiger Samenerguß und Frauenemanzipation).*

Peter Altenberg war zu sehr Poet, um in gebundener Rede schreiben zu können.

Oscar Wilde war ein idealer Konsument. Der erste, der herausgefunden hat, welche Genüsse zwei Jahrtausende Kultur jedem bereiten, der Festgast sein will und nicht Metzger, Kellner, Restaurateur oder Lakai. Seine literarische Produktion weicht von dieser Regel ab, doch gäbe es sie nicht, wüßten wir nichts von Wilde; er allerdings wäre dann in seinen Augen noch größer.

Schriftsteller, die gegen die Liebe zeugen, wiederholen nur das Argument der idealistischen Philosophen: Die Dinge sind nicht das, was sie zu sein scheinen. Doch sich zu wundern, daß auch die Frauen nicht das sind, was sie zu sein scheinen, beweist Unbildung. Die Schönheit ist nicht weniger Schein als die Härte des Eisens.

Jugend: Ein Herz, vom Geruch des Granits beflügelt. Ein Blick zur lila Linie des Horizonts, über der die »Wolke, getränkt mit der Milch der Berge«, schwebt. Göttliches Unbewußtsein, Überzeugung von der Unsterblichkeit. Auf dem Zifferblatt der Taschenuhr die Devise »tenir bon«. Abends das grünliche Licht des Moders, Eiszapfen von reinstem Aquamarin. Vollendete Gleichgültigkeit gegen die Menschen. Bereitschaft zum Mord, um die Hierarchie zu retten. Bedingungslose Intelligenz, Gebundenheit an die eigene Tradition. Distanz zur Wirklichkeit. Eher Lust als Liebe, eher Freundschaft als Leidenschaft, eher Wissen als Schaffen. Und am 31. Juli 1914 das Ende dieser Jugend. Und ihr Neubeginn.

Das zeitweilige Aussetzen ist das Hauptgesetz, dem wir unterliegen. Nach einer halben Stunde hört das beste Essen auf zu schmecken, nach einer Viertelstunde beginnt die lieblichste Sonne an zu brennen, nach drei Werken fängt das Konzert an zu quälen, nach hundert Seiten hören wir auf zu lesen. Diese ständige Jagd im Kreis herum vernichtet allen Glauben an des Menschen höhere Herkunft.

Ich kannte einen Pariser, Monsieur Duboz, der zu sagen pflegte: »Je ne sais pas à quoi pensent les gens dits profonds et ce que cachent les gens dits mystérieux.« *(Ich weiß nicht, was die sogenannten tiefschürfenden Menschen denken und was die sogenannten geheimnisvollen Menschen verbergen.)*

Die Pornographie ist eine der Lyrik artverwandte literarische Gattung. Eine dem Realismus ferne Volkspoesie, hyperbolisch und pathetisch.

Sexualmoral kommt von der Scham der Eltern vor ihren Kindern, dem stärksten aller tabuierenden Affekte.

Lu bekam drei Briefe: Ein Dichter bat sie, barfuß vor ihm zu tanzen, ein Fetischist flehte sie an, ihm die abgetragenen Pantoffeln zu schicken, und ein reicher Verehrer wollte ihr vergoldete Pantöffelchen schenken. Lu dachte: Etwas Organisation, und alle sind glücklich.

Es gibt den aggressiven Ingenieur. Er ist der Inquisitor von heute: Er verbietet, Bücher zu lesen und Bilder zu betrachten, weil es »schade um die Zeit« sei; dieser zeitgenössische Vandale möchte durch Aufbauarbeit das erreichen, was jene durch Zerstörungsarbeit längst erreicht haben.

Den Familiennamen zu wechseln, ist ein entwaffnend naiver Einfall. Wenn der Name etwas bedeutet, kann man ihn nicht wechseln, wenn er nichts bedeutet, muß man es nicht.

Die Topologie ist das »pars pro toto« der polnischen Mathematik.

Zu Ende ist der Krieg, das Blutvergießen von einem leeren Gefäß ins andere.

Von einem Menschen, der in mehreren Fächern engstirnig ist, sagt man, er sei vielseitig.

Undankbarkeit ist der Beweis für die Wirksamkeit der Wohltat: der Beschenkte hat sein früheres Bedürfnis völlig vergessen.

Ein wahrer Schriftsteller streicht aus seinem Manuskript jedes überflüssige Wort. Damit unterscheidet er sich vom Zeitungsschreiber.

Ich kann mit niemandem »per du« sein, solange ich mit mir »per Sie« bin.

Das Urteil kommt zu spät. Als man sagte, der König sei schuld, war die Kamarilla schuld, als man sagte, die Kamarilla sei schuld, waren es bereits die Kapitalisten, als man sagte, das Kapital sei schuld, war es schon die Presse.

Die alten Polen pflegten zu sagen, sie wollten nicht »den gesunden Kopf unter das Evangelium legen«, d. h. unter das Beil. Die andere Bedeutung dieser Redewendung fiel ihnen nicht ein, die heute das Verhältnis der polnischen Intelligenz zur römischen Kirche anzeigt.

Many people believe that after their death they will partake of eternal felicity. But they would not pay the price of life for it. To partake of the felicity in USA your European self must first commit suicide. *(Viele Menschen glauben, daß sie nach dem Tod die ewige Glückseligkeit erwartet. Sie möchten aber nicht für diese Glückseligkeit mit dem Leben bezahlen. Um in Amerika glücklich zu sein, muß ein Europäer zuerst Selbstmord verüben.)*

Es ist schwer, die heutige Gesellschaftsordnung zu bestimmen, weil die Menschen nicht zugeben wollen, daß heute die Maschinen die arbeitende Klasse sind.

Es ist gefährlich, den Weg der Ehrlichkeit zu verlassen. Noch gefährlicher, auf ihn zurückzukommen.

Erzählungen von Träumen, die sich bewahrheitet haben, von telepathischen Nachrichten, vom Lesen versiegelter Briefe und von gelungenen Prognosen sind zu häufig, als daß man an die Wahrhaftigkeit dieser Erscheinungen glauben könnte. Für die Wissenschaft sind sie falsch, sie entsprechen der Wirklichkeit nicht. Der beste Beweis dafür, daß die Forschung andere Probleme hat als das Leben, weil beiden ein unterschiedlicher Gegenstand zugrunde liegt: Wo gibt es einen Menschen, der statistisch die Zahl der Katzen erfaßt, die seinen Weg kreuzen, und das Ergebnis mit der Kurve seines Erfolgs vergleicht?

Die Warschauer glauben an nichts, was die Provinz ausgedacht hat – sie sind Atheisten, weil ihnen Gott in der Marszałkowska (Warschauer Hauptstraße) nicht begegnet ist.

Schopenhauer sagt, daß die Natur die Liebenden betrüge, indem sie ihnen Lüste verspreche und nach dem Erreichen ihres Ziels Zahlungsunfähigkeit anmelde. Ist das so, dann ist ein Lüstling kein anderer als jemand, der seinen Einsatz hartnäckig zurückverlangt.

Jemand sah, wie über der Seifenblase bunte Regenbogen schwammen, und rief: Augenwischerei!

Ich lernte Polnisch bei einem großen Deutschen, der Deutsch bei seinem Lateinlehrer gelernt hatte. Ich schulde deinem Schatten Dank, o Henricus Stephanus Sedlmayer, Lehrer am Gymnasium, das Karl Kraus besucht hat!

Nur eine Frau kann von Snobismus absolut frei sein.

Die Dummheit ist der Anfang der Klugheit – also haben Wunderkinder geringe Chancen.

Ich sprach mit ihr über politische Ökonomie, über Philatelistik und über Pferde – ich sehe, daß sie ein uninteressanter

Mensch ist. Gott sei Dank, desto größer die Chance, daß sie eine interessante Frau ist!

Quotcumque taceo, consentire non videor. *(Solange ich schweige, stimme ich nicht zu.)*

Im Halbschlaf bin ich hellwach, im Wachsein schläfrig.

Die Lüge liegt unterhalb der Wahrheit, die künstlerische Fiktion oberhalb.

Absolutismus führt zu Gleichberechtigung: Der Monarch dekretiert, daß alle Größen im Vergleich zu ihm Nullen sind!

Die Ausbildung schadet der Weiblichkeit keinesfalls: Akademikerinnen sind ebenso unklug wie andere Frauen.

Die jüdische Intelligenz war überzeugt, das Deutsche sei nicht ins Polnische übersetzbar, aber eine deutsche Entsprechung für eine polnische Redewendung zu finden – fand sie toll! Und tatsächlich war es auch so: was sie polnisch redete, war deutsch gedacht.

Ein unglücklich Verliebter ist wie ein Unternehmer eines defizitären Geschäfts, der immer noch mehr investiert, um nicht das zu verlieren, was er bereits vergeblich investiert hat.

Adlerflug: Hoch steigen, um die Erde von oben herab zu sehen.

Die Bourgeoisie kann nicht begreifen, warum die Aristokratie sie genauso behandelt, wie die Bourgeoisie ihre Dienerschaft behandelt.

Ein Verbalist, der erfahren hat, daß N. N. ermordet wurde, sagte sich: Geschieht ihm recht – warum hat er so eigensinnig darauf beharrt, »Reihe« sei eine Ordnungszahl!

In Galizien war die Unkenntnis der deutschen Sprache verbreitet, nicht die Kenntnis.

Offiziersehre hängt eng mit dem Söldnertum zusammen ... Man mußte zunächst eine im voraus mit Geld, Nichtstun und Privilegien ausgehaltene Kaste heranziehen, die später nicht davor zurückschreckte, dem auf den Monarchen geleisteten grausamen Eid die Treue zu halten.

Das Geheimnis der Herrschaft ist der Entschluß, sich selbst dem Zwang zu unterziehen, der vom Gehorsam anderen gegenüber moralisch befreit. Als die Germanen Rom erobert hatten, mußten sie alle auf dem Forum versammelten Senatoren abschlachten – Herrschaften werden nie auf andere Weise beseitigt: Sie werden auch nicht von Vorrechten geschaffen, sondern von der Kraft, die die innere Freiheit, gepanzert in eigene Disziplin, vermittelt.

Wer sich über Hitler empört, weil er die Völker, die es ihm beliebte, »minderwertig« zu nennen, behandelt hat, wie wir die Tiere behandeln, sollte selbst die Tiere nicht so behandeln, wie Hitler die Menschen behandelt!

Manche Kinder mögen die Schule so sehr, daß sie dort ihr Leben lang bleiben möchten. Aus diesen Infantilisten werden dann Gelehrte.

Bernhard Riemann war ein Chopin der Mathematik.

Sag nie, du habest ein brüderliches Verhältnis zu einer Frau: eines Tages werden sie dir die Blutschande vorwerfen!

In Polen herrscht unaufhörlicher Lärm – alle brüllen beständig: »leise!«

Wer einen Sonderling auslacht, findet den Beifall aller, aber wie kommt es, daß die Masse einen aus ihren Reihen verleugnet, daß sie sich selbst verhöhnt, indem sie ihn verhöhnt? Wie hast du das erreicht, Karl K.?

Kennwort des Maschinenzeitalters: Zahn um Zahn!

Grundlage der polnisch-jüdischen Symbiose waren die Schwäche der Juden für den Charme der Antisemiten und die Schwäche der Polen für den jüdischen Esprit.

Mit dem Tod verhält es sich wie mit dem Traum. Wir schlafen niemals ein, denn entweder schlafen wir nicht und können uns das Einschlafen nicht vorstellen oder wir schlafen bereits und wachen wieder im Reich der Träume auf.

Es ist leicht, aus dem Haus der Wirklichkeit in den Wald der Mathematik zu gelangen, aber nur wenige sind imstande, zurückzufinden.

Sie sagen die Wahrheit, wenn sie behaupten, die Atomenergie für friedliche Zwecke nötig zu haben: Wie wir wissen, war das wichtigste Friedensziel immer schon der Krieg.

Welche Komplikation, welch wunderbare Findigkeit und Perfektion des Herzens, der Lunge, des Hirns, des Magens, der Nieren, der Bauchspeicheldrüse, der Leber, des Kreislaufsystems, der Augen, Ohren, Nüstern . . ., die alle notwendig sind, damit der Mensch von früh bis spät – Nägel sortieren kann.

In einem Land, in dem die Fernsprecher funktionieren, läßt es sich leben. Noch besser lebt man in einem Land ohne Fernsprecher. Schwer auszuhalten ist es nur dort, wo es Fernsprecher gibt, die nicht funktionieren.

Die Männer haben die Jungfernschaft, die tödliche Tugend erfunden. Um sie den Frauen zu erklären, mußten sie diese Tugend »Reinheit« nennen . . . Die Frauen verstanden das als Reinlichkeit, und damit hat das Ganze einen bereits realen Sinn bekommen.

There are issues dividing a society of clever people into two parties of idiots. *(Es gibt Konsequenzen, die die Gesellschaft der Klugen in zwei Gesellschaften von Dummen teilen.)*

Die Söhne der Reichen sind reicher als ihre Väter: Sie können sich den Luxus einer falschen Weltanschauung leisten.

In die Geschichte gehen Sätze von höchstens sieben Wörtern ein.

In Polen macht ein Phlegmatiker keine Karriere.

Odor sanctitatis ist kein Parfüm.

Eine wissenschaftliche Entdeckung findet stets an der Grenze der Möglichkeiten statt: Sie ist ein Beweis dafür, daß man diese Grenze überschreiten kann, doch in dem Augenblick, da man es tut, verschiebt sich diese Grenze bereits zusammen mit uns.

Was ist das für eine Religion, die den Haß verteufelt, noch stärker aber die Liebe?

An den Kreuzungen der Lebensstraßen sollten Warnschilder angebracht sein: Die Geschwindigkeit von 24 Stunden am Tag nicht überschreiten!

Frauen denken, daß »verstehen« soviel bedeutet wie »wiederholen«.

Körperliche oder geistige Liebe? Wie soll man das nur entscheiden, wenn die körperliche Liebe ein Grundbedürfnis des Geistes ist!

Für eine Zeitung zu schreiben, setzt überhaupt keine Qualifikation voraus, aber um Zeitungen lesen zu können, muß man sich in der Sache, den Menschen und in der Welt hervorragend auskennen.

Wir haben sehr viele gute Ärztinnen. Was kein Beweis für das hohe Niveau der Frauen, eher für den niedrigen Stand der Medizin ist.

Man erzählt, XY. seien ein nicht zusammenpassendes Ehepaar, sie hätten keinerlei gemeinsame Interessen ... Tatsächlich: er ist ausschließlich mit ihr beschäftigt und sie ausschließlich mit ihm!

Früher starben alte Leute, weil sie der Krankheit nicht gewachsen waren. Heute gibt es Heilmittel gegen jede Krankheit, nur sind die alten Leute den Heilmitteln nicht gewachsen.

Zwischen Geist und Materie vermittelt die Mathematik.

Man sollte von einem köstlichen Ortolan in Madeirawein niemandem erzählen, der sich kaum ein Stückchen Wurst leisten kann – man sollte mit niemandem scherzen, der die Dinge kaum im Ernst begreift.

Auf dem Antlitz eines Polen sieht man stets ein liebenswürdiges, heiteres Lächeln; es drückt die seelische Ruhe aus, die aus dem Bewußtsein der nicht erfüllten Pflicht kommt.

Frauen lieben die Börse der Eitelkeit; sie wollen sich nicht unbedingt verkaufen, aber sie möchten den Kurs wissen.

Unsere Bildung ist heute derart demokratisiert, daß wir lesen, schreiben und publizieren können, ohne aufgehört zu haben, Analphabeten zu sein.

Die Negerkönige in Zentralafrika reisen in Begleitung von Hunderten niemals gemolkener Kühe – die heutigen Millionäre müßten demnach zu Fuß mit einer ihnen folgenden Kolonne menschenleerer Autos reisen.

Die Kenntnis zweier Sprachen, einer romanischen und einer germanischen (oder slawischen), erlaubt uns, die europäische Kultur stereoskopisch zu sehen.

Die Frau wirft einem Mann vor (und nur einem, ihm), daß alle Männer gleich seien!

Wie spricht man die Vernunft eines Rationalisten an?

Das Rasiermesser verletzt – es wehrt sich auf diese Art vor dem Stumpfwerden.

Die Tiere haben ihre Sprache – die Menschen unterscheiden sich von ihnen durch das Geschwätz.

N. N. hat kein Vertrauen zu den Menschen: Er glaubt, jeden betrügen zu können.

Die kleinbürgerliche Kunst ist Reproduktion. Ihre Parteigänger begreifen nicht, daß der Künstler schöpferisch tätig sein muß. Sie können es sich nicht vorstellen – weder in der Kunst noch in der Wissenschaft.

Gute Sätze bilden lernt man nicht aus Lehrbüchern – vor allem nicht aus denen der Grammatik.

Im Alter braucht man die Jugend mehr als in der Jugend.

Aus einem fremden Werk ein unanständiges Wort zu streichen, ist ebenso unverschämt, wie es hinzuzufügen.

Endlich begriff ich die Einleitung zum Johannis-Evangelium: »Im Anfang war das Wort, und das Wort war bei Gott, und Gott war das Wort.« Das bedeutet, daß allein die Konzeption von Gott ihn erschafft: Wenn jemand Gott denken konnte, erschuf er ihn auch, war also selbst Gott! Welch ein Triumph der Verbalisten!

Eine der Eigenschaften der Dummheit ist die Logik.

Wie rührend, daß die einfachen Menschen bei den Gelehrten Rat suchen! Wie vernünftig, daß sie ihn nicht befolgen!

Der Scharfrichter bekommt seine Arbeit bezahlt. Er könnte zu seiner Entschuldigung sagen: »Jeder muß leben!«

Das Unglück wird mit dem gleichen Maß gemessen wie das Glück.

Es gibt Menschen, die eine ideale Diktion haben – warum haben sie so wenig zu sagen?

Wenn eine Alte sich verjüngen will, sieht sie aus wie eine Junge, die sich alt macht.

Gottes Devise: Ex nihilo omnia. *(Alles aus dem Nichts.)*

Die Menschen denken, reden und tun das, was zu tun, zu reden und zu denken nicht erlaubt ist.

Die Schlittschuhe der Eistänzer sind ihre Flügel – Sieg der Prothesen!

Die Welt ist ein großes Geheimnis – den Menschen genügt das nicht, sie müssen obendrein ihre privaten Geheimnisse haben . . .

Es gibt eine Gattung von Tieren, die den Tod für eine anständige und die Geburt für eine unanständige Sache halten.

Die Religion bestimmt Gott mit Hilfe von Allerweltsbegriffen – die Logik weiß, daß dies gefährlich ist. Was Wunder, daß es die Gläubigen stets in Konflikt mit der Wirklichkeit bringt . . .

Wenn Gott ist, weshalb ist er nicht da?

Ein gelehrtes Weib ist ein psychischer Transvestit.

Der Atheismus ist ein Werk der Theologen.

Regieren ist schwer; deshalb überlassen die Klugen diese Pflicht gern den Dummen – diesen bereitet sie keine Schwierigkeit!

Wehe dem Land, in dem die Frauen Witz haben und die Männer Humor.

Der Gastgeber sollte jeden Wunsch seines Gastes erfüllen – und der Gast sollte nichts wünschen.

Meide den, der den Mangel an Zeit beklagt; er will dir deine stehlen.

Amor flat ubi vult. *(Die Liebe flieht, wohin sie will.)*

Die Zufälligkeit ist unbegrenzt; sie hat sogar die Gesetzmäßigkeit erfaßt.

Frauen sind Männer weiblichen Geschlechts . . .

Im Ausland sagt man: »X. ist ein guter Mathematiker; sicherlich ein Pole.« Bei uns sagt man: »Y. ist ein echter Pole; sicherlich ein schwacher Mathematiker.«

Unanständig sind nur die Feigenblätter.

Die sexuelle Anziehung ist ein ebensolches Gesetz wie die Newtonsche Gravitation.

Der Kluge sieht im Spiegel den Dummen, der Dumme umgekehrt.

Es ist leichter, die Tanzbarkeit zu verewigen, als die Ewigkeit zu vertanzen.

Ich bin Physiker; habe das Recht, die Energie zu bewahren.

Ein Witz, der nur ein Witz ist, ist keiner.

Chevrolet non olet!

Manche Musikwerke sind überflüssig. Die Musik ist es nicht.

Der letzte Versuch, die Welt zu erlösen: experimentum crucis *(Experiment des Kreuzes).*

Die Liebe macht Entdeckungen, die Ausschweifung Erfindungen.

Ein Kompliment sollte wahrhaftiger sein als die Wahrheit.

Die Frauen mögen den Frohsinn der Männer nicht, die Männer nicht den Esprit der Frauen.

Alle Bälle sind Maskenbälle, sogar der Nudistenball.

Die Idioten und die Genies sind frei von der Pflicht, einen Witz zu verstehen.

Die Zukunft vorauszusagen, ist keine Kunst; aber die Gegenwart erraten!

Gott ist leicht von seinem Posten im Weltall zu stürzen. Doch bleiben so gute Stellen nicht lange unbesetzt.

Gott kann Vater, Richter sein, er kann auch Uhrmacher des Kosmos sein, Mathematiker, Demiurg ... aber ganz sicher ist er kein Pfarrer.

Tote Fische schwimmen mit dem Strom.

Die Juden sind klüger – sie haben eine neue Art von Dummheit erfunden.

Plato glaubte, es gebe eine ideale Kugel. Ihr einziges Modell ist die Seifenblase.

Die Romantiker hatten recht: Unschuldige Mädchen sind wie Blumen. Und Blumen wollen befruchtet sein.

Ein schlechter Polemiker will den zweiten überzeugen. Ein guter überzeugt den dritten.

Der Witz ist die Waffe der Schwachen. Den Mächtigen dieser Welt steht das Recht auf Witz nicht zu.

Als die Literaten merkten, daß das Leben schlechte Romane nachzuahmen beginnt, beschlossen sie, reine Fiktionen zu beschreiben.

Von einem Volk, einer Religion, einer Klasse zu einem anderen Volk, einer anderen Religion oder auch Klasse zu fliehen, bedeutet nur, den Herrn zu wechseln. Wer frei sein will, muß sich selbst entfliehen.

Mit dem Kopf kommst du nicht durch die Wand. Aber wenn überhaupt, dann nur mit dem Kopf.

Um ein Vermögen zu gewinnen, muß man Glück haben. Um es zu erhalten, genügt der Mangel an Phantasie.

In der Literatur beweist die Form den Inhalt.

Tausend Jahre versuchten die Könige, uns zu überzeugen, daß sie andere Rechte haben als die übrigen Menschen. Jetzt erklären sie uns, daß sie dieselben Rechte haben wie die anderen.

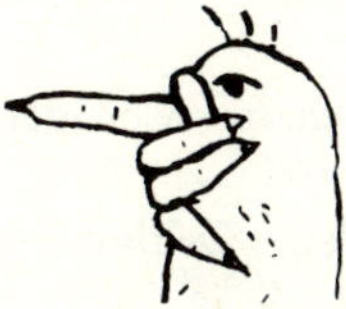

Aufschrift an der Tür eines Schmiergeldempfängers: Empfange von 10 bis . . .

Gesichtsfürsorge – Profilaktik.

Hexenmaß – Hexameter.

Liebeslager – Erottomane.

Lebenslängliche Tilgung von Liebesschulden – Amortisation.

Laienkrankenpflegerin – Barmherzige Cousine.

Savoir-vivre der Kriminellen – Strafgesetzbuch.

Verfasser von Lobeshymnen auf die Büsten römischer Matronen – Zitzero.

Tschiang Kai-schek – Bourgeoisiate.

Streitwagen Alexander des Großen – Gig-antisch.

Handshow – Maniküre.

Amoralische Gottheit – Amor.

Die Liebe Philons zur Sophie – Philosophie.

Eine Direktorengesellschaft – Menagerie.

Erste Hilfe in allen Fällen – Deklinationsregeln.

Ein unbekannter, aber nützlicher Vogel – das bunte Rebhuhn.

Art von Alkoholiker – Magni-Fizz-enz.

Die von Kant entdeckte Quadratur des Kreises – Pi-kanterie.

Hosenträger – Fall-Schirm.

Spiel, das Hitler verloren hat – Totalisator.

Spanischer Brief mit aktuellen Postwertzeichen – frankiert.

Autor eines sechsbändigen Romans aus dem Leben der Aristokratie – Grafomane.

Ein Pole, der ein deutsches Auto fährt – Autochtone.

Spezialkäse für die päpstliche Garde – Schweizer.

Täuschung, man besitze ein eigenes Auto – Autosuggestion.

Händler mit schwarzgeschlachtetem Speck – Speckulant.

Einer, der alles per Dekret erledigt – Dekretin.

Erbkrankheit der spanischen Burbonen – Infantilismus.

Meßeinheit für das satirische Talent – Epigramm.

Ein junger Graf, der Malerei verfallen – Grafiker.

Meßgerät für den Alkoholkonsum – Barometer.

Einer, der im Schachspiel immer verliert – Mattscheibe.

Einer, dem das Sofa lieber ist als das Bett – Sofist.

Famoser Kochkünstler – Maggiker.

Geruchloses Kölnisch Wasser – der Rhein.

Gynäkologische Fachzeitschrift – Periodikum.

Freundschaft mit dem Klerus, im Alter – Sklerose.

System des Erbadels – Perpetuum nobile.

Bauchtanz nach dem Mittagessen in der Kantine – Menu-ett.

STEFAN NAPIERSKI

WINDSCHATTEN

Gott: Summe aller unserer Entsagungen.

Der Katholizismus ist die Wissenschaft davon, daß der Mensch mit irdischen Dingen allein nicht zu ändern ist.

Liebe bedeutet: die Uhrzeiger anhalten; die Zeit festhalten.

Jeder ist Anwalt, ob er will oder nicht, seines Temperaments.

Freiheit ist immer tragisch, es gibt keine absolute Freiheit. Man ist immer frei *von etwas.*

Man schreibt immer wie an jemanden, den es nicht gibt.

Fremde Sprachen sprechen; sich selbst vervielfachen; andere, mögliche Individualitäten annehmen.

Ein Blitz, der in den Sand einschlägt, verwandelt ihn in Glas.

Ideal von Stil: die Verbindung von Sachlichkeit und Inspiration.

Der Stil der Epigonen hat etwas vom kalt glühenden Magnesium: eine blendende Anmut der Erschöpfung.

In der Kunst schafft erst das Übermaß an Realität ihre Fiktion.

Zeitungen ersetzen das Leben. Deshalb ihre Popularität.

Einfachheit – höchste Anpassung an die Komplikation der Natur.

Das wahre, das heißt nachprüfbare Denken ist das Rückwärtsdenken: zu den Determinanten.

Geniale Menschen: Menschen einer immerwährenden Gegenwart.

Man schreibt immer, vor allem Gedichte, an einen Doppelgänger.

Tatsachen in der Kunst sind Vorwände.

Die Selbsterkenntnis des Künstlers ist seine soziale Tragödie. In einem kranken Zeitalter ist es unmöglich, gesund zu sein, das heißt, Vollendung zu erreichen. Der Versuch der Bejahung, ein heroischer und vergeblicher Versuch, führt zu gar nichts. Ist denn für einen Künstler je ein Zeitalter »gesund« gewesen?

Das Künstlertum ist eine herrliche Mystifikation, für die man mit dem Leben bezahlt. Ist Kunst ohne Betrug vorstellbar? Er ist in ihrem Wesen enthalten und bedingt sie: Monumentalität, Erhabenheit und Harmonie sind Attrappen. Aber dies sage man nicht den Einfältigen, sie würden es sowieso nicht glauben.

Einsatz. Kunst gilt als befreiend. Und doch zahlen wir für jedes Gedicht, das überdauern könnte, für das winzige Quadrat eines aufgespannten Leinens, für die Aufzeichnung einer einzigen musikalischen Abstraktion mit dem Verzicht auf alle Welt. Reinheit verwirklicht sich nicht straflos. Der Einsatz in der Kunst kostet alles.

Je mehr wir wissen, desto ratloser sind wir: das ist ein Axiom.

Einsamkeit ist in jedem Schöpfungsakt organisch enthalten. Wer sich mitteilt – sondert sich ab.

Poet ist, wer den Dingen einen Sinn zu unterstellen vermag.

Dichter verfügen über die Fähigkeit, entfernte Dinge sich näherzubringen.

Reichtum – wie alles Glück – raubt die Empfindsamkeit.

Eine echte Frau kennt keinen Zusammenhang zwischen Ursache und Wirkung.

Weltbürger wird man nur durch das Hineinwachsen in das Vaterland.

Man muß sehr kompliziert sein, um sich nach Einfachheit zu sehnen.

Es gibt Menschen, die sich durch das Reden die Täuschung erhalten, daß sie leben.

Irrer: ein Mensch mit einem Kopf in der vierten Dimension.

Hirn: Traumspeicher.

Man muß vom traurigen Inhalt der Bücher sehr müde geworden sein, um Bibliothekar zu werden.

Pfarrer: Geburtshelfer des Jenseits.

Mathematik: die Unendlichkeit auf frischer Tat ertappen.

Man sollte alte Bücher lesen. Sie strahlen eine sonderbare Ruhe aus: daß sie dennoch überdauert haben.

Im Dunkel denkt man tapferer. Das Denken ist erotisch.

Stil: neues Sehen der Wirklichkeit.

Künstlerische Form ist zu drei Vierteln Sache des Temperaments.

Leben und Tod – sind keine Kontraste.

Man sagt »Glück in der Liebe«, als sei das Glück an sich kein erotischer Begriff.

Welt: Gottes Selbstverteidigung vor dem Nichts.

Tod: Welt minus Einzelwesen.

Katholizismus heißt, die Tragik der menschlichen Schicksale ertragen. Deshalb ist er für einen Schriftsteller so maßlos schwierig.

Wir neigen dazu, das, was wir nicht kennen, zu bagatellisieren, und das, was wir kennen, zu überschätzen. Dieses psychologische Gesetz könnte man Hochmut der Ignoranz nennen.

Die einzige künstlerische Leistung ist die Komposition. Alles andere kommt mehr oder weniger spontan.

Diejenigen, die in der Gegenwartskunst »über das Konkrete hinausgehen«, sind zugleich außerstande, es zu erreichen.

Es lohnt sich, darüber nachzudenken, ob große Kunst »Mühelosigkeit« voraussetzt; die geniale Mühelosigkeit, die Allgegenwart des Gefühls bedeutet.

Genesis des Lyrismus. Kein noch so tiefes Wissen von der Liebe ersetzt die Liebe selbst. Daran scheitern die Dichter. Daher ihr Lyrismus.

Bei der heutigen Nachkriegsgeneration ist man meist nicht sicher, wo der Künstler endet und der Zuhälter beginnt.

Glück der Provinz. In einem zugigen Klosett ein warmer Heizkörper, der träge wie ein gestreichelter Kater schnurrt.

Schlaf, Tiefschlaf. Jedes Erwachen hat etwas von der Mühe einer Wiederauferstehung.

Tötung. Schrecklich und unbegreiflich, daß derjenige, der einen Menschen – im wachen Zustand – tötet, zugleich dessen Träume tötet.

Würgender Modergeruch der Büchereien. Als zerfielen dort nur die Buchstaben.

Die Welt ohne Ausflüchte annehmen – wohl die schwierigste Aufgabe des Menschen. Wahrscheinlich das Geheimnis der Heiligkeit.

Eingebung. Sturmwind, der durch eine leere Gasse bläst.

Anti-Metaphysiokratie. Das Desinteresse am »Sinn des Seins« endlich anmelden. Sich die überflüssige Ausschweifung der Nachforschung, diesen tröstenden Luxus der Verzweiflung, verbieten!

Am schlimmsten ist das Schreiben »im eigenen Auftrag«. Kein Schriftsteller ist frei vom Plagiat seiner selbst.

Selbstanbetung. Die sogenannten Optimisten sind mehr von sich selbst als von der Welt begeistert. Deshalb ist es nicht möglich, sie von ihrem Irrtum zu überzeugen. Sie müßten sich sonst erschießen.

Wir haben keinen anderen Beweis für die Existenz der Welt als den, daß wir ohne sie nicht existieren würden.

Immer meinen wir, das Leben eines anderen steuern zu können, glauben wir, das fremde Schicksal sei ein Roman.

Jugend. Das Wichtigste: für sie gibt es keine Wirklichkeit.

Ein klingendes Glas, mit Wasser gefüllt, verstummt.

Flug mit dem Flugzeug: Erfahrung, daß es keinen Himmel gibt.

Man sollte begreifen, daß die Glasglocke für die Fische, die in ihr eingesperrt leben, das Weltall ist.

Wer am wenigsten zur Liebe fähig ist, weiß von ihr die tiefsinnigsten Dinge zu sagen.

Man begreift in den anderen nur seine eigenen Möglichkeiten.

Worauf wartest du? Worauf wir immer warten: auf ein Wunder.

Der Humor ist manchmal das Handgeld der Freiheit. Öfter allerdings ersetzt es diese, als daß es sie bestätigt.

Meist konfrontiert man das »Leben« mit der »Literatur«; als ob es einen Begriff gäbe, der noch literarischer ist als das »Leben«.

»Meisterschaft in der Literatur«: mit der geringsten Wortzahl den größten Wirklichkeitsradius erfassen.

Bei Dichtern findet zwischen Gedanke und Wort ein Kurzschluß statt. Das Wort ist eine im Dunkel phosphoreszierende Kugel.

In der Poesie ist es am schwierigsten, Sachlichkeit und Inspiration zu verbinden.

Die Sexualität ist mythogen. (Ein Beispiel dafür ist die übertriebene Gewichtung der Jungfernschaft!) Daher ihre unverhältnismäßige Vormachtstellung in den Literaturen der Welt.

Es geht nicht darum, daß etwas gut geschrieben ist. Es geht darum, daß es ein für allemal geschrieben ist.

Mut und Selbsterkenntnis sind ein und dasselbe.

Donjuanerie ist der Gipfel der Anpassung, das heißt der Mannesschändung.

Man meide die Trance der Wörter. Zu oft wird Exaltation für Inspiration gehalten.

Es ist ein trauriges Privileg des Kritikers, die Menschen, die ihn nicht verstehen, zu verstehen.

Warnung an die polnischen Dichter: Es genügt nicht, Talent zu haben, man muß außerdem jemand sein.

Was im Menschen am geheimnisvollsten zu sein pflegt, ist die Dummheit.

Sobald man fortwährend das Gefühl hat, zu vergehen – und das hat jeder Künstler, jeder etwas subtilere Geist –, ist es sehr leicht, der Verzweiflung anheimzufallen. Kunst ist, einen Haltepunkt jenseits der Verzweiflung zu finden. Das Schaffen ist der Selbstschutz gegen Intoxikation.

Dem Dichter ist das physiologische Gespür für Dinge angeboren.

Rilke: ein Mensch, der Gott erschuf.

Das Tragische der Liebe (des erotischen Aktes): daß sie sich zwar unendlich erneuert, aber nicht im gleichen Maße potenziert, nicht an Intensität gewinnt.

Das Schrecklichste, was den Menschen auf Erden erwartet, ist die physische Feststellung, daß Tote leben.

Noch einmal: Intelligenz und Zweifel sind eins.

Jeder ist älter, als er ist – um neun Monate.

Ich denke, das stärkste Argument der Atheisten ist die Anatomie. Gottlosigkeit des gleichgültigen Skeletts. Wo ist in diesem klappernden Knochenmechanismus Raum für Gott?

Auch Spiel ist ein erotischer Begriff. Jedes Spiel ist Liebesspiel.

Die Frau sexualisiert die Welt.

Sport: Ventil der Erotik.

Wirklichkeit: Sichtbarkeit plus Unsichtbarkeit.

Lesen: Unersättlichkeit der Phantasie.

Die gängigste und schönste Art, den Tod zu hintergehen, ist immer noch die Arbeit.

Etwas weniger Fremdheit dem anderen gegenüber – das ist Liebe.

Diejenigen, die allzuviel von der Liebe erwarten, sind unfähig zu lieben, vielleicht sogar für die Liebe nicht geschaffen. Lieben heißt, sich mit der Wirklichkeit begnügen.

Selbst der dümmste Mensch wird durchtrieben, hinterlistig, fast klug, wenn er begehrt. Das ist die Erfindungsgabe des Instinkts, der uns übertrifft, indem er uns beherrscht.

Unmöglich, die Befürchtung loszuwerden, daß der konsequenteste Materialismus metaphysische Kulissen verbirgt, die einmal explodieren werden wie Ekrasit.

Kollektivismus, Kollektivismus! Wer könnte da widersprechen? All das ist wahr! Womit aber schirmt man sich in einer schlaflosen Nacht vor den Sternen und vor dem Tod ab, vor der Sinnlosigkeit also?

Bürger: Menschen, die nie an eine andere Möglichkeit des Lebens denken.

Möglich, daß den komplizierteren Naturen das Glück eine zu einfache Sache ist.

Lob des Sports: Alles, was den Menschen von sich selbst befreit, ist gut.

Weshalb schreibst du? Um wachzubleiben; um noch nicht sterben zu müssen.

Die schneidige Unterschrift der Mittelmäßigen: etwas, wohin sich der Wunsch nach Erhebung, die Gier nach Größe, ihr zerrütteter Rest geflüchtet hat.

Dem man am meisten nachrennt, das Geld – ist ein *Symbol*.

Auf wie verworrenen Wegen wird doch das Einfache erreicht!

Welt: Ein Riesengedanke, der Gestalt angenommen hat.

Die Jesuiten: Gottes Imperialisten.

Es gibt Mütter, die ihren erwachsenen Sohn wie einen Bräutigam anreden.

Originalität. Immer ahmen wir irgend jemandes Stil nach. Im besten Fall den der Epoche oder den *eigenen*.

Traum: Gartenpforte der Seele.

Der Wunsch nach Wundern ist die größte Absage an die Wirklichkeit.

Zwischen Lachen und Lächeln öffnet sich dem Stilisten ein ganzer Abgrund.

Idylle: wörtlich – *reine* poetische Gattung. Das Aufheben der Sexualität durch *Form*.

Große Schriftsteller – Monographen des Unsinns.

Dichter – Experimentatoren des Nichts.

Das Instrument der Sinne. Bei Kopfschmerz vertragen wir kein Parfüm: Nur Gesundes kann die Last des Duftes ertragen.

Glück. Der Lebensstil, den sich der einzelne zugelegt hat, ist in drei Vierteln der Fälle Behelf: banaler und trauriger Glücksersatz.

Alltagsmenschen sind die besseren Anekdotenerzähler: sie kennen nichts anderes als die Realität.

Die größte Bremse beim Denken ist der Selbsterhaltungstrieb.

Es gibt bei einigen, vor allem polnischen Schriftstellern, ein Vorurteil, daß wenig lesen und viel leben – das gleiche bedeutet.

Im allgemeinen schelten die Literaten alles, was ihnen im Schaffen anderer unzugänglich oder unverständlich ist, mit dem zwiegesichtigen Wörtchen: schwach.

Man vergesse nie: In neun Zehnteln der Fälle sind Gedichte – Augenblicke der Schwäche.

Wie unbegreiflich traurig ist das Wort »Entwicklung«, Fortentwicklung des einzelnen. Wohin?

Was das Schicksal unserer Generation betrifft, so werden wir alle in den Abgrund stürzen; doch gehen sollte man dahin mit offenen Augen.

Kunst: mit dem Tode rechnen.

Geborener Schriftsteller: Ihn interessieren nicht die Menschen, sondern ihre Möglichkeiten, die Aussichten, die sie aus den gegebenen Lebensumständen hinausführen oder in andere stürzen können; mit einem Wort: die Dialektik des persönlichen Schicksals. Deshalb wird er der Gefühllosigkeit verdächtigt.

Entdeckt ein Dichter, daß er körperlich unheilbar krank ist, dann begreift er, daß er doppelt zum Künstlertum berufen, unwiderruflich zur Kunst verurteilt ist.

Das 20. Jahrhundert. In einer Landschaft ohne Ausdruck, wie zwischen mild elegischen Kulissen auf den empfindsamen und herben Leinwänden des Quattrocento, auf einer

Chaussee von herrlicher Glätte wie gewetzter Schleifstein, glimmt der Asphalt: Teer der Neuzeithölle.

Ein Großer – das ist vielleicht ein Schriftsteller, bei dem man sich nicht einmal in etwa vorstellen kann, wie er schreibt (Dante, Shakespeare, Mickiewicz, Dostojewskij, Hamsun), auf welche Weise er Wörter zu fügen weiß ... Einer, dem gegenüber die Kritik machtlos ist.

Trifft man auf einem öffentlichen Platz eine Menschenmenge und denkt man sich dann einen Menschen einzeln, herausgelöst aus der Masse, die immer zufällig ist und augenblicklich, dann entscheidet über ihn das, wohin er, wie jeder von ihnen, zurückkehrt. Dann schwindet die Illusion der Gemeinschaft. An diesem Problem rennt sich jeder künftige Reformator den Schädel ein.

Es ist unfaßbar, daß der Gedanke den Tod nicht aufhalten kann; daß man trotz genialer Gedanken stirbt (z. B. Novalis).

Verlangen, daß das Leben absolut sei; denn auch der Tod ist absolut.

Die Mehrzahl der großen Werke wird unwillkürlich konzipiert (z. B. »Pan Tadeusz«) und wächst während des Entstehens auseinander. Vollendung kann nicht beabsichtigt werden. Daran zerschellte Flaubert.

»Das Fragmentarische der Poesie«: das, was wir von uns geben – die eine von den hundert Möglichkeiten. Vielleicht verstummten mit dieser Selbsterkenntnis Rimbaud, Mickiewicz, Shakespeare?

Schreiben – vielleicht nicht ausschließlich, aber vorwiegend – ist eine Kunst der schönen Sätze.

Wer zeugt, zeugt ein neues Leben und einen neuen Tod. Wer weiß davon?

Das Vaterland ist dort, wo man sterben möchte.

Wer denkt schon daran, daß alle Menschen unter den Kleidern nackt sind? Eben das ist die allereinfachste allgemeine Gemeinsamkeit der Gattung.

Manche Ereignisse sind Antworten auf noch nicht gestellte Fragen.

Letzten Endes hängt alles vom Temperament ab: wie wir auf eine bestimmte Situation reagieren.

Es gibt Leute, die unter dem Einfachsten zerbrechen: daß die Tage einander ähneln.

Große Dinge – werden unabhängig vom Willen geschaffen. »Die letzte Schwäche« aber ist Absicht.

Jede Kunsttheorie ist ein Kommentar des eigenen Temperaments.

Ein guter Beitrag: ein mit beschleunigtem Herzschlag geschriebener.

Aufschneiderei ersetzt Phantasie. Daher ihre Bedeutung.

Freund: möglicherweise nur ein Vertrauter bei erotischen Komplikationen?

Forderung. Eine Werkgattung finden, in der man den Mechanismus des Denkens in aller Schamlosigkeit entblößen könnte.

Schreiben: ständiges Entdecken seiner selbst für sich selbst; Notwendigkeit, die Leser zu ignorieren.

Alles, was nicht notwendig ist, ist überflüssig. Nur in der Kunst? Dieser metaphysische Instinkt für Ökonomie, das Wunschstreben, die Wirklichkeit auf die pure Notwendigkeit zu reduzieren – ist Religion: Flucht der Schwachen.

Pornographische Bücher können nur Männer interessieren: Frauen sind dafür zu schamlos.

Seltsam, sobald wir etwas publizieren – also sobald wir dafür öffentlich Verantwortung übernommen haben –, hört das Interesse des Autors für die Sache selbst auf.

Bedeutet Sterben nicht dasselbe wie Nicht-mehr-Mensch-Sein? Das, gewiß, ist die Todesangst.

Man ließ nebenan auf der Straße ein Bündel Eisenstangen fallen; das Gedröhn und Geklirr ging einem durch und durch. Diesen kalten Klang im Hirn muß wohl ein Mensch haben, wenn er – von der Kugel getroffen – plötzlich stirbt.

Der Tod ist ein Ereignis aus einem fremden Leben; deshalb unbegreiflich.

Je intensiver das Leben, desto näher die Todesschwelle.

Intelligenz: reckt sich empor – wie ein Junge an der steilen, eingeseiften Jahrmarktstange.

Das Geschlecht vergiftet das Hirn.

Schreibt man auf der Maschine, springen die Buchstaben aus dem Nichts.

Man überhört die Straßennamen der Stadt, in der man wohnt.

Neuheit ist niemals im Einfall enthalten, sondern in dessen Fassung.

Die Intelligenz hat nie recht; immer gibt's einen tieferen Grund.

Was wir vor dem Tod befürchten, ist das Sterben für sich allein, ohne jemanden – einzeln.

Das Gefühl, sich von der Welt der Dinge zu lösen – ist der eigentliche Kern der Einsamkeit des Menschen.

Du schließt die Augen: läßt den Blick in den Brunnen des Innern sinken.

Gemeinplätze: zum toten Punkt geführt, zur idealen Null verringert, »eingefroren«. Aber ich ahne, daß es »revolutionäre Gemeinplätze« gibt: Es genügt, sich an ihre verachtete Quelle zurückzuziehen.

Zwei Namen zu verwenden (Stephan – Karl) ist eine kleine Anmaßung gegen die Unsterblichkeit.

Was geschieht mit den Seelen der Menschen, die von Autoren erfunden sind, wenn diese sterben? Ob sie sich in eine Art von Engeln verwandeln?

Die Anordnung des Zimmers kann die Form des Gedankens beeinflussen.

Wie oft sind die Romanschriftsteller Belauscher der Liebe, des fremden, ihnen unzugänglichen »gewöhnlichen« Glücks! Sie sind wie die Greise, die heimlich durch das Schlüsselloch beobachten.

Liebe? Eine Sekunde daran denken, wie sich Skelette umarmen.

STANISŁAW JERZY LEC
UNFRISIERTE GEDANKEN

Tyrannen fürchten das Wort, nicht die Wörter.

Sag mir, worüber ein Volk lacht, und ich sage dir, wofür es sein Blut zu vergießen bereit ist.

Die Hauptform des Konsums ist die Erwartung.

Zwölftes Gebot: Du sollst die Staatsform deines Nachbarn nicht begehren.

Die Zukunft gehört der Jugend – sobald diese alt ist.

Ist es ganz sicher, daß der Personalausweis immer eine Person ausweist?

Graphomanen sind zu allem fähig – außer zum Schreiben.

Ist es nicht denkbar, daß es parallel zur idée fixe eine fixe Ideologie gibt?

Wer nicht bereit ist, die Wahrheit in kunstvollen Maximen anzuhören, wird sie auf eine weniger erlesene Art erfahren.

»Die Partei hat immer recht.« Ja, aber stets eine andere.

Die Einbildungskraft kann alles, nur eins nicht: sich selbst ernähren.

Natürlich könnte ich es auch einfach sagen. Nur bekäme ich dann kein Honorar dafür.

Ein neuer Besen kehrt sich allmählich selbst zunichte.

Es ist nicht ausgeschlossen, zwischen dem einen Gedanken und dem anderen – glücklich zu sein.

Ein Gleichheitszeichen ist wie ein Schienenstrang. Auch der kann leicht in die Katastrophe führen.

Trotz immer schnellerer Verkehrsmittel kommen wir immer langsamer zu unseren Zielen.

Seltsames Theater, in dem sich die Akteure auf dem Podium selber Beifall klatschen.

Am besten läßt sich die Planwirtschaft in einem Staat praktizieren, der die Sterbetermine seiner Bürger kennt.

Wenn die Bürger sagen – »Wir haben alles satt« –, sagen sie es eigentlich zum Zeichen des Wohlstands?

Jede Nationalküche serviert die Wahrheit anders zubereitet.

Durch Wortvergeudung verarmt das Volksvermögen, die Sprache.

Nackte Vernunft trägt das Feigenblatt dort, wo das Herz schlägt.

Hätte der Mensch seine alten Hauer und Klauer behalten, könnte er heute auf die Atombombe verzichten.

Es gibt Leute, denen sogar im Stacheldraht Rosen blühen.

Wer politisch weitsichtig ist, kann sich bereits beim ersten Schritt das Genick brechen.

Die Wörter vermehren sich wie Kaninchen und fressen das ganze schöne Grün der Welt auf.

Du findest es erotisch? Ich skl-erotisch.

Hätte es Sinn, einen Staat aufzubauen, der meine drei Wörter fürchtet?

Jede höhere Leitersprosse kann zum Galgen führen.

Ich hatte den Glauben an das Wort verloren. Die Zensur gab ihn mir wieder.

Auch Massen können der Einsamkeit verfallen.

Einen Fortschritt bringt uns die Entdeckung des Weltraums ganz sicher: Auf dem Mond wiegen die Handschellen leichter.

Es gibt keine Volkskunst, nur eine Kunst von Leuten, die nicht wissen, was »copyright« bedeutet.

Zu leben – ist banal. Zu sterben – ebenso. Deshalb erfand die Gegenwart etwas Drittes.

Wenn ihr wüßtet, wie schwer es ist, an nichts zu denken!

Gipfel des Humors: Ein Pessimist bringt einen anderen Pessimisten zum Lachen.

Es wäre nicht übel, wenn in manchen Staaten die Regierungsform ein Staatsgeheimnis bliebe.

Das Privateigentum ist inzwischen so weit aufgehoben, daß sich der Mensch nicht mehr in der eigenen Haut fühlt.

Alles rast seiner Vollendung entgegen – auch das Böse.

Zwischen Scylla und Charybdis mußt du dich – vor allem – vor dir selber hüten.

Es wäre doch denkbar, daß Gott von einem Satiriker ein witziges Gebet erwartet.

Auch das Schweigen setzt künstlerische Begabung voraus.

Die Kultur ist heute unter das Volk gegangen. Wann kommt sie wieder?

»Proletarier aller Länder, vereinigt euch!« Ich bitte gehorsamst, fragen zu dürfen – wozu?

Der sozialistische Realismus hindert uns daran, an den realen Sozialismus zu glauben.

Schlimmer als der Persönlichkeitskult ist der Kult einer Null.

Der Anker ist das Symbol der Hoffnung. An der Kette.

Berechenbar sind nur geometrische Figuren.

Wie schade, daß Freud das politische Unterbewußtsein nicht erforscht hat!

Ob das Nichttolerieren der Intoleranz von Toleranz zeugt?

Vielleicht wird es später einmal Lebewesen geben, die auch nicht glauben werden, daß sie von Menschen abstammen.

Die Illusionisten sollten zumindest den Status einer politischen Partei bekommen.

Auch Parteilose sind nicht parteilos. Sie sind für die Gerechtigkeit.

Die Versorgung mit Lebensmitteln gehört zu den ersten Pflichten der Stadtväter. Zu den Hauptnahrungsmitteln eines Warschauers gehört der Witz.

Lügen haben kurze Beine, deshalb werden wir sie nicht so bald los.

Kaum sind die Priester mit ihrem Märchen vom Paradies am Ende, fangen die Marxisten damit wieder von vorn an.

Und der arme Hitler dachte, der Antisemitismus sei allein Sache des Nationalsozialismus.

Er war ein Routinier der Originalität.

Jugend ist keine Dauerbeschäftigung.

Noch ist es der Menschheit nicht gelungen, einen »Homunkulus« herzustellen, da probiert sie es mit einem »Kommunkulus«.

Ist der Aphorismus ein Urteil? Ja, entweder für oder gegen seinen Autor.

Ein Reh ohne Scheu ist ohne Anmut.

Die Flachen haben mehr Platz in der Welt.

Bruderschaften, die mit Schierling begossen werden, haben die Chance, lebenslänglich zu währen.

Irgendwann war die Freiheit eine Utopie. Heute ist sie nicht einmal Wirklichkeit.

Sklaven sind Mitbegründer der Tyrannei.

Auch Kochbücher sollten der Zensur unterliegen.

Die Erbsünde führte immerhin – durch den Zuwachs der Gläubigen – zu Gottes wachsendem Ruhm.

Niemand lügt in der Kunst mehr als die Realisten.

Planlosigkeit erleichtert Koordination.

Und vielleicht haben wir unsere Zukunft schon hinter uns?

Die Alten waren glücklich; ihnen war noch erlaubt, ihre Tragödien niederzuschreiben.

Erscheinungen verschwinden. Glossen bleiben.

Wir sind längst nicht mehr aus Lehm, aber immer noch knetbar.

Ein schlauer Fischer sichert sich die Mitarbeit der Fische.

Wie hieß eigentlich der Kultusminister zur Zeit Shakespeares?

Berufsmäßige Betrüger verkaufen selbst die Wahrheit als Lüge.

Die Tatsache, daß wir uns immer wieder belügen lassen können, stimmt optimistisch.

Es ist leichter, logisch zu überdauern als biologisch.

Der Überbau schließt den Abbau nicht aus. Was aber tun mit der Basis?

Wer glaubt schon an Wunder? Und dennoch warten alle darauf.

Nicht jeder Pegasus ist ein Hengst.

Tränen löschen einen Scheiterhaufen nicht.

Selten stimmt der Rhythmus der Zeit mit unseren Herzschlägen überein.

Selten siegt in einer Corrida der Stier: ihm fehlt der ökonomische Anreiz.

Totalitarismus: politisches Toto-Spiel.

Klärt eure Kinder auf, damit sie später nicht aus dem Paradies vertrieben werden können.

Jede Tiefe riecht nach Untergrund.

Der Feind kann im Rücken, links oder rechts sein, der Gegner steht immer vorn.

Und wären alle Zugänge von Spitzeln umstellt, die Gedanken suchen uns dennoch heim.

Niemand ist Prophet im eigenen Land. Wenn das Land aber fremde Besatzer hat?

Sparsam mit Worten ist ein Dichter, der nur die eigenen benutzt.

Das Echo des Schweigens ist unüberhörbar.

Und wenn wir unsere Speisen änderten? Statt der zahmen und sanften Tiere – die Bestien fräßen?

»Säg nicht an dem Ast, auf dem du sitzt«, ist ein kapitaler Beweis zugunsten Darwins.

Wer weiß, wie viele Wörter Gott probiert hat, bevor er das eine fand, durch das die Welt erschaffen wurde.

Das Menschenleben verliert immer mehr von seinem Format; die sich breitmachenden Kommentare beengen und verdrängen es.

Leider verliert der Tod seinen Einzelcharakter. Überall wächst seine Vermassung.

Steht einem nackten König überhaupt eine Krone zu?

Auch der Geist hat sein Sexualleben – mit allen Entartungen natürlich.

Nicht jeder Frage folgt eine Antwort; aber die Verantwortung immer.

Der Bürger kann ohne die Kunst leben, der Zensor nicht.

Am reinsten ist der Glaube an eine nicht vorhandene Gottheit.

Aus Bäumen, die früher zu Scheiterhaufen gestapelt wurden, macht man heute Papier.

Nicht alles, was wirklich ist, ist wahr. Zum Beispiel die Lüge.

Einen Staat beurteilt man nach seiner Rechtsprechung.

In der Gefangenschaft muß man leben. In der Freiheit kann man leben.

Wahres Glück ist grenzenlos – also niemals an den Staat gebunden.

Nicht alle Gedanken gehen durch das Gehirn, manche lediglich durch die Zensur.

Einem Genie verzeiht man vieles. Nach seiner Hinrichtung.

Halte dich stets an Konkretes. Daraus läßt sich viel leichter eine Fiktion ableiten als umgekehrt.

Paß auf. Auf der Suche nach Spuren hinterläßt du welche.

Wie kann man nur ein professioneller Satiriker sein, entrüsteten sich die professionellen Enthusiasten.

Gipfel und Täler bekommen erst durch das Erdbeben Kontakt.

Jedes Wort ist ein Gedanke – was man von den Sätzen nicht behaupten kann.

Wer die Freiheit poetisiert, macht aus ihr eine Sache der Phantasie.

Präzises Denken ist eine Einschränkung der schöpferischen Freiheit.

Ein guter Gärtner erkennt die Blume an ihrem Preis.

Gipfel der Komik: wenn ein Kopfloser kopfsteht.

A propos Descartes: Wie ich denke, so bin ich.

Ob die Gänse die Schönheit des Fuchses sehen?

Die traditionelle Syntax wehrt sich oft gegen einen neuen Gedanken. Dann bleibt dir nichts anderes übrig, als ihre Polizeivorschrift nicht zu respektieren.

Aus gebotener Sparsamkeit leisten wir uns einen billigen Optimismus.

Es ist nicht einfach, mit Zwergen erhobenen Hauptes zu verkehren.

Ein Staat, aus dem die Bürger nicht herauskönnen, hat wohl keinen Ausweg.

Ich bange, daß der letzte Schrei der Technik zugleich der letzte Schrei der Menschheit werden könnte.

Der Henker tritt meist mit einer Maske auf. Der der Gerechtigkeit.

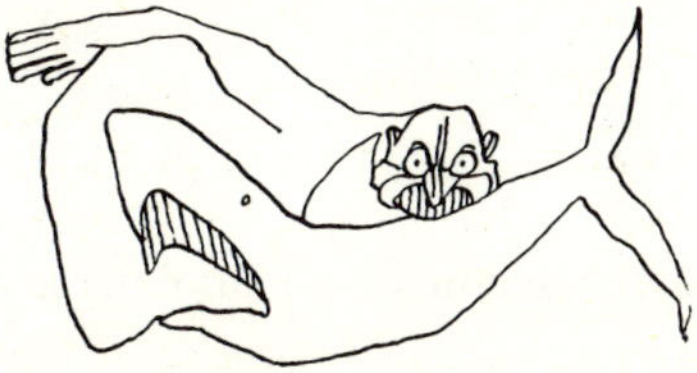

Es gibt Gedanken, die nur der einen Sprache eigen sind.

Erheb deine Stimme nie über deinen Horizont!

Wessen Brust mit Orden beschwert ist, der kann sich leichter bücken, aber auch schwerer wieder aufrichten.

Die Welt entfernt sich von uns in immer reizvolleren Metaphern.

Wehe den Nachbarn, wenn ein Volk an der Grenze der Verzweiflung lebt.

Warum benutzen wir keine empfängnisverhütenden Mittel gegen die Früchte der Phantasie?

Aus der Phantasie eines vergesellschafteten Kindes: Wie viele Tropfen müssen eine Genossenschaft bilden, um als Regen niederzufallen?

Wegweiser machen einen Leidensweg nicht leichter.

Wir brauchen dringend Heilanstalten für Glücksucht-kranke.

Es gibt zweierlei Ergriffenheit: die eine greift ans Herz, die andere an die Gurgel.

Jedes Selbstbildnis ist ein Akt. (Nichts enthüllt so vollkommen.)

Wer Glauben schenkt, ist ihn los.

Ein Polizeistaat besteht nicht nur aus Polizisten.

Geschichte: Sammlung von Tatsachen, die vermeidbar gewesen wären.

Aus der Optik: Von weitem sieht alles größer aus.

Ich kenne Marionetten, die statt an Schnüren an Ketten zappeln.

Unterlassene Handlungen ziehen oft einen katastrophalen Mangel an Folgen nach sich.

»Wildsau« klingt vornehmer als einfach »Sau«.

Auch ein Eunuch sagt: *mein* Harem.

Ein gedrucktes Gedicht zeugt nicht nur vom Autor, auch vom Zensor.

Ewigkeit? Eine Zeiteinheit.

Alle wollen unser Bestes. Laßt es euch nicht nehmen.

Manche Narrenschellen schellen falsch.

Verbrechen: Muse der Prediger und der Moralisten.

Menschen werden im sozialen Auftrag aus Privatinitiative geboren.

Vorsicht vor den Zungen der Eunuchen. Sie sind zeugungsfähig.

Die Weltbetrachtung ist gratis. Nur für die Kommentare müssen wir teuer bezahlen.

In jeder Vogelscheuche schlummert der Anspruch auf wirkliches Grauen.

»Definition« und »Finis« haben die gleiche Wurzel.

Die Menschen führen miteinander, seit Ewigkeiten, einen Monolog.

»Wie gern wäre ich einmal alt«, meinte eine junge Leiche.

Gewöhnen kann man sich nur an den Tod der anderen.

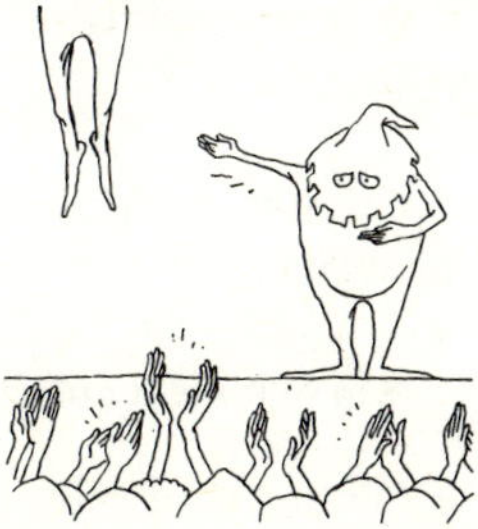

Ich sah Tyrannen, die für die Freiheit kämpften. Für die Freiheit der Unterdrückung.

»Er verließ diese Welt«, klingt sehr optimistisch.

Oft vertragen die Einheimischen das Klima schlechter als die Kolonisatoren.

Meist ist es so, daß man uns ständig etwas abgewöhnt.

Üben wir Nachsicht: es gibt geniale Irrtümer.

»Religion ist Opium für das Volk, Genosse.« – »Einverstanden. Und welches Rauschgift nimmst du?«

Der Grad der Prüderie hängt vom Klima ab.

Ich bin gespannt, wie meine Gedanken wären, wenn sie sicher sein dürften, daß ich sie nicht notiere?

Es ist leichter, jemandem einen Preis als recht zu geben.

Aus dem Mundwinkel des Lächelns läßt sich der Radius der Freiheit berechnen.

Seltsam, immer wird die Wahrheit in Länder geschmuggelt, in denen sie schlechter notiert ist. Worin besteht eigentlich das Geschäft?

Vorsicht auf dem Rückzug! Ihr könntet in den eigenen Fußstapfen steckenbleiben.

Manche Gedanken lassen sich nicht aufschreiben. Nur denken.

Die Grenze der Freiheit bestimmen die Anrainer.

Wozu Feuer schüren, wenn man nichts im Topf hat?

Selbst seine Augen hatten die Form des Schlüssellochs.

Alles ist schon einmal gedacht worden. Es fragt sich nur – wie.

»Klasse!« sagte jemand, als er die Bourgeoisie zu sehen bekam.

Autovertreter verkaufen Autos, Versicherungsvertreter Versicherungen. Und Volksvertreter?

Zögere nicht: warte!

Mäuse und Katzen existieren seit Millionen von Jahren. Ist das Koexistenz?

Nicht alle Besitzenden wollen eine Klasse bilden. Soll man sie zwingen?

Eine gefälschte Banknote, die alle für echt halten, muß schließlich an einem Komplex scheitern: niemand bewundert die Meisterschaft ihrer Fälschung!

Wer achtet schon auf die Finger der Hand, aus der er frißt?

Ich kenne Folgen, die jedes Jahr eine neue Ursache erfinden.

Wahre Freundschaftsknoten lassen sich von beiden Seiten lösen.

Orphei gehen in den Untergrund. Nicht nur, um Eurydike zu finden.

Die Gegner in der ersten Frontlinie stehen sich am nächsten.

Auf den Geschmack des Kritikers X. kann man sich verlassen. Er ist zuverlässig schlecht.

Allmählich verliert das Verbrechen seine Romantik. Es wird zur Klassik des Alltags.

Das Leben zwingt den Menschen zu allerlei freiwilligen Handlungen.

Kollektiver Irrtum ist leichter zu tragen.

Größenwahnsinn: Kinderkrankheit der Zwerge.

Wer hört, wie das Gras wächst? Die Mäher.

Bald wird unser Dunkel hell sein: Moder leuchtet.

Das Leben betrügt uns alle. Auch geborene Schurken landen ganz oben.

Roboter, triumphiert nicht zu früh. Der nächste Fortschritt könnte auch euch befreien.

Der Kampf der Geschlechter kennt nur konventionelle Waffen.

Auf dem Maskenball der Begriffe gefällt sich der Slogan als Definition.

Frauen sind sadistisch – sie quälen uns mit den Leiden, die wir ihnen zufügen.

Die Moral fällt: auf immer bequemere Kissen.

Wie viele Nachtigallen muß eine Bestie fressen, um selbst zu singen?

Er lachte nur im Geiste – und wenn, dann in dem des Gesetzes.

Schone dich. Du bist Eigentum des Staates.

Graben wir tiefer. Womöglich entdecken wir die Spur einer großen Kultur, die vorhanden war, bevor der Mensch erschaffen wurde.

Marionetten träumen umsonst vom Monolog des Prinzen Hamlet.

Mensch und Mensch finden selten zueinander, aber Berg und Berg immer.

Wir zahlen mit dem Leben oder mit dem Tod. Die Währung bleibt die gleiche.

Klassenkampf im Einzelmenschen. Vor allem nach seinem sozialen Aufstieg.

Wem Worte fehlen, der bekommt sie portofrei vom Staat geliefert.

Zeitkrankheit: die Überfunktion der politischen Drüse.

Merke: Auf dieser Erde gravitiert alles nach unten.

Ein Sodomit erregte sich beim Betrachten eines Schulbuches der Zoologie. Soll man das Buch deshalb als eine pornographische Publikation verwerfen?

Ein beschlagener Pegasus hat keinen leichten Flug.

Aus der Problematik des Rechts: bis zu wie vielen Toten darf man sich irren?

Womöglich sollte es so sein, daß Bethlehem in der Gegend von Sodom und Gomorrha liegt?

Dinge, die an sich lächerlich sind, taugen für eine Satire wenig.

Kannibalen bevorzugen Menschen ohne Rückgrat.

Gefängnisse sind als Kinderstuben problematisch.

Nehmt euch vor literarischen Blindgängern in acht. Sie sind noch nach Jahren gefährlich.

Sein Gedanke war pure Lust. Er befruchtete niemanden.

Man unterscheidet zwei Arten von Teufeln: degradierte Engel und beförderte Menschen.

Sogar unsere Schicksalsbahnen sind verstaatlicht.

Auch an den Kreuzwegen der Geschichte versucht die Polizei den Verkehr zu regeln.

Bei Hofe genießt der Narr Sonderrechte. Außerhalb des Hofes ist er der Dumme.

Tradition: Erbadel des Plagiats.

Ist ein Mensch, der in seinem Innern etwas Wertvolles findet, verpflichtet, es auf dem nächsten Polizeirevier abzugeben?

Welt ohne Psychopathen? Sie wäre anomal.

Die Kunst schreitet voran – und hinter ihr schreiten die Wächter.

Wenn die Menschheit Glück hat, reinigt sich das Verbrechen zur Kunst.

Hätte man so viele Zuhörer wie Lauscher!

Alle Fesseln der Welt bilden eine Kette.

»Freiheit, Gleichheit, Brüderlichkeit!« Aber wie gelangen wir zu den Tätigkeitswörtern?

Sein Gewissen war rein. Er benutzte es nie.

Wahre Auserwählte haben keine Wahl.

Ich bin Optimist. Ich glaube an den erlösenden Einfluß des Pessimismus.

Achillesfersen verstecken sich gern in Tyrannenstiefeln.

Traum von Sklaven: ein Markt, auf dem man sich seinen Herrn selbst kaufen dürfte.

Die im Land gesparten Worte erlauben uns deren Massenausfuhr ins Ausland.

Alle Menschen sind gleich. Nach entsprechender Präparation.

Uns deformieren die Formeln.

Der Mensch atmet leichter, wenn er den Mund hält.

Wenn wir die Wüsten bevölkern, verschwinden die Oasen.

Die Gläubigen glauben an die Auferstehung, die Atheisten an ein »Comeback«.

Unter Blinden ist auch der Einäugige blind.

Geistig selbstgenügsam sind nur die Genies und die Idioten.

Und noch einen Vorzug hat der Mensch vor der Maschine – er ist imstande, sich selbst zu verkaufen.

Es gibt Zebras, die freiwillig hinter Gittern sitzen, um wie weiße Pferde auszusehen.

Ich bin für die Reprivatisierung des Innenlebens.

Gegen wen ich denke? Gegen diejenigen, die es mir verbieten.

Alles ist bereits entdeckt, nur in der Gegend der Banalität gibt es noch Neuland.

Manchmal ist die Schuld eine Folge der Sühne.

Modernes Wahrsagen: aus Tatsachen.

Die Freiheit der Sklaven mißt man an der Länge ihrer Kette.

Wahres Pathos spricht, ohne zu reden.

Auch zur Bewachung von Gedanken verwendet man Eunuchen.

Politik: Derby trojanischer Pferde.

Es gibt große Worte, die so leer sind, daß man darin ganze Völker gefangenhalten kann.

Je kleiner die Bürger, desto größer das Imperium.

Um an die Quelle zu kommen, muß man gegen den Strom schwimmen.

Es gibt eine ideale Welt der Lüge, in der alles wahr ist.

Glaubt den Märchen nicht. Sie waren wahr.

Die Geschichte lehrt, wie man sie fälscht.

Je mehr wir uns der Wahrheit nähern, desto mehr entfernen wir uns von der Wirklichkeit.

Ein wahrer Feind verläßt dich nie.

Manchmal führt ein Rechenfehler zur richtigen Lösung.

Die Zeit bescherte uns viele Genies. Hoffen wir, daß ein paar Begabte darunter sind.

Wo alle einstimmig singen, ist der Text ohne Bedeutung.

Um die Moral zu heben, muß man die Ansprüche senken.

In manchen Staaten herrscht eine derartige Öffentlichkeit des öffentlichen Lebens, daß sogar die Geheime Polizei öffentlich und überall bekannt ist.

Ich glaube an das Ende des organischen Lebens auf Erden – aber nicht an das des organisierten.

In jedem Land klingt die Frage Hamlets anders.

Kennst du das Kennwort zum eigenen Innern?

Es ist schwer erkennbar, wer freiwillig mit dem Strom schwimmt.

Wörter seien überflüssig? Und wo brächte man unter, was zwischen den Wörtern steht?

Liebt eure Feinde, vielleicht schadet das ihrem Ruf.

Nun bist du mit dem Kopf durch die Wand. Und was willst du in der Nachbarzelle tun?

Eine Eigenschaft geistig Träger, die am meisten ins Auge fällt, ist ihre unverwüstliche Aktivität.

Das Tragische der Epoche gibt ihr Lachen wieder.

Streichle die Bestie nicht gegen den Strich. Wer weiß, ob sie es nicht etwa gern hat.

Sprichwörter widersprechen sich. Das ist eben Volksweisheit.

Gedankenlosigkeit tötet. Andere.

Auch uns nennt man im Westen den Osten, und im Osten den Westen.

Sei kein Snob. Lüg nie, wo die Wahrheit besser bezahlt wird.

Der Sargdeckel ist auf der Seite des Verbrauchers schmucklos.

Hat ein Kannibale das Recht, im Namen dessen zu sprechen, den er gefressen hat?

Immer wird es Eskimos geben, die den Eingeborenen von Belgisch-Kongo Verhaltensmaßregeln für die Zeit der großen Hitze geben werden.

Unser Unwissen erobert immer weitere Welten.

Die weißen Flecke sind von den Landkarten verschwunden. Sie siedelten in die Geschichtsbücher über.

Es wäre mir lieber, David hätte Goliath mit der Harfe erschlagen.

Auch Masochisten bekennen bei der Folter alles. Aus Dankbarkeit.

Meist verzehren tote Seelen mehr als lebendige Bäuche.

Den Blick in die Welt kann man mit einer Zeitung versperren.

Sprich nicht schlecht vom Menschen. Er sitzt in dir und belauscht dich.

Es bedarf großer Geduld, um sie zu lernen.

Ex oriente lux, ex occidente luxus!

In der Hölle ist der Teufel eine positive Gestalt.

Die Fetten leben kürzer. Aber sie essen länger.

Man kann das »Lied der Freiheit« nicht auf dem Instrument der Gewalt spielen.

Schade, daß man ins Paradies mit einem Leichenwagen fährt.

Erzählt nicht von euren Träumen. Vielleicht kommen die Freudianer an die Macht?

Ohne die Kenntnis der fremden Sprache wirst du niemals das Schweigen des Ausländers verstehen können.

So mancher Bumerang kommt nicht zurück. Er wählt die Freiheit.

Vielleicht werden wir irgendwann unsere Seelen volkswirtschaftlich verwerten können?

Die Uhr schlägt. Alle.

Hört ihr das Gestammel? Das sind die Chöre der Mitlaute nach der Tilgung der Selbstlaute.

Espen zittern unter jedem Regime. Aber zum Kuckuck! Sie grünen auch unter jedem.

Sesam öffne dich – ich möchte hinaus.

WIESŁAW BRUDZIŃSKI
KATZENKÖPFE

Wehe dem Judas, der einen Falschen küßt.

Es ist keine Kunst, der Zeit vorauszueilen, wenn diese rückläufig ist.

Anzeige: Tausche inländische Enttäuschungen gegen ausländische.

Nachricht: »Ich warne vor Scylla. Charybdis.«

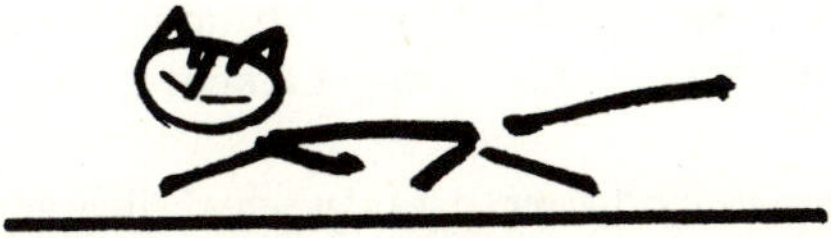

Schlechte Gedichte wären noch zu ertragen, würden sie nicht so viele schlechte Rezensionen provozieren.

Ein Autor, der ein paar kleine Erfolge und viele große Reinfälle hatte, wird immer höher geschätzt als einer, der nichts als kleine Erfolge aufzuweisen hat.

Ein Held, dessen Papiere in Ordnung sind, ist eher ein Papierheld als eine positive Gestalt.

Anzeige: Für den Untertext meiner Leser übernehme ich keine Haftung. Der Autor.

Ich kenne zwei Arten von Verrätern: solche, die gehen, wenn alle bleiben, und solche, die bleiben, wenn alle gehen.

Aus den Fehlern der Jungen lernen die Alten.

Gib acht, daß du dein Schweigen nicht im interessantesten Augenblick unterbrichst.

Manche Schriftsteller erinnern, wenn sie ihre Bücher dedizieren, an Geldgeber, die ungedeckte Schecks unterschreiben.

Es gibt nichts Traurigeres, als wenn auf offener Straße ein schales Thema einem schalen Satiriker begegnet.

Wie taktlos! Ihn an Verdienste zu erinnern, die er längst gebüßt hat.

Angeblich mögen es die jungen Missionare nicht, wenn man von ihnen sagt: »Ein frischgebackener Missionar.«

Das Denken ist ein Laster, das man schwerlich mit administrativen Mitteln heilen kann.

Verkünder neuer Epochen ziehen es im allgemeinen vor, in den alten zu leben; um ihre Posten nicht zu verlieren.

Vertraulichkeiten sind unfein: nenn das Ding lieber nicht beim Namen.

Tatsachen haben ihre eigene Aussprache – in jeder Sprache eine andere.

Ein Humanist liebt alle Menschen. Mit Ausnahme der wenigen, die er kennt.

Ein Wald muß sich ausrauschen.

Gelegentlich werden falsche Propheten in staatlichen Münzanstalten geprägt.

Besser, zwei Herren zu dienen als einem Diener.

Die schlechtesten Geschäfte macht man mit den Selbstlosen.

Die Regel interessiert mich überhaupt nicht. Ich habe genug Scherereien mit der Ausnahme.

Am schwersten ist der Weg zu den Wegweisern zu finden.

Die Reparatur alter Fehler kostet oft mehr als die Anschaffung neuer.

Die kleineren Übel sind meist von längerer Dauer.

Unter bestimmten Voraussetzungen ist ein Steckbrief ein Empfehlungsschreiben.

Auf den Knien kommt man unter Umständen weiter.

Ein guter Propagandist vermag sogar mit Hilfe der Wahrheit zu überzeugen.

Hausbackene Strategen: lesen zwischen den Zeilen, hören zwischen den Wörtern, verstehen zwischen den Gedanken, wittern zwischen den Winden.

Zuweilen marschieren wandelnde Lexika bei den falschen Paraden.

Traurig ist das Schicksal einer Idee, die nur Pflichtverteidiger kennt.

Sein Traum: für die kommenden Generationen zu arbeiten, nach dem Tarif der vergangenen Generation, auf Kosten der lebenden Generation.

»Nur bitte ich dich, es nicht weiterzusagen«, sagte jemand zum Echo.

Wetterhähne schweben in höheren Regionen.

Unter lauter aggressiven Philanthropen sehne ich mich bisweilen nach einem trägen Egoisten.

Laß deinen Narren frei, vielleicht ist er der einzige Ausdruck deiner Majestät.

Aphoristiker: ein Mensch, der sich freut wie ein kleines Kind, wenn es ihm gelingt, etwas zu erfinden, was höchstwahrscheinlich schon die Phönizier als uraltes Sprichwort gekannt haben.

Wie viele Engel haben auf einem Nadelkopf Platz? Wie viele Aphoristiker fallen auf einen Aphorismus?

Diskutiere nicht über die Satire mit einem, der nur die Witze seines Chefs lustig findet.

Ein Kompilator ist ein Autor von Büchern aus fremden Zitaten. Ein Aphoristiker ist ein Autor von Zitaten für fremde Bücher.

Auf dem literarischen Markt wird er nicht mehr notiert: er hat seit langem keinen Mißerfolg mehr gehabt.

Kritiker leben wie Geistliche: von der Geburt, von der Hochzeit und vom Begräbnis (der Autoren).

Ab und zu dient ein zu Unrecht vergessener Autor einem zu Recht vergessenen Kritiker zum Vorwand, sich bei den Lesern in Erinnerung zu rufen.

Kritiker: ein Mensch, der zuerst das Unkraut jätet, um danach um so ungehinderter die Blumen zertreten zu können.

Aus den Klagen darüber, daß wir keine Literatur haben, ist eine ganze Literatur entstanden.

Autoren meinen häufig, den Massen gefalle das, was jedem einzelnen mißfällt.

Die Pegasusse fliegen tief: es wird Anerkennung regnen.

Erstaunlich! Je weniger er recht hat, desto interessanter schreibt er darüber.

Schriftsteller älterer Generationen genießen oft ihren Ruhm nur deshalb, weil sich niemand mehr erinnern kann, wie schlecht die Sachen waren, die sie einmal geschrieben haben.

Sei nicht so mißtrauisch. Wittere nicht überall einen Sinn!

Es gibt zuweilen mehr Meilensteine als Meilen.

Nur in der Börsenwelt des Intellekts kommt es vor, daß eine Idee immer noch notiert wird, obwohl sie längst bankrott ist.

Er war engagiert – jede Saison woanders.

Das Schicksal des Geschädigten ertrug er mit so bewundernswerter Würde, daß man ihn fortwährend schädigte, um ihn bewundern zu können.

Manche Priester der Kunst ziehen es vor, in leeren Kirchen zu predigen: wegen der besseren Akustik.

Taktgefühl ist gut, Faktgefühl ist besser.

Meinungen unterscheiden sich oft. Von denen, die sie verkünden.

Manchmal zwingt uns eine Situation, den Rettungsgurt enger zu schnallen.

Er verlor sein Gesicht. Am Arbeitsplatz. Nun lebt er von der Invalidenrente.

Laßt uns die unrentablen Irrenhäuser reprivatisieren!

Wer einem Judas in die Arme läuft, ist noch lange kein Messias.

Er war das kleinere Übel – allerdings im Entwicklungsalter.

Wer mit der Vergangenheit abrechnet, muß aufpassen, daß ihm kein Rechenfehler unterläuft.

Er hatte den Antrag gestellt, ein anständiger Mensch werden zu dürfen. Nun setzt er seine ganze Hoffnung auf die Administration.

Rede nicht in den Wind, wenn du dessen Richtung nicht kennst.

Im Theater applaudieren die Zuschauer. Die Akteure verneigen sich vor ihnen. Auf der Bühne des Lebens ist es umgekehrt.

Der Messias war falsch, der Judas war falsch, und das schlimmste ist: die dreißig Silberlinge waren es auch.

Warum sträubst du dich, für fremde Schuld zu leiden? Vielleicht ist sie kleiner als die eigene?

Am traurigsten sind die Potemkinschen Kassen.

Nutz deine letzte Chance, schaff etwas, bevor du Experte bist.

Wir sollten nicht sagen: »ein kleines Problem«, sondern: »so klein, und schon ein Problem!«

Berglandschaft: auch auf den Höhen des Geistes gedeihen Zwerggedanken.

Vertriebene sind noch lange kein Beweis dafür, daß das Paradies echt war.

Buße: Kräfte sammeln für neue Sündenfälle.

Ob man den fremden Göttern seine Opfer in Devisen darbringen muß?

Im Nebel des Weihrauchs kommt es oft zu Kollisionen.

Das Schiff wurde gerettet. Die Rettungsboote gingen unter.

Schlecht, wenn die Tatsachen eine Fremdsprache sprechen.

Er trug seine alte Livree, links gewendet.

Es ist üblich, Seismographen zu schätzen, die nur ausländische Erdbeben registrieren.

Am schlimmsten sind die Echos mit Spätzünder, die sich erst melden, wenn die Stimme längst widerrufen ist.

Kommst du vom Vorgesetzten, überprüf deine Identität.

Wie wird man seine unvergeßlichen Erlebnisse los?

Er verkaufte sich zu einem so niedrigen Preis, daß man ihn getrost einen Idealisten nennen konnte.

Der Mangel an Waren verlängert die Schlangen vor den Geschäften, der Mangel an Kompetenz – die vor den Ämtern.

Er hätte sich zu gerne verkauft, aber niemand hatte ihn, nicht einmal aus Höflichkeit, nach seinem Preis gefragt.

Und wo findet man Inkubatoren für die Gedanken-Frühgeburten?

Man kann nicht ungestraft an der Grenze des Wahnsinns leben – noch dazu in gutnachbarlichen Beziehungen.

An den Pforten des Paradieses herrscht Gegenverkehr. Und beide Richtungen sind überzeugt, sie führen in die Verbannung.

Ob die Gedanken wirklich aus Köpfen stammen? Meist stammen sie aus zweiter Hand.

Am leichtesten schafft man Neues gedankenlos. Denn das Denken hat leider seine Tradition, seine Gesetzmäßigkeit und seine Grenzen.

Diktier undeutlich, um später wählen zu können, wessen Irrtum das Gesagte war.

Gute Baupläne haben Glück bei den Zeichnern, schlechte bei den Bauherren.

Firmier nichts, was du nicht affirmieren kannst.

Früher fiel auf einen Verurteilten ein ganzes Exekutionskommando. Heute hat sich das Verhältnis sehr zugunsten der Verurteilten gewandelt.

Er hielt kein Wort, keinen Vertrag und kein Versprechen. Dafür aber Schritt mit der Epoche.

Die Leute mögen primitive Betrüger, von denen sie auf leichtverständliche Weise betrogen werden.

Es gibt Fahrzeuge, bei denen nur die Bremsen wichtig sind.

Dank seiner kritischen Haltung geriet er in eine kritische Lage.

Am schwersten lassen sich falsche Prophezeiungen aus dem Umlauf ziehen.

Traut dieser Fata Morgana nicht! Sie bleibt!

Anonyme Wohltäter sind Feiglinge. Sie drücken sich vor den Folgen ihrer Wohltaten.

Es gibt ein indisches Märchen vom Spiegel, in dem jeder etwas anderes sieht – sich selbst. Ich kenne Spiegel, in denen man stets dasselbe sieht, ganz gleich, wer in sie hineinschaut.

Tatsachen sprechen ohne Rücksicht auf das Staatsgeheimnis.

Das Wertvollste, was wir den kommenden Generationen nachlassen, sind die noch nicht gedachten Gedanken.

Bemüh dich, mit deinem Gewissen bis zum Ersten auszukommen.

Sein Problem bestand darin, herauszufinden, was sich besser auszahlt: seinen Lebenslauf an die Ansichten anzupassen oder die Ansichten an den Lebenslauf.

Judas hat aus dem Kuß ein Politikum gemacht.

Jedermann ist großer Taten fähig. Leider wurde nicht jedermann daran gehindert.

Einheitsbaupläne, -Elemente, -Balkone, -Fenster: Zum Glück verleihen die unterschiedlichen Baufehler den Wohnungen eine individuelle Note.

Was man doch manchmal für ein Schwein sein muß, um kein Hundeleben zu führen, meinte ein in Ehren ergrauter Kater.

Frauen kann man unterteilen in solche, die gut gekleidet sind, und solche, die gut, daß sie gekleidet sind.

Sanddünen halten die Oase für einen Schandfleck der Wüste.

Red nicht von Dingen, die du nicht verstehst, die aber deine Zuhörer verstehen – du wirst dich kompromittieren. Red nicht von Dingen, die du verstehst, die aber deine Zuhörer nicht verstehen – du wirst sie langweilen. Red nur von Dingen, die weder du noch deine Zuhörer verstehen – dir wird es das Gefühl der vollkommenen Aussagefreiheit geben, und deine Zuhörer werden etwas Neues erfahren.

Laß dich nicht von denen irritieren, die dich überschreien; schließlich wird jeder einmal heiser. Aber diejenigen, die dich verschweigen, werden niemals müde.

Alte Spiegel sind uns gegenüber nachsichtiger – sie haben schon viel gesehen.

Sicherheitshalber machte er die ganze Schiffsreise im Rettungsboot.

Es gibt Zwangssituationen, in denen man seine früheren Beichten bekennen muß.

Jedermann macht im Leben einmal eine Dummheit, nur tut es der eine persönlich, und der andere läßt es seine Untergebenen für sich erledigen.

Er ist unentwegt in Bewegung – er zittert.

Auch wenn du sie nicht teilst, zeig dich der Ansichten würdig, deren man dich verdächtigt.

Wenn etwas mißglückt, fragen die Unschuldigen »Wieso?« und die Schuldigen »Wer war es?«.

Seine Prophezeiungen wurden verworfen: krumme Konstruktionen, hinkender Stil, altmodische Metaphorik, ohne dramatische Spannung und erzieherischen Wert. Und – das schlimmste war – sie haben sich bewahrheitet.

Manchen Vorstellungen entkommt man nur über die Bühne.

Als der König erfuhr, daß sein Volk das Grau des Lebens beklagte, sagte er: »Wie traurig, ein Volk von Farbenblinden zu regieren!«

Im Menschenkörper sitzen der Schmerz meist oben und der Krankheitsherd tiefer. In staatlichen Körperschaften ist es umgekehrt.

Baut keine Triumphbogen am Rande des Abgrunds!

Sie haben es übernommen, für uns zu lügen. Würden sie es auch übernehmen, für uns die Wahrheit zu sagen?

Der Wahlerfolg hängt davon ab, wie geschickt man die Wähler zu wählen versteht.

Sein Leben war ein Schmierheft, aber in seinem Tagebuch brachte er alles ins reine.

Laß dich betrügen. Erschwer nicht das flüssige Funktionieren des Handels.

Um mit den Zähnen zu klappern, muß man sich einen Zahnarzt leisten können.

Nichts ist imstande, ein derartiges Chaos hervorzurufen wie eine Gruppe von Pedanten.

Das Leben kompliziert sich selber derart, daß am Ende alles ganz einfach erscheint.

Leg kein allzu großes Gewicht auf deine erklommene Stellung. Die Sprosse könnte es nicht tragen.

Verbirg deine Vorzüge nicht. Wahrscheinlich sind sie schon verjährt.

Bestimm dein Ziel nicht zu genau, damit du jederzeit sagen kannst, du habest es erreicht.

Stattest du einen Beileidsbesuch ab, besteh nicht auf einem Gegenbesuch.

In Zeiten der Rückzüge solltest du nicht mit deinem Avantgardismus protzen.

Bevor du etwas sagst, denk nach, ob du nicht zufällig das sagst, was du denkst.

Lös keine Haßexplosionen aus. Wer weiß, ob die Lunte lang genug ist.

Nur noch ein Siegestor, und du bist in Canossa.

Als er sich zur Wahrheit durchgeschlagen hatte, war sie nicht mehr dort.

Es wäre an der Zeit, einen Perspektivplan für unsere Improvisationen auszuarbeiten.

Die Phönizier haben das Geld erfunden – Kunststück: einmal! Wir müssen es immer wieder erfinden!

Sie waren ein Publikum, das auf der Bühne nichts sah, dafür alles hinter den Kulissen.

Kollege X. ist eine Ausnahme, aber von welcher Regel? Keine will sich bekennen.

Als Kollege X. erklärte, er wolle zum Gegner überlaufen, zog sich der Gegner schleunigst zurück.

Kollege X. sagt richtig: Wahre Freunde erkennen wir in der Not, die wir ihnen verdanken. (Oder in die wir sie bringen.)

Kollege X. wirkt für das Wohl der Gemeinschaft. Der Gemeinschaft ist dabei gar nicht wohl.

Kollege X. kennt nur kristallreine Intrigen.

Kollege X. meint, so viele Niederlagen seien auch ein Sieg.

Kollege X. duckte sich, um sich der hohen Aufgabe gewachsen zu zeigen.

Kollege X. war endlich am Ziel, das sich ein anderer gesteckt hatte.

Kollege X. avancierte: Früher wiederholte er nur andere, jetzt wiederholt er sich selbst.

Kollege X. zeigte mir seine besten Seiten. Auch die waren von Camus abgeschrieben.

Beim Kollegen X. wurden schwere Vergiftungen diagnostiziert: übermäßiger Genuß von Vorsichtsmitteln.

Kollege X. sieht vom Stapel der gelesenen Bücher auf die Welt herab und glaubt, die Größe sei er selber.

Die Ansichten des Kollegen X. sind es nicht wert, daß man sie leugnet.

Kollege X. reagiert sehr rasch: Bevor er sein Glaubensbekenntnis ablegt, glaubt er nicht mehr daran.

Kollege X. wählte das kleinere Übel und zog sich damit den Zorn der größeren zu.

Eines Tages treibt die Wahrheit doch nach oben. Als Wasserleiche.

Am schlimmsten sind die alten Kämpfer mit dem Eifer von Novizen.

Mit der Zeit vollbringen unsere Vorfahren immer ruhmreichere Taten.

Oft gehen zwei Idioten eine Vernunftehe ein.

Das Alter eines politischen Managers erkennt man an der Zahl seiner Jahresmasken.

Urgemeinschaft: Gemeinsamkeit der Vorurteile.

Gegen die Katastrophe war nichts zu sagen, sie fand fahrplanmäßig statt.

Freund: ein Mensch, der dir völlig selbstlos schadet.

Lastenausgleich: Der eine nahm die Schuld auf sich, der andere die Sühne.

Korrektur der Bibel: Der verlorene Sohn hat die Heimkehr verweigert.

Das Glück des Stotterers: Bevor er seine Aussage formuliert hat, ändert sich der Kurs, und er kann seinen Satz schon im neuen Geist vollenden.

Taktik: Sie ließen ihn steigen, um ihn besser treffen zu können.

Altruistischer Asket: er kasteit die anderen.

Die Hellseher wechseln ihr Tätigkeitsfeld: Heute ist es

schwerer, vorauszusagen, wie in Bälde die Vergangenheit aussehen wird als die Zukunft.

Das Gedächtnis ist ein sonderbares Sieb: es behält alles Gute von uns und alles Üble von den anderen.

Die Lüge ist eine menschenfreundliche Kunst. Selbst Amateuren gibt sie Chancen.

Politik: Es gibt keine Hoffnung, an die wir uns schließlich nicht doch gewöhnen könnten.

Er entschloß sich zur Kapitulation, doch zu spät: Es war niemand mehr da, dem er sich hätte anbieten können.

Steigerung des Luxus: eigenes Auto, eigene Villa, eigene Meinung.

Reisen: Flucht aus der eigenen Alltäglichkeit in die Alltäglichkeit anderer.

Nicht selten wird die Geschichte gleich von denen gefälscht, die sie machen.

Verstand sieht jeden Unsinn, Vernunft rät, einigen zu übersehen.

Am leichtesten läßt sich eine einzelne Lächerlichkeit feststellen. Wer im ganzen eine lächerliche Kreatur ist, bleibt unbemerkt.

Beide haben nichts zu sagen, nur sagt es der eine der Masse, der andere der Elite.

Ich kenne Anwälte der Unterdrückten, die traurig sind, wenn niemand mehr unterdrückt wird.

Manche meinen, sie seien liberal geworden, nur weil sie die Richtung ihrer Intoleranz geändert haben.

Nach einem langen Marsch gelang es ihm endlich, die Stelle zu erreichen, von der er losmarschiert war.

Wer Fehler begeht, bekennt sie leichter als jemand, der sie korrigiert.

Ratten, die das Schiff verlassen haben, nehmen es ihm übel, wenn es nicht versinkt.

Es ist reaktionär, nach Buße zu suchen, während sich die anderen bereits nach neuen Sünden umsehen.

Früher hatte man die Namen der Bedürftigen veröffentlicht, die Wohltäter blieben ungenannt. Heute kennen wir die Namen der Wohltäter, nur wissen wir nicht, wem sie geholfen haben.

Im Zoo öffnete man den Löwenkäfig. Der Löwe dachte, das sei die Freiheit, dabei war es nur der Auslauf.

Man fragte die Menschen, ob sie nicht lieber in einem anderen Zeitalter leben wollten, niemand fragte das Zeitalter, ob ihm nicht andere Menschen lieber seien.

Das Gesetz garantiert zwar nicht das Mittagessen, aber die Mittagspause.

Zum Verkünden des Evangeliums braucht man einen Tempel, einen Geistlichen und eine Gemeinde. Es wäre gut, auch ein Evangelium zu haben.

Am schlimmsten ist, wenn die Zeit der Resignation anbricht und es nichts gibt, worüber man resignieren könnte.

Du weißt nie, ob du nicht zufällig gerade Amerika entdeckst – Kolumbus wußte es auch nicht.

Ein Geistlicher, der Gewehre segnet: ein Beispiel mehr dafür, wie der Zweck die Mittel heiligt.

Er ließ den Kopf hängen. Die Zeugen behaupteten später, er habe Zustimmung genickt.

Aus jeder Situation gibt es mehrere Ausgänge – allerdings: auf verschiedenen Etagen.

Ab und zu brauchen wir neue Überzeugungen – für die alten Heuchler.

Die Akteure irritiert manchmal der Beifall – von der Vorstellung nebenan.

Flüchte nicht vor der Wirklichkeit. Du wirst sowieso an der Grenze der Vorstellungskraft festgenommen.

Engerer Kontakt schafft eine breitere Plattform – für die Mißverständnisse.

Er verlor sein Gesicht – nur weiß er noch nicht, welches.

Ungläubiger Thomas – Erbe des leichtgläubigen Thomas.

Mehrfach wiederholte Lüge nimmt die Eigenschaften der Wahrheit an, mehrfach wiederholte Wahrheit: die der Lüge.

Wo du sicher bist, setz Fragezeichen.

Er glaubt, ohne an die Wunde zu rühren. Vielleicht stammt sie von ihm?

Wie viele Denkmäler gibt's in der Welt pro Kopf der Bevölkerung? Und wie viele Köpfe pro Denkmal?

Gegen Lärm wird gekämpft. Warum nicht gegen die schreiende Ungerechtigkeit?

Eine Optimismus-Injektion? Gut. Aber nicht in die wunde Stelle.

Man sagt, wir bewegen uns wenig. Und das tägliche Umgehen der Gesetze?

Ist da ein neues Land entdeckt worden? Nein, ein neuer Entdecker.

Oft ist es ungewiß, ob es die Münzen in der Tasche sind, die da klingeln. Vielleicht sind es die Handschellen?

Und wenn der Wind mit dem Strom nicht übereinstimmt,

was dann? Mit dem Wind gegen den Strom? Oder mit dem Strom gegen den Wind?

Was hilft's, daß du dich an die Spitze der Menge vorgearbeitet hast, wenn du nicht weißt, wohin sie marschiert?

Recht nach dem Tod bekommen – ist das nicht eine überflüssige Verlängerung der Diskussion?

Wozu den Teufel austreiben, solange er Miete zahlt.

Was wird Pilatus eigentlich vorgeworfen? Daß er sich in die Angelegenheiten eines fremden Landes nicht einmischen wollte?

Was nützt es, daß du die Schlacht gewonnen hast, wenn du am Vortag den Geschichtsschreiber beleidigt hast?

Ob man seine Dienstjahre doppelt angerechnet bekommt, wenn man zwei Herren dient?

Prekäre Fragen muß man beantworten, bevor sie gestellt werden.

Ein Judas unter dreizehn Aposteln – welch veraltete Proportion!

Wie schwer läßt sich ein Dummer zum Nominalwert finden.

Und wieder haben die Seifenblasen irgend jemandes Lufthoheit verletzt.

Warum denn gleich Zuträger! Er mag es einfach, fremde Sünden zu beichten.

Was für eine lasterhafte Jugend! Statt auf die Alten zu hören, ahmt sie die Alten nach.

Ich bat ihn um seine Meinung. »Willst du, daß ich die Wahrheit sage oder das, was ich denke?«

Seine Ansprachen pflegte er anspruchsvoll zu beginnen: »Wenn ich meine Meinung äußern darf, so hat schon Engels gesagt, daß . . .«

Fortschritt. Früher sagte man in staatlichen Handelsgeschäften den Kunden: »Haben wir nicht.« Heute sagt man ihnen schon, in welchem Privatgeschäft sie es bekommen können.

Je mehr Inhalt, desto leichter läßt er sich komprimieren.

Aphoristiker sind Hersteller von attischem Salz für fremde Küchen.

Der Aphorismus ist ein Einfall zu etwas Größerem, durch keine Ausführung verdorben.

SŁAWOMIR MROŻEK
LOKALNACHRICHTEN

Aus der Gesellschaftschronik. Nach Mitteilung unserer Agentur ereignete sich gestern während der Kaninchenjagd, veranstaltet anläßlich des Jahresempfangs des Diplomatischen Korps, ein bedauerlicher Unfall. Der Erste Botschaftssekretär wurde tödlich getroffen, den Geschäftsträger traf ein Bauchschuß, die Botschaftsräte – für Justiz und Handel – sind schwer verwundet worden, einige Beamte – leichter. Im übrigen hatte man zwei Kaninchen erlegt.
Der Rest des Empfangs verlief in herzlicher und heiterer Atmosphäre.

Zur gestrigen Premiere. Nach der Vorstellung erhob sich das begeisterte Publikum von seinen Plätzen und rief emphatisch: »Buffet! Buffet!« – womit es seine Anerkennung für die gastronomische Leistung des Theaters zum Ausdruck brachte.

Bekanntmachungen. Der Verband ehemaliger Kinder veranstaltet ein Mitgliedertreffen. Im Programm: »Alle meine Entlein«, »Ein Männlein steht im Walde« und Fangspiele. Die Stöcke und Prothesen bitten wir an der Garderobe abzugeben.

»Wie du dich bettest, so schläfst du.«? Bitte um Angebote.

Die Direktion gibt bekannt: Es findet gar nichts statt, und es ist überhaupt schade um jedes Wort.

Die Generalversammlung beschloß, die Straße »Stiller Winkel« in »Artillerie-Straße« umzubenennen.

Lange Messer für die Nacht liefern wir prompt – X.

Geheimnisvoller Schüler. Wie unser Korrespondent aus Unterlaugenthal mitteilt, besucht ein Wiederholer der sechsten

Klasse im außerschulischen Alter (siehe Foto) die dortige Grundschule. Das Aussehen des Schülers sowie sein Verhalten ließen bei der Schulleitung den Verdacht aufkommen, daß es sich um Adolf Hitler handelt, der die Schule in Unterlaugenthal nach seinem vorgetäuschten Selbstmord in den Kellerräumen der Reichskanzlei und nach dem anschließenden rätselhaften Verschwinden als Unterschlupf benutzt.
Die Elternschaft und die Unterlaugenthaler Bürgerschaft verlangen eine Aufklärung des Falls. Wir meinen, der Schulbeginn sei eine gute Gelegenheit, die Schulverhältnisse in Unterlaugenthal zu überprüfen.
Und hier das Foto des geheimnisvollen Schülers im Kreise der Mitschüler und -schülerinnen seiner Klasse.

Heldentat eines Hundes. Als der beherzte Hund merkte, daß sein Herrchen, ein gewisser A. R., weitere drei Liter Wodka einkaufte, stürzte er sich auf die Flaschen und trank ihren Inhalt blitzschnell bis zur Neige aus, womit er seinen Herrn vor der unweigerlichen Vergiftung rettete. Der Zustand des Heldenhundes ist besorgniserregend.

Denkmalschutz. Historische Bauten unseres Landes genießen Schutz und werden konserviert. Hier ein Regenschirm, auf die Ruinen einer denkmalgeschützten orthodoxen Kirche montiert.

Von der Front des Fortschritts. Wie die Korrespondenten aus der Siedlung Romhausen, Dorf Schnippchen, Gemeinde Tannenberglein, berichten – fand dort der erste Striptease des Landkreises statt. Anfangs stießen die Veranstalter auf große Schwierigkeiten. Der Einfluß der kirchlichen Kreise sowie die Engpässe in der Versorgung durch die örtliche HO (nichts als Grobgewebe) führten dazu, daß keines der heimischen Mädchen diese Initiative unterstützen wollte. Die einschlägige Fachkraft aus der Kreisstadt, auf die zurückgegriffen wurde, stellte harte Bedingungen: Honorar und Rückerstattung der Reisekosten sowie Diäten. Die örtliche Abordnung, die mit einem Vorschuß in die Kreisstadt reiste, verbrauchte diesen an Ort und Stelle; die Gemeinde hatte keinen Ausgleichskredit im Etat. Schließlich zog sich der Vorsitzende des Gemeindenationalrats persönlich aus, nachdem er feierlich versichert hatte, seine Füße gewaschen zu haben. Ein schönes Beispiel für die Erfüllung der Forderungen des Fortschritts auf ökonomische Art.

Bedeutungsvolle Entdeckung. Nach längeren Untersuchungen stellten polnische Forscher fest, wo der Hund begraben liegt. Eine Sonderkommission ist unterwegs, um die Stelle zu besichtigen.

Sprechende Tiere. Aus dem Makedonischen Freigrund wird über ein ungewöhnliches Vorkommnis, das gestern stattgefunden hat, berichtet. Das örtliche Pferd sagte etwas, als man es vor den Pflug spannte, zur vorübergehenden Kuh, die ihm darauf geantwortet haben soll. Das Gespräch dauerte angeblich einige Minuten in herzlicher und freundschaftlicher Atmosphäre. Der Inhalt des Gesprächs ist nicht bekannt, da die Pressevertreter nicht zugelassen waren. Im Schlußwort teilte das Pferd den Versammelten mit, daß es dieses Gespräch bereits zu Weihnachten vergangenen Jahres nach altem Brauch hat führen wollen, wenn die Tiere in der Weihnachtsnacht mit menschlicher Stimme zu reden beginnen. Es habe jedoch damals seine Hemmungen nicht überwinden und seinen Entschluß erst drei Monate später fassen können.

Kleinanzeigen. Bin auf Wunsch auf der Stelle sternhagelblau – gegen Unkostenerstattung.

Tausche alles – gegen die heilige Ruhe. Sł. Mrożek.

Der Küchenchef empfiehlt heute: Zwerglein auf japanisch – gesundes und schmackhaftes Vorgericht für Menschenfresser-Feinschmecker.

Gefahr der Überschwemmung. Bei Verwirrau hat sich auf der Weichsel ein gefährlicher Staudamm aus den dort aufgetürmten Hexen, Atheisten und anderen gebildet, die das Volk vom linken und rechten Ufer der diversen Zuflüsse ins Wasser geworfen hatte. An die Gefahrenstelle rückte ein Zug Pioniere mit einem Kaplan aus. Lehrer, Organisationen, Volksbildungsinstrukteure sind aufgerufen, über die Schädlichkeit dieser alten Methode zur Bekämpfung des Aberglaubens Aufklärungsarbeit zu leisten und angebrachtere Maßnahmen, z. B. der Trockenbeseitigung rückständiger Menschen, zu propagieren.

Energisches Dementi. Zuständige dänische Kreise protestieren energisch gegen die verantwortungslose Unterstellung von W. Shakespeare, es sei etwas »faul im Staate Dänemark«. Die dänische Regierung widerspricht kategorisch dieser Verunglimpfung und bewertet die Tätigkeit W. Shakespeares als verleumderisch und beleidigend. »Wenn etwas faul ist«, lesen wir im Kommentar der dänischen Presse, »dann höchstens Herr Shakespeare selbst.«

Glückloser Unternehmer. Ein gewisser T. M. starb nach dem Genuß von 30 kg Kartoffeln innerhalb dreier Tage im Delirium. Die Sektion ergab, daß M. eine komplett eingerichtete, gut funktionierende Schnapsbrennerei im Bauch hatte. Seit längerer Zeit aß M. ausschließlich Kartoffeln – dazu Hering à la japonaise.

Gebot der Menschenerziehung. Der Rat für Moralische Erneuerung hat einen Plan ausgearbeitet, wonach dem Unwesen des Rowdytums Einhalt geboten und auf die allgemeine Milderung der Sitten Einfluß genommen werden soll. Der Rat hat einen Appell an die Halbstarken gerichtet, statt die Passanten zu verprügeln – in dem nächstliegenden Jugendklub eine Partie Schach zu spielen. Den Passanten in diesem gleichberechtigten ritterlichen Kampf, den ein Schachspiel darstellt, zu besiegen, entfaltet und kräftigt den Geist beider Seiten und ist geeignet, die guten Charaktereigenschaften, die in jedem Menschen schlummern, zu fördern.

Weitere Demokratisierung. In Hochmutsweiler ging der Schönheitswettbewerb zu Ende, bei dem die diesjährige Miss Hochmutsweiler gewählt worden ist. Die Jury bildeten die Mitglieder des Hochmutsweilerschen Nationalrats. Zur Miss Hochmutsweiler wurde einstimmig die Tochter des Vorsitzenden des Nationalrats gewählt. Das Foto der Siegerin der Misswahl veröffentlichen wir nebenan.

Klerikalisierung der Astronomie. Wie unser im Schrank versteckter Berichterstatter mitteilt – wird zwischen der Kirche und der Akademie der Wissenschaften eine Übereinkunft vorbereitet, kraft deren die interplanetare Entfernung nicht wie bisher nach Lichtjahren, sondern nach Engelgrußjahren berechnet wird.

Gelungener Empfang. Um hinter den Errungenschaften der Kulturarbeit des Kultusministeriums nicht nachzuhinken, gab der Chefredakteur des »Fortschrittlers« ein Essen zu Ehren von dessen Chefredakteur. An dem Festessen nahm außerdem der Vertreter des Berufsverbandes des Vereinigten Gastronomischen Gewerbes – als Kellner teil.

Gerichtschronik. Dem Kreisgericht wurde ein gewisser Y. vorgeführt, der während der Besatzung als notorischer Petzer unentwegt die Gestapo denunziert hatte.

Sollten sich etwa die Zeiten von Masław wiederholen? Beunruhigende Nachrichten kommen aus dem Innern des Landes. Das Heidentum – wie es schien, noch zu Beginn des laufenden Jahrtausends endgültig ausgerottet – erhebt abermals sein Haupt. In Unterhinterwaldau haben Funktionäre des SM auf dem Anwesen der Antonia B. eine Statue des Götzen Światowid entdeckt. In Rumpfhausen, dem Sitz des Nationalrats, fiel aus der Aktentasche des dortigen stellvertretenden Ratsvorsitzenden in dem Augenblick, als er das zweite Frühstück aus der Tasche holte, eine Statuette des Götzen Swarożyc. In Brummsdorf-Unterwaldau wurde eine Personengruppe festgenommen, die unter dem Vorwand, hartgesottene Eier zu essen und sich sonnen zu wollen, in Richtung eines Eichenhains ging, der den Behörden vertraulich als geheiligt bekannt war. Laut nicht erwiesener Gerüchte sollen auch Menschenopfer dem Großen Popoa, dem Gott der Geschichte, dargebracht werden.

Sollten sich etwa die Zeiten von Masław wiederholen, der vor Jahrhunderten den Aufstand der Heiden gegen die Bischöfe angezettelt hatte?

Ein großherziges Vorbild. Dem Präsidium ist eine Bittschrift unserer Oma eingegangen, in der sie vorschlägt, ihr Häuschen auf die Waagschale des Wohnungsbaus zu werfen. Für die Annahme des Antrags spricht die Tatsache, daß das Häuschen unserer Oma rascher wiederaufgebaut werden kann als irgendein anderes Gebäude. Außerdem ist diese Idee in der Bürgerschaft bereits, dank dem Lied, sehr populär: »Wir versaufen unsrer Oma ihr klein Häuschen«. Geplant ist die Gründung der Genossenschaft WUOKH (Wiederaufbau Unsrer Oma ihr klein Häuschen), die Berufung einer Reihe von standfesten Experten etc.

Verkäufe. Wir liefern Plastiktränen in verschiedenen Farben, an Trauergäste portofrei, bis an den Friedhofseingang.

Immobilien. Verkaufe meinen gelähmten Großvater. Ab sofort.

Betrüger gesucht. Seit einiger Zeit hält sich in der Stadt ein gewisser Zbigniew Herzlich auf, der sich als Freiheitskämpfer des Aufstands von 1863 ausgibt und damit bei den Bürgern großzügige Gaben erschwindelt. Wir veröffentlichen das Foto des Betrügers, der sich der heiligen Nationalgefühle mißbräuchlich bedient.

Trauriger Vorfall. Gestern früh hat sich am großen Zeiger der Rathausuhr ein Künstler erhängt.
Unter der Last des Selbstmörders schob sich der Zeiger zur

Ziffer 6 zurück – und zeigte somit die Uhrzeit um fast zwanzig Minuten später an.
Es kam zur Irreführung des zahlreich versammelten Publikums, das überzeugt war, noch Zeit zu haben, den Vorfall bis zur Ankunft der Feuerwehr zu beobachten. Das führte in den Ämtern und Betrieben zu zahlreichen Verspätungen.

Die Versorgung mit Gebrauchsgütern steigt. Gestern hat in der Gemeinde Regenbogen Jan Gaffer im Zustand der Trunkenheit mit Hilfe eines Fleischwolfs Wojciech Zugaffer erschlagen, der ebenfalls unter Alkoholeinfluß stand. Vermerkt sei, daß die Versorgung unserer Verkaufsorganisation mit Erzeugnissen der Leichtindustrie ständig wächst. Noch vor zwei Jahren wäre ein Totschlag mittels eines Fleischwolfs in vielen Gebieten unseres Landes undenkbar gewesen.

Inlandsnachrichten. Ein lüsterner Greis. Ein interessanter Vorfall ereignete sich unlängst in der Ortschaft Blödhausen. Bürger G., ein emeritierter Lateinlehrer, warb seit langem um die Gunst von Fräulein M., der Tochter seiner Vermieterin. Das Fräulein wies jedoch, mit Rücksicht auf das Alter und das unangenehme Äußere des Bewerbers, seine Liebeswerbung standhaft zurück. Hingerissen vom unbändigen Trieb der Vergewaltigung, brach der Professor in die Kammer der M. während der Vesperandacht ein, die Abwesenheit der Mutter nutzend, und versuchte, in der Verkleidung eines Schwans das bekannte mythologische Motiv von Ledas Verführung durch Jupiter zu wiederholen. Die Untersuchung bei verschlossener Tür dauert an.

Junge Erfinder. Eine interessante Einrichtung – die, vorausgesetzt, sie findet Verbreitung, sich entscheidend auf die Intensivierung des häuslichen und familiären Lebens in unserem Land auswirken wird – hat Bürger P. entworfen. Er hat nämlich eine Art Zeitbombe gebastelt, die mit der Genauigkeit einer Sekunde explodiert, je nach Einstellung des Zeigers auf dem Zifferblatt, der an eine Ladung Trotyl angeschlossen ist. (Das Ganze, in ästhetischer Verpackung oder sogar in Form einer allegorischen Figur oder als sonstiges Zierstück, könnte auf der Anrichte aufgestellt werden, womit die Wohnung ein zusätzliches dekoratives Element gewinnen würde.) Beim Verlassen der Wohnung stellen wir den Mechanismus zum Beispiel auf 22,30 Uhr ein. Die Angst vor der Explosion zwingt uns, die Geselligkeit rechtzeitig zu verlassen, bewahrt vor dem Hockenbleiben, sichert ein frühes Zubettgehen, gebührende Bettruhe und Kraft für die Arbeit. Nach der Rückkehr in die Wohnung schalten wir seelenruhig den Mechanismus aus und legen uns schlafen oder, je nach Belieben und Interesse, lesen noch eine Weile.

Verkäufe. Defektes Motorrad, altes Modell, Kupplung unbrauchbar, Karosserie aus Weidenholz, sehr teuer zu verkaufen. Angebote unter »Ehrlich«.

Wer soll das bezahlen? Das tägliche Erscheinen des Morgenrots in Polen legt die Frage nahe, wem eine so kolossale Veranstaltung rein repräsentativen Charakters eigentlich nützt. Wir fragen: Was kostet das, und wer soll das bezahlen?

Wir auch. Im Zusammenhang mit der erstmaligen Einführung der elektrischen Straßenbeheizung in England, in Hammondsworth, haben bei uns einige gelungene Versuche, unsere Straßen auf ähnliche Weise mit Hilfe der vorhandenen Landesmittel zu beheizen, stattgefunden. Auf dem Foto: Hochkalorisierte Stra-

ßenwärter, vor den Hauseingängen installiert, behauchen bei Kälteeinbrüchen in den Spitzenzeiten die Fahrbahn.

Sportnachrichten. Während des Fallschirmspringerwettbewerbs erreichte Staszek Zwiemann ein hervorragendes Ergebnis im Zielspringen; er sprang in Socken aus der Höhe von 2000 Metern direkt in die Halbschuhe, deren Standort nur mit Fähnchen gekennzeichnet war. Die Weltföderation weigerte sich jedoch, das Ergebnis anzuerkennen, und zwar mit der Begründung, die Halbschuhe seien eine Nummer größer als die, welche Staszek normalerweise trägt. Den Rekord hält der Amerikaner Tight Drawers, der aus der Höhe von 3500 Metern barfuß in die Socken sprang.
Während dieser Wettkämpfe schlug Sepp Gräschen mehrfach den Weltrekord im Sprung Mit-Verspätet-Geöffnetem-Fallschirm. Die Beisetzung Sepp Gräschens findet übermorgen auf Kosten des Bundes der Soldatenfreunde statt.

Vom Tage. Ärgerniserregender Vorfall in der Gaststätte »Zum Volk«. Unlängst fand in der Gaststätte »Zum Volk« ein Streit infolge der übermäßigen Belesenheit des Wirtshauspersonals in klassischer Dramaturgie statt. Ein gewisser P. händigte nach dem Verzehr des Mittagessens dem Kellner einen Hundertzłotyschein aus und verlangte den ihm zustehenden Restbetrag. Doch der Kellner steckte den Schein schweigend in die Tasche und reagierte nicht auf die anschließende Reklamation. Der von den herbeigerufenen Funktionären verhörte Kellner führte zu seiner Rechtfertigung die Worte des großen Shakespeare an: »Der Rest ist Schweigen.«

Helfen wir den Selbstmördern aus der Provinz. Ein trauriger Zwischenfall ereignete sich im Laßtunsallefröhlichseinstädtchen. Der 23jährige K. – entschlossen, sich aus grundsätzlichen Erwägungen das Leben zu nehmen – begab sich zum höchsten Gebäude seines Heimatstädtchens (ein Steinhäuschen am Markt, das dem Apotheker Z. gehört und im Augenblick keiner Wohnungsbewirtschaftung unterliegt) und stürzte sich auf die Straße. Leider erwies sich die Höhe von anderthalb Stockwerken (das halbe Stockwerk war seinerzeit durch Staatserlaß im Rahmen des Sechsjahresplans angebaut worden) – als ungenügend. Der Unglückliche mußte sich zweimal vom Boden erheben und torkelnd die Treppe hinaufschleppen. Erst nach dem dritten Sprung gelang es ihm, sein Ziel zu erreichen, und zwar lediglich deshalb, weil er diesmal auf den Kopf eines Passanten aufschlug.

Es stellt sich die Frage, was die Einwohner jener Ortschaften tun sollen, bei denen das höchste Haus die Höhe eines Stockwerks nicht überschreitet? Denken wir daran, daß nicht jeder sich eine Fahrkarte nach Warschau leisten kann, und der Sprung vom sechzehnten Stock des Kulturpalastes wird für viele von uns noch lange Zeit Luxus bleiben.

Aus dem Ausland. Exzesse. Die rassistische Hysterie kennt keine Grenzen und führt zur Entartung. In der Ortschaft Quiville, in den Südstaaten, überfiel eine Gruppe der örtlichen Ku-Klux-Klanisten ein Warenhaus und lynchte den ganzen Vorrat an schwarzer Schuhcreme. Auf unserem Bild: die Angreifer bei der Mißhandlung der schwarzen Schächtelchen mit der »Kiwi«-Paste.

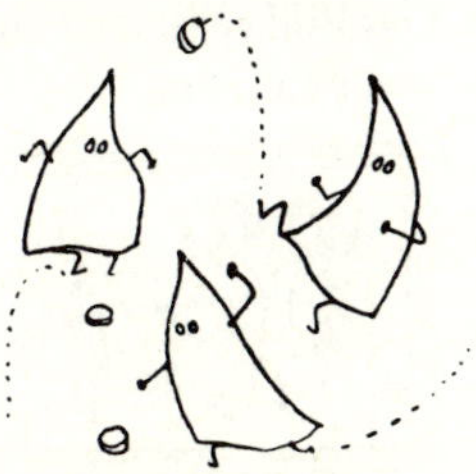

Vom Tage. Warnung! Ein gefährliches Ereignis hat unlängst stattgefunden. Im Haus der Herrschaft Z. stellte sich während des Reinemachens heraus, daß unter dem Sofa ein riesiger Wolf-Einzelgänger hauste. Wahrscheinlich hatte er sich dort im vergangenen Winter versteckt, als die Wölfe infolge heftiger Kälteeinbrüche die Nähe der Menschensiedlungen suchten. Zum Glück war das wilde Fahltier derart erschöpft, daß der zur Hilfe gerufene Kassierer des Städtischen Elektrizitätswerks es ohne Mühe überwältigen konnte. Man sollte dennoch künftig größeres Reinemachen nur im Beisein eines erfahrenen Jägers durchführen.

Von der technischen Front. Eine polnische elektrische Melkmaschine. Eine interessante Erfindung hat soeben ein junger Erfinder, unser Landsmann E. Elf, patentieren lassen. Die Melkmaschine wird (siehe Foto) an eine gewöhnliche Stromquelle angeschlossen. Der Strom, der die Melkerin durchfließt – schüttelt, aber tötet sie nicht. Die polnische elektrische Melkmaschine unterscheidet sich von allen im Westen verbreiteten Apparaten dieser Art entschieden.

Kino-Panorama. Wenige kennen bei uns das Prinzip des Panoramakinos. Die einfache Erklärung, die wir heute veröffentlichen, haben wir Ingenieur Graupe zu verdanken. Hier, auf dem ersten Foto, sehen Sie eine einfache Leinwand alten Typus. Das Bild zeigt die Familie, bestehend aus Vater, Mutter und zwei Kindern.

Und hier dasselbe Bild, projiziert auf die Panoramaleinwand (eine breite Leinwand neuen Typus). Außer dem Vater, der Mutter und den beiden Kindern sehen wir zwei Großväter, eine Großmutter, weitere zwei Kinder, das Dienstmädchen, den Briefträger und den Hund.

Lokalnachrichten. Entschiedene Kampfansage. In unserem Landkreis wurde dem Dünkel und dem Aberglauben scharfer Kampf angesagt. Eine Sonderkommission zur Bekämpfung der Hexerei und von Praktiken, denen eine unwissenschaftliche Lebenseinstellung zugrunde liegt, ist ins Leben gerufen worden. Unser Bild zeigt die Vorsitzende der neuen Kommission.

Klassenbewußtsein in der Aerodynamik. Die letzten Forschungen von Oberprofessor Schwind, Unterprofessor Spiz und Konterprofessor Wajß haben eine neue, niederschmetternde Niederlage dem Objektivismus bereitet, der die Wissenschaft von der Aerodynamik zu seinen eigenen Zwecken als letzte Schützengräben der heiligen Dreieinigkeit mißbrauchen wollte. Der Oberprofessor Schwind, assistiert von den anderen obengenannten, bewies, daß in der Aerodynamik, wie überall, eine Klassenteilung besteht. Am meisten aerodynamisch nämlich ist der Arbeiter, nach ihm der Bauer und dann erst der Intellektuelle (denn eine

Brille hemmt die Geschwindigkeit erheblich und verursacht Luftreibungsverluste). Ein Grundbesitzer ist überhaupt nicht stromlinienförmig.
Es wird erwartet, daß Oberprofessor Schwind, in Anerkennung seiner Verdienste um die Aerodynamik, zum Superkonterprofessor ernannt wird.

Aus dem Ausland. Ein zeitgenössischer Drakon. Ein neues, drakonisches Gesetz hat der Gouverneur des amerikanischen Staates Potpourri erlassen. Er ordnete an, daß die Besitzer von Fotogeschäften die Negative aller Aufnahmen, die von Negern gemacht worden sind, sofort zu vernichten haben, weil die Schwarzen auf den Negativen wie Weiße aussehen.

Wir – in den Augen des Auslands. Der in unserem Land weilende Stellvertretende Vorsitzende des Panamerikanischen Bundes der Hinterzieher, Herr Henry Tiptoe, äußerte sich anerkennend über unsere Laienbewegung. – »Ich sehe hervorragende Talente«, sagte er. Bei seiner ganzen Anerkennung für unsere Massenbewegung, meinte Herr Tiptoe, verließen wir uns immer noch zu sehr auf die Spontaneität, ohne uns zu organisieren, was allerdings mit dem ungewöhnlich raschen Wachstum der Hinterzieherbewegung und ihrer Tatkraft zu erklären sei. Anschließend stellte er fest, daß unsere gewaltigen Fortschritte uns bald befähigen würden, die Länder des Westens einzuholen und zu überholen.
Befragt, welche Möglichkeiten er sehe, den Krieg zu verhindern, antwortete Herr Tiptoe, er halte die stufenweise Unterschlagung der für die Rüstung vorgesehenen Summen für das beste Mittel.
Unter anderen Delegationen weilt bei uns gegenwärtig auch eine Kaninchendelegation aus Australien.

Von unserer Redaktion. Was wissen wir von den Eskimos? Wenig, sehr wenig. Die heutige Nummer stellt sich deshalb die Aufgabe, diese Lücke zu schließen. Sie stützt sich dabei auf das uns freundlicherweise von der Gesellschaft für Polnisch-Eskimoische Freundschaft zur Verfügung gestellte Material.

Weiterer Fortschritt der eskimoischen Industrie. Die eskimoische Industrie ist im Augenblick dabei, die Produktion von Flugzeugen aus Schnee, die auf den besten nationalen Traditionen basieren und mit dem Rohstoff des Landes auskommen, aufzunehmen.

Neue Modelle. Erschienen sind bereits neue Schlittenmodelle mit einer technisch bedeutenden Verbesserung. Auf dem Bild: das Modell eines Schlittens mit Rückwärtsgang.

Gäste in Polen. In Polen hält sich eine Eskimo-Delegation auf. Die Gäste reisen in einem Spezialkühlwaggon und wohnen in den Kühlräumen des Hotels Bristol.

Aus dem Gerichtssaal. Vor dem Polaren Kreisgericht hatte sich S. Dbdtal wegen seines Versuchs zu verantworten, einen minderjährigen Walfisch sexuell zu mißbrauchen. Leider ist dies unter den Eskimos ein weitverbreitetes Triebdelikt; davor warnen sowohl das Gesetz als auch die eskimoischen Beichtväter eingehend.

Vor dem Polaren Kreisgericht fand ein Scheidungsprozeß statt, in dem K. Sglum die Annullierung seiner Ehe mit einem gewissen Gmfallar beantragt hatte. Der Kläger stellte erst nach zwei Jahren fest, daß er die Ehe mit einem Individuum männlichen Geschlechts eingegangen war. Ein Fall, der infolge der sehr niedrigen Temperatur und der Üppigkeit der handelsüblichen Kleidung öfter vorkommt.

Vom Tage. Der Frühling naht. Vor den Iglos sprießen die ersten Krokusse aus dem Schnee.

Anzeigen. Turnhemdchen aus Robbenfell empfiehlt – das Staatliche Sporthaus.

Tausche einen neuen Pinguin gegen zwei Seehunde in tadellosem Zustand.

Wirtschaftsteil. Weitere Errungenschaften. In letzter Zeit sind wir Zeugen eines ungewöhnlichen Aufschwungs des polnischen Erfindungsgeistes. In Bälde wird das Polnische Alkohol-Monopol eine neue Schnapsart auf den Markt bringen, den sogenannten »Ovomaltinbrand«.
Diese Produktion ist eine deutliche Antwort auf die sich häufenden Klagen der Konsumenten über den Mangel an einem Spezialschnaps für Kinder. Nun werden Eltern, die ihre Kinder mit Schnaps beschwichtigen, dies leichter tun können, und das Nationaleinkommen wird andererseits erheblich wachsen.

Aus dem Ausland. Revelation. Angeblich erwies sich einer der siamesischen Brüder als Findelkind. Das Foto der siamesischen Zwillinge bilden wir ab.

Ein Zeichen oder eine Strafe Gottes? Unlängst ereignete sich ein ungewöhnlicher Vorfall. Im Straßenbahnwagen der Linie 3 nahm ein gewisser W., entgegen der Mahnung des Schaffners, den für Körperbehinderte bestimmten Platz ein. Beim Verlassen der Straßenbahn geriet W. unter ein Auto und verlor ein Bein.

Anzeige. Torno o Sorrento? Ich komme *gern* zurück nach Sorrent.

Das Restaurant »Zum Volk« empfiehlt schmackhafte Menüs, auch Gesellschaftsessen, auf Wunsch Lieferung frei Haus. Die verehrten potentiellen Kunden werden gebeten, die gewünschten Lebensmittel mitzubringen.

Literarisches Leben. Neuausgabe der Klevertschen Werke. Der Verlag Wolk und Feld zeigt eine Neuauflage der Arbeiten des bekannten Schriftstellers und Denkers A. Klevert an, unter anderem seines fundamentalen Werkes »Die Administration als höchste Form der Selbstbefriedigung«.

Blumenriechereien. In allen größeren Städten unseres Landes werden staatliche Blumenriechereien eingerichtet. Bürger, die zu beliebiger Zeit den Wunsch verspüren, eine Rose, ein Veilchen oder auch Löwenmäulchen zu riechen, werden – sofern sie im Besitz der Adresse der Kreisblumenriecherei sind – mit Leichtigkeit ihr Verlangen stillen und das Gewünschte riechen können. Das Riechen wird kostenlos angeboten, für Jugendliche ist Ermäßigung vorgesehen.
Geplant ist auch, das Blumenriechereinetz auf die Kreise und Gemeinden auszubreiten. Infolge des Mangels an entsprechenden Räumen werden die Riechzentren – bis zur Herstellung besonderer Räume – vorerst in den örtlichen Revierräumen der Miliz eingerichtet.

Kleinanzeige. Die Staatlichen Betriebe für die Herstellung von Ramsch bieten ihre Erzeugnisse in jeder Menge an. Günstige Zahlungsbedingungen.

Schwere Folgen falschverstandener erzieherischer Parolen. Im Zusammenhang mit der Parole »Erledige deine Sache und verabschiede dich«, die vor unseren Ämtern vielfach ausgehängt war – spielen sich in den Büros erschütternde Abschiedsszenen zwischen den Interessenten und den Beamten ab. Zuweilen kommt es vor, daß der Interessent mehrmals an der Tür kehrtmacht, um zum letzten Mal dem Beamten in die Arme zu fallen. Weinen, Schluchzen und das altpolnische »Tschüs« erschüttern weit und breit die Gemäuer der Ämter.

Aus aller Welt. Pazifischer Ozean. Auf einer der Osterinseln sollte eine Protestversammlung der Schildkröten gegen die Schildkrötensuppe stattfinden.
Die Versammlung hat noch nicht begonnen, weil die Eröffnung zu kurzfristig anberaumt war. Die Delegierten sind unterwegs. Zu gleicher Zeit hat sich eine bestimmte Splittergruppe von Schildkröten scharf von den Initiatoren der Versammlung distanziert.

Löbliche Initiative. Die Jugendlichen von Stunkhausen möchten einen Filmklub gründen. Einen Fotoapparat und drei Liter Wodka besitzen sie bereits.

Vom Tage. Die intensiven Arbeiten an der Fahrbahn in der arg lädierten Langenstraße dauern an.

Lokalnachrichten. Beunruhigende Anzeichen. Es häufen sich asoziale Tendenzen, Flucht vor der Wirklichkeit, mit einem Wort: Eskapismus, Egoismus – Erscheinungen, die jedes gesund denkende Glied der Gemeinschaft beunruhigen müssen. Unlängst haben Pfadfinder während ihrer Freiluftübungen zufällig eine erschütternde Entdeckung gemacht. Sie entdeckten beim Einschlagen des Nagels in einen Baum, daß der vermeintliche Baum ein gewisser Josef Leinkitt (31) war, der unter dem Einfluß der personalistischen Theorien des Westens aus allen gesellschaftlichen Organisationen austrat, danach in den Wald flüchtete und dort einen Baum vorzutäuschen begann. Von der Kraft seines Hasses gegen das Kollektiv zeugt die Tatsache, daß es Leinkitt gelungen ist, Blätter zu treiben und zu grünen. Leinkitt wurde Erste Hilfe gewährt, er wurde in die Stadt gefahren und beim Meldebüro registriert.

Internationale Spannung. Wie uns berichtet wird, ereignete sich am Bahnhof in K. ein Vorfall mit tragischen Folgen, der zu einer ernsthaften internationalen Spannung führte. Als der Staatsbesuch mit dem Thronfolger an der Spitze auf seiner Rast das Speiserestaurant des Staatsbahnhofs in K. aufsuchte, um eine Stärkung zu sich zu nehmen – explodierte der Spirituskocher, auf dem die Ehefrau des Bahnhofsvorstehers das Teewasser kochte, und traf den Thronfolger ins Ohr.

So geht es nicht. Bei einer Sanitätsinspektion in den Betrieben für Kollektive Speisung stellte sich heraus, daß noch nicht alle Einrichtungen dieser Art ihren Beitrag zum Vormarsch auf dem Gebiet der Hygiene geleistet haben. So wurden in den Betrieben für Kollektive Speisung »Den Helden des 12. Juni« auf den Bratpfannen Bakterien in der Größe einer Männerfaust gefunden und in der Milchbar »Den Opfern des 4. März« – Bakterien in der Größe eines

Kinderkopfes. Dergleichen muß entlarvt und bekämpft werden.

Wie erschrecke ich mein Kind? Heute wollen wir Eltern und Erziehern helfen, die ihre Pflicht gern erfüllen möchten, aber aufgrund verschiedener Umstände (Mangel an entsprechenden Phosphormengen im Hirn, Unbelesenheit) nicht genügend Phantasie besitzen, um ihre Kinder gehörig zu erschrecken. Wenn auch die gewöhnlichen Hexen und Schornsteinfeger immer noch äußerst zuverlässig sind, ist es angebracht, ab und zu das Kind mit etwas Zeitgemäßem zu schocken. Deshalb veröffentlichen wir – in der Sorge um den einschlägigen Nachwuchs an Neurasthenikern, deren dünne Reihen noch immer hinter dem festen Stamm von Alkoholikern, erblich belasteten Kretins und Verbrechern zurückbleiben – unsere Kinder-Schreck-Ratgeber-Illustrierte. Gott vergeb's!

1. Blutegelchen im Grießbrei: Das Breichen koche man normal und reiche es dem Kind warm. Danach führe man das Gespräch geschickt auf das Thema der Blutegel, erkläre ihren Lebenswandel und ihre Sitten und gebe zu verstehen, daß ein paar Exemplare davon dem soeben vom Kind konsumierten Brei beilagen.

2. Totenschädelchen: Einen Menschenschädel aus Guttapercha, eingekauft im Schulvereinsladen, lege man unter das Kopfkissen des Kleinen. Sollte das Kind danach fragen – kategorisch behaupten, der Totenschädel sei echt.

3. Mit Thermatomkernchen, dem älteren Brüderchen u. ä., schrecke man nur Kinder, die sich für Politik interessieren oder Geschwister haben. Unten: Universelles Schreckgespenst.

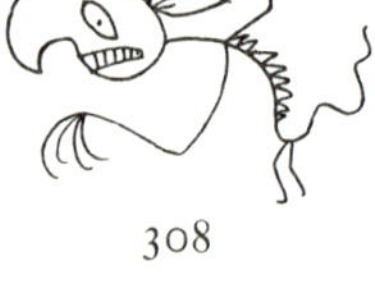

Ergebnisse des Wettbewerbs. Der ausgeschriebene Wettbewerb, Musik und Text für eine Hymne der Privatinitiativisten zu finden, ist abgeschlossen. Der erste Preis wurde einstimmig dem alten Volkslied zugesprochen:
Hätt' ich dies Brücklein selbst gepachtet,
hätt' ich selbst auch auf sein Heil geachtet.
Die Auszeichnung ist mit einem sechsmonatigen kostenlosen Aufenthalt im Arbeitslager verbunden.

Circenses. Eine neue Art der Unterhaltung wird uns aus dem lustigen Städtchen Kittelhausen gemeldet. Wer eine Attraktion sucht, zahlt ein bestimmtes Eintrittsgeld und zwängt sich durch eine Art Galerie in einen Raum, in dem sich eine spanische Wand mit einer runden Öffnung von ungefähr 1 Meter 30 Zentimeter, vom Boden gerechnet, befindet. Die Vergnügungslustigen treten der Reihe nach an die Öffnung und stecken ihre Hand in dieselbige, wobei der Besitzer des Unternehmens, der an der anderen Seite der spanischen Wand sitzt – ihre Hand mit Dankbarkeit schüttelt, worauf der Platz vor der Öffnung dem nächsten Spielgenossen zügig geräumt wird. Erwähnt seien außerdem die nackten Frauen und das Karussell.

Seltenes Jubiläum. Eine Henne, Eigentum des Landwirts Jan Worczyk, hat ein Ei gelegt. Es ist das 25-milliardste Ei, das eine Henne überhaupt seit dem Aufkommen der Hennen gelegt hat.

Profil der Woche.

Aufruf an die Bevölkerung. In Kürze findet eine Straßensammlung für den interplanetaren Reiseverkehr statt. Wir sind überzeugt, daß auch diesmal der Appell an den Opfersinn der Bevölkerung, wegen des hohen Zwecks – nicht ohne Antwort bleibt.

Aus Wissenschaft und Forschung. Ein mehrbändiges Werk des progressiven Gelehrten Prof. François de Mieux ist erschienen, in dem weitere Prinzipien der sozial-philosophischen Schule, des Meliorismus (Besserismus), genannt und erläutert werden. Prof. François beweist in dieser Arbeit, daß der Meliorismus allem anderen überlegen ist.

Das Angebot an Schul- und Bürobedarf wird breiter gefächert. Eine Expertengruppe hat eine neue Qualität von symbolischem Papier, das sogenannte Gitterpapier, erarbeitet. Ein Muster davon zeigt unser Bild nebenan.

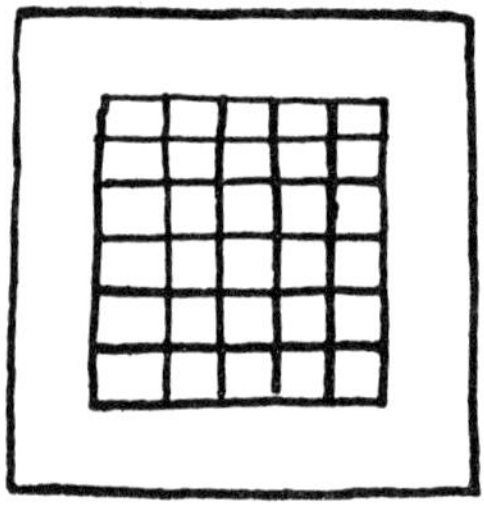

Angebote. Ich werde es euch schon zeigen! – Freimarktplatz im Hauseingang. Täglich von 18.00 bis 23.00 Uhr.

Für weiteren Fortschritt. Eine wirkungsvolle, durchaus humane Art der Ungezieferbekämpfung haben Mitglieder der Genossenschaft »Der Kampf« erprobt. Miniaturhäuschen aus Plastik oder anderem Material werden an Stellen angebracht, die vom Ungeziefer besonders heimgesucht werden. Insekten, die ihr bisheriges unbequemes Leben in

Ritzen und Spalten satt haben, lassen sich leicht in die gemütlichen und ästhetischen Häuschen-Fallen locken. Dann sammelt man die Häuschen-Fallen ein und trägt sie zum Beispiel in den Wald und entläßt die kleinen Schädlinge in die Freiheit. Das ungewohnte Milieu, die gänzlich fremde Umgebung, extrem anders als der warme Winkel in der Küche (Kakerlaken) oder im samtigen Sofa (Wanzen), ist für die Tierchen Strafe genug. Abgesehen davon, mache jeder, was er für richtig hält.

Indien erwacht. In Indien wurde ein Verband der Arbeitenden Elefanten gegründet. Der Verband hat sich zum Ziel gesetzt, für die Rechte der in Industrie, Handel und Kommunikation arbeitenden Elefanten zu kämpfen. Zum Sekretär wurde Hrru-Pha, genannt der Graue Rüssel, gewählt.

Kleinanzeigen. Suchen ab sofort einen Kurzsichtigen. Bedingungen je nach Absprache.

Ob Gott existiert? – Anfragen beantworte ich sachgerecht. PS-O/3.

Erzähle gegen geringe Aufwandsentschädigung, wie das beim Aufstand in Olszynka Grochowska 1831 wirklich war, und auch bei Wien 1684. (Daten ohne Gewähr.) Für Schulen und Mitglieder der Akademie der Wissenschaften – ermäßigte Preise. Anmeldung unter »Veteran«.

»Wo die Ostseewellen rauschen«. Eine moderne Nachricht von unserer Ostsee. In diesen Tagen warf das Meer in der Nähe von Orłowo eine leere Halbliterflasche ans Ufer, ohne Etikett, das sich wahrscheinlich infolge der Einwirkung des Meerwassers gelöst hatte. Es wird vermutet, daß ein Mensch eines noch nicht ermittelten Namens (wahr-

scheinlich ein Mann) – nach dem Ausleeren der Flasche (wahrscheinlich durch Leertrinken) sich anschließend ihrer entledigte – indem er sie ins Meer warf.

Erste Nachricht über Käptn Wilim. Ein unbekannter Täter brach nachts in den Laden »Delikatessen« ein, aß an Ort und Stelle einige Gramm Erdbeermarmelade und verließ, entmutigt, das Lokal. Im Laden fand man einen Reitstiefel mit Spore und auf der Theke, eingebrannt, das Zeichen W. Es wird vermutet, daß der geheimnisvolle Käptn W. wieder im Land ist.

Jedem seine Keule. Das Keulen-Kombinat befindet sich in seiner letzten Aufbauphase. Der riesige moderne Industriebetrieb wird Keulen produzieren, sowohl eichene, feuersteinbesetzte als auch leichtere aus Espe oder Kunststoff. Es gilt, den Keulenbedarf landesweit zu befriedigen.

Die Stimme der Mathematik. Ein amerikanischer Gelehrter französischer Herkunft gab seine Forschungsergebnisse bekannt: Gemäß der tiefen Überzeugung eines jeden der vier Milliarden Bewohner unserer Erde – sind zwei Milliarden vierhundert Millionen neunhundertneunundneunzigtausendneunhundertneunundneunzig Bewohner – völlig überflüssig.

Energische Schritte. Der Stadtrat beschloß abermals, gegen gewissenlose Hausmeister, die weder das Eis noch den Schnee von den Gehwegen räumen, energische Schritte einzuleiten. Bei der Aktion werden Panzer- und Artillerieeinheiten eingesetzt.

Schule und Erziehung. Das Wort hat heute Onkel Wauwau. Liebe Kinder! Hurtig tummelten sich die sieben Zwerge beim herbstlichen Reinemachen. Langnäschen pflückte die

Eicheln vom Eichenbaum, Pausbäckchen arbeitete in den Ebereschen. Bäuchlein umkleidete die Feldröschen mit Moos, damit sie im Winter nicht frieren, und Wadenbeinchen sang den Fröschlein zum Einschlafen das »Bajo-Bongo«-Liedchen, um sie schneller in das hivernalische Nickerchen zu befördern.
Liebe Kinder! Wenn ihr die weiteren Abenteuer von Langnäschen, Wadenbeinchen, Bäuchlein und Pausbäckchen erfahren wollt, die nun wegen des Mankos bei den Ebereschen, Eicheln, Fröschen und Röschen verhaftet wurden – schickt eurem Onkel, soviel ihr könnt, ohne es euren Eltern zu sagen, und Onkelchen will versuchen, die Sache vor Gericht irgendwie in Ordnung zu bringen. Auf Wiedersehen, liebe Kinder! *Euer Onkel Wauwau.*

Unfallchronik. Ein gewisser J. P., Bürger von Stunkhausen, hauchte nach dem Verlassen des Ratskellers unvorsichtigerweise gegen die unweit gelegene Scheune und setzte sie damit sofort in Brand. Trotz des Blitzeinsatzes der örtlichen Feuerwehr brannte die Scheune restlos ab.

J. Aal. In der Tiefe. Fortsetzungsroman. Eine marinistische Epopöe. Im Seegras weideten eine Seekuh und ein Seepferdchen. Bewacht hat sie ein Seehund, da in der Nähe ein Seewolf auf der Lauer lag, sogar ein Seelöwe. Im Gras aalte sich eine Seeschlange und tollten Seeigel, mit Seenadeln gespickt. Das Seeschwein war vorübergehend abwesend.
Plötzlich verschluckte sich die Seekuh.
»Was ist los?« fragte das Seepferdchen.
»Das Gras ist voller Seemuscheln«, antwortete die Seekuh.
Die Polypen betasteten sich mißtrauisch. Ende.

Wesentliche Erleichterungen. Das Polnische Alkohol-Monopol beabsichtigt, eine Innovation in sein Vertriebswesen einzuführen. Die Austräger werden ab sofort den Schnaps direkt an die Haushalte liefern, und zwar in den Morgenstunden, wie das in alter Zeit mit der Milch der Fall gewesen war. Also werden wir bereits um sechs Uhr morgens vor der Tür unsere Viertele oder Halben finden können. Überflüssig hinzuzufügen, welche Bequemlichkeiten das mit sich bringen wird. Der ermüdende Gang in die Kneipe entfällt, ebenso der Ärger mit den zu späten Öffnungszeiten der Monopolläden usw.

Aus dem Ausland. Menschenfresserverschwörung. Auf den Karibischen Inseln wurde eine politisch-gastronomische Verschwörung aufgedeckt. Es handelt sich um ein Häuflein von Menschenfressern, von denen sich der Rest der ehrlichen Bürgerschaft bereits dezidiert und scharf distanziert hat. Die Voruntersuchung brachte zutage, daß die geheime Speisekarte der verschworenen Menschenfresser folgende Vorschläge enthielt:
Staatsoberhaupt auf Reis.
Der Arm der Gerechtigkeit auf Wildjägerart – mit Makkaroni.
Königliche Augen und Ohren – à la fourchette.

ANHANG

Brudziński, Wiesław, geboren 1920 in Lodz, 1938 Abitur, im Krieg Bürogehilfe, 1944 bis Kriegsende im Arbeitslager; seit 1945 Mitarbeiter der führenden satirischen Zeitschrift Polens »Szpilki« (Nadelstiche), deren stellvertretender Schriftleiter er heute ist. Er veröffentlichte mehrere Bücher mit Humoresken, Satiren und Epigrammen, darunter drei Bände mit Aphorismen: »Zmyślenia« (Erdachtes) 1964, »Nowe Zmyślenia« (Neu Erdachtes) 1967 und »Zmyślenia III« (Erdachtes III) 1970, mit je 400 Sentenzen. In deutscher Sprache erschien eine Auswahl seiner Aphorismen unter dem Titel »Katzenjammer« in der edition suhrkamp 162, Frankfurt am Main 1966-1967 in drei Auflagen, und »Die rote Katz« in der Bibliothek Suhrkamp 266, Frankfurt am Main 1970/1980 in zwei Auflagen. Unsere Auswahl stützt sich auf diese beiden Ausgaben. © Suhrkamp Verlag Frankfurt am Main 1966 und 1970.
Die Zeichnungen stammen von Janusz Bruchnalski.

Brzozowski, Stanisław (eigentlich Leopold Stanisław, Pseudonym Adam Czepiel), geboren 1878 in Maziarnia, Landkreis Chełm, gestorben 1911 in Florenz, wurde im ersten Jahr seiner naturwissenschaftlichen Studien 1897 von der Waschauer Universität wegen Teilnahme an linksradikalen Demonstrationen relegiert, später mehrmals verhaftet, gesundheitshalber entlassen. Berühmt machten ihn seine populärwissenschaftlichen, literaturkritischen, polemischen Schriften; vor allem gegen die romantische Tradition, gegen den Nobelpreisträger Sienkiewicz und gegen das Junge Polen. Die meisten seiner Aphorismen sind in Zeitungen und Zeitschriften sowie in den beiden Romanen »Płomienie« (Flammen) 1908 und »Sam wśród ludzi« (Allein unter Menschen) 1911 verstreut. Ihre letzte separate Ausgabe »Aforyzmy« erschien 1979 in Warschau.
Die Zeichnungen stammen von Janusz Bruchnalski.

Elzenberg, Henryk, geboren 1887 und gestorben 1967 in Warschau, Philosoph, Hochschullehrer in Krakau, Warschau,

Wilna und Thorn, von großem Einfluß auf seine Schüler, vor allem den Lyriker Zbigniew Herbert (*1924), befaßte sich vornehmlich mit Fragen der Ethik und Ästhetik. Sein im Laufe von rund fünfzig Jahren (1907-1963) geführtes Tagebuch – eine Folge von philosophisch-kulturkritischen Kurzbetrachtungen – erschien 1963 in Krakau unter dem Titel »Kłopot z istnieniem. Aforyzmy w porządku czasu« (Kummer mit dem Sein. Aphorismen in der Zeitenfolge) und gilt als wichtiges Dokument polnischen zeitkritischen Denkens. Unsere Auswahl und Übersetzung folgt dieser (einzigen) Originalausgabe. Mit freundlicher Genehmigung der Agencja Autorska, Warszawa.
Die Zeichnungen stammen von Marian Stachurski.

Irzykowski, Karol, geboren 1873 in Blaszkowa bei Pilsen, gestorben 1944 in Żyrardów, einer der bedeutendsten kritischen Köpfe in Polen zwischen den Kriegen, studierte Germanistik in Lemberg, debütierte 1894 als Lyriker, übersetzte Hebbel, verfaßte vielbeachtete literaturkritische und ästhetische Schriften, einen psychoanalytischen Roman »Pałuba« (Die Vogelscheuche) 1903, grotesk-phantastische Novellen und Aphorismen, die er »Lżejszy kaliber« (Leichteres Kaliber) nannte. Die letzte Ausgabe seiner »Aforyzmy«, die unserer Auswahl zugrunde lag, erschien 1975 in Warschau.
Die Zeichnungen stammen von Eryk Lipiński.

Lec, Stanisław Jerzy, 1909 in Lemberg geboren, 1966 in Warschau gestorben, Polens wichtigster Aphoristiker dieses Jahrhunderts, dessen »Unfrisierte Gedanken« zunächst in der Bundesrepublik, dann auch in anderen Ländern populär wurden, hatte als Lyriker debütiert, übersetzte deutsche Gedichte und Stücke (Brecht) und schrieb außer Gedichten auch Kurzprosa, satirische Epigramme u. ä. Seine Aphorismen kennzeichnen Prägnanz, Esprit und Liebenswürdigkeit; sie sind trotz aller Schärfe und Treffsicherheit menschenfreundlich. Die letzte polnische Gesamtausgabe der »Unfrisierten« erschien in Krakau 1977 unter dem Titel »Aforyzmy. Fraszki«. Unsere Auswahl basiert auf der deutschen Ausgabe: Stanisław Jerzy Lec,

Alle unfrisierten Gedanken. Herausgegeben und übersetzt von Karl Dedecius, München 1982. © Carl Hanser Verlag München und Wien.
Die Zeichnungen stammen von Szymon Kobyliński.

Mrożek, Sławomir, geboren 1930 in Borzęcin, studierte in Krakau jeweils ein Semester an der Kunstakademie Architektur und Orientalistik, debütierte als Zeichner und Autor kurzer satirischer Erzählungen, die unter dem Titel »Słoń« (Der Elefant) 1957 erschienen waren und ihn populär machten. Seit 1958 schreibt Mrożek neben kurzer Prosa vor allem Theater- und Fernsehstücke; seit 1963 lebt er im Ausland, seit 1968 in Frankreich. Seine Stücke und satirische Prosa, in viele Sprachen übersetzt, sind auch in der Bundesrepublik bekannt geworden, mit Ausnahme der Einmannzeitung »Postępowiec« (Der Fortschrittler), die 1960 als Buch in Warschau erschien und aus der unsere Auszüge stammen. Ihr Angriff gilt, wie das meiste bei Mrożek, der Infantilität und Primitivität bestimmter Lebensformen der Gegenwart, die Mrożeks Nonsens-Humor ad absurdum führt. Einige (wenige, andere) Beispiele aus der Einmannzeitung enthält die Anthologie »Polnische Pointen, Satiren und kleine Prosa«, München 1962. Mit freundlicher Genehmigung der Gustav Kiepenheuer Bühnenvertriebs-GmbH, Berlin 1984.
Die Zeichnungen stammen vom Autor.

Napierski (eigentlich Eiger), Stefan Marek, geboren 1899, umgebracht 1940 im besetzten Warschau (angeblich wurde er 1939 von den Nazis unter anderem als Übersetzer von Remarques »Im Westen nichts Neues« verhaftet), war Autor von neun Gedichtbänden, Übersetzer deutscher Lyrik und Prosa, Kritiker und Aphoristiker. Seine Aphorismen hatte er in drei Sammlungen als »Pomysły in uwagi« (Einfälle und Bemerkungen) veröffentlicht. In einem bekannten Verlag (F. Hoesick), aber auf eigene Kosten, erschien unter dem Titel »Cienie na wietrze« (Windschatten) 1928 die erste Sammlung, danach 1931 »Pusta ulica« (Die leere Straße) und 1937 »Próby« (Versuche). Unsere Auswahl folgt der Sammlung »Aforystyka

dwudziestolecia 1918-1939« (Aphoristik der zwanzig Jahre 1918-1939), herausgegeben und mit einem Vorwort versehen von Ludwik Bohdan Grzeniewski, Warschau 1976.
Die Zeichnungen stammen von Stefan Drobner.

Nowaczyński, Adolf (Neuwert), geboren 1876 in Podgórze bei Krakau, gestorben 1944 in Warschau, Dramatiker (»Fryderyk Wielki« – Friedrich der Große, 1910), Feuilletonist, einer der fruchtbarsten polemischen Autoren und gefürchtetsten Pasquillanten der Zeit um die Jahrhundertwende, vollbrachte in einigen Gattungen Meisterstücke virtuoser Sprachbeherrschung. Unter seinen rund fünfzig Buchpublikationen gibt es drei Bände mit Aphorismen (»Małpie zwierciadło« – Affenspiegel, 1902; »Facecje sowizdżalskie« – Eulenspiegelspäße, 1983; »Skotopaski sowizdżalskie« – Eulenspiegelsprüche, 1904), denen unsere Auswahl entnommen ist. Außer diesen Aphorismen erschienen in deutscher Sprache weitere in: Adolf Nowaczýnski, »Der schwarze Kauz, Eulen-Spiegel-Glas-Splitter, aufgelesen und aus den Polnischen herübergetragen von Karl Dedecius«, Bibliothek Suhrkamp 310, Frankfurt am Main 1972, und in der Anthologie »Polnische Pointen, Satiren und kleine Prosa des 20. Jahrhunderts«, herausgegeben und übertragen von Karl Dedecius, Carl Hanser Verlag, München 1962 (2. Auflage).
Die Zeichnungen stammen von Daniel Mróz.

Steinhaus, Hugo Dionizy, geboren 1887, gestorben 1972, Hochschullehrer in Breslau, Leiter des dortigen Zentrums für angewandte Mathematik, Erzieher mehrerer hervorragender Mathematiker in Polen, redigierte Fachzeitschriften, setzte sich in Vorlesungen und Beiträgen für die Reinheit der polnischen Sprache ein, war geistreicher Plauderer und versammelte um sich einen großen Kreis treuer Freunde, die er mit Witz und Ironie zu fesseln wußte. Seine Wortspiele hatten den Verkehrswert von geflügelten Worten, vor allem in Männerkreisen, wo seine antifeministischen Spitzfindigkeiten viel Beifall fanden. Seine Aphorismen repräsentieren die für Polen charakteristische Gattung des gesellschaftlich kultivierten bon (oder mal)

mot. Unsere Auswahl stützt sich auf die Buchausgabe: Hugo Steinhaus, »Słownik racjonalny« (Das rationale Wörterbuch), Wrocław – Warszawa – Kraków – Gdańsk 1980. © Lidia Kott, geb. Steinhaus, New York.
Die Zeichnungen stammen von Eugeniusz Stankiewicz.

Świętochowski, Aleksander, geboren 1849 in Stoczek/Podlasien, gestorben 1938 in Gołotczyzna bei Ciechanów, war als Publizist, Historiker und Philosoph der Hauptideologe des polnischen Positivismus, der sich an John Stuart Mill, Herbert Spencer, Auguste Comte, Hippolit Taine, Charles Darwin orientierte. Er hatte Geschichte in Warschau und Philosophie in Leipzig studiert (bei Berühmtheiten wie Wilhelm Windelbrand, Wilhelm Wundt, Max Heinze, Oskar Peschl) und ist Autor von Theaterstücken, Erzählungen, philosophischen und historischen Abhandlungen. Seine Aphorismen und Sentenzen publizierte die Presse zwischen den Kriegen unter dem Titel »Paradoxa« (»Świat« 1928-1929); die 1932-1935 geschriebenen »Okruchy« (Krümchen) wurden zeit seines Lebens nicht veröffentlicht; die »Herezje i paradoksy« (Häresien und Paradoxa) publizierten die »Wiadomości Literackie« (Literarische Nachrichten) 1937. Unter diesem Titel hatte ein geplanter Aphorismenband erscheinen sollen. Unsere Auswahl stützt sich auf die von Maria Brykalska edierte und von ihr mit einem Vorwort versehene Warschauer Ausgabe von 1979: Aleksander Świętochowski, »Aforyzmy«.

POLNISCHE BIBLIOTHEK
SUHRKAMP

DIE DICHTER POLENS
Hundert Autoren vom Mittelalter bis heute

DAS JUNGE POLEN
Literatur der Jahrhundertwende

J. C. F. SCHULZ
Reise nach Warschau

LEON KRUCZKOWSKI
Rebell und Bauer

CZESŁAW MIŁOSZ
Gedichte

TADEUSZ RÓŻEWICZ
Gedichte, Stücke

DER MONARCH UND DER DICHTER
Polnische Märchen und Legenden

JAN SOBIESKI
Briefe an die Königin

STEFAN ŻEROMSKI
Vorfrühling

HOFFNUNG DER BESIEGTEN
Erzählungen des polnischen Realismus

JANUSZ KORCZAK
Das Kind lieben

BEDENKE, BEVOR DU DENKST
Aphorismen, Sentenzen und Gedankensplitter

KAZIMIERZ BRANDYS
Warschauer Tagebuch

JERZY ANDRZEJEWSKI
Asche und Diamant